陕西省委宣传部重大文化精品

U0460970

诗观察

——个人视域中的陕西诗歌

王可田

西安出版社

图书在版编目（CIP）数据

诗观察：个人视域中的陕西诗歌 / 王可田著. —
西安：西安出版社，2019.2（2021.5重印）
（"陕西青年作家走出去"丛书）
ISBN 978-7-5541-3645-4

Ⅰ. ①诗… Ⅱ. ①王… Ⅲ. ①诗歌评论 – 中国 – 当代
Ⅳ. ①I207.22

中国版本图书馆CIP数据核字（2019）第034075号

SHI GUANCHA

诗 观 察
——个人视域中的陕西诗歌

著　　者：王可田
出版发行：西安出版社
社　　址：西安市曲江新区雁南五路1868号影视演艺大厦11层
电　　话：（029）85253740
邮政编码：710061
印　　刷：永清县晔盛亚胶印有限公司
开　　本：889 mm×1194 mm　1/32
印　　张：7.25
字　　数：182千
版　　次：2019年2月第1版
印　　次：2021年5月第2次印刷
书　　号：ISBN 978-7-5541-3645-4
定　　价：39.00 元

序

贾平凹

正是天寒地冻万物凋敝时节，读到十位青年作家的书稿令人欣喜与温暖。这批作家的写作有想法也有锐度，如同一道亮丽的风景，让人感受到文学的蓬勃力量。

陕西青年文学协会成立几年来，在团结文学青年方面做了很多实实在在的事情。"陕西青年作家走出去"丛书的编辑就是一项令人感动的事情。第一辑丛书我看过，整体水平高，社会影响大，在推动陕西青年文学写作方面起到了凝心聚力的积极作用，也向外界集中展示了陕西文学的新力量。如今，第二辑丛书再次推出十位青年作家，颇有长江后浪推前浪的气势。事实上，他们中的很多人在文学创作上已经取得了不俗的成绩。这次，"陕西青年作家走出去"丛书（第二辑）被列为陕西省重大文化精品扶持项目，就说明了他们的创作得到了认可，可喜可贺。静心翻阅十本风格迥异的作品，他们的文学才情令人感叹。这些作品无论是写乡村还是写城市，无论抒情还是言物都有显著的特点。他们对于现代化冲击下的社会突变、世相百态和复杂人性把握得比较到位，看得出是有深厚文学积淀的。他们在写作技艺上的探索与尝试不拘泥于传统，精到而又大胆。既有传统的现实主义叙事，又融合了荒诞、象征等现代主义笔法。作品意象飞驰，胸怀远方，呈现出陕西青年文学富有时代活力的精神向度。整体阅读这十本书，很有冲击力。

有人说文学正在被边缘化，但通过一批批写作者不难看出，文学自有它的天地归宿。因为文学书写的是记忆生活，是一件打开灵魂通透人心的事情。文学的美是所有艺术形式里最能激荡人心的美。我想，即使在未来的智能化时代，文学的功用也不会被取代。

所以我们常说生活是文学的源泉。只有深入生活，才能创作出既有时代精神，又有思想深度和生活温度的作品，才能引起读者的共鸣从而产生社会影响。在互联网时代，信息的获取快捷丰富却又复杂多变。如何保持清醒的态度建立自己的文学写作观念值得大家思考。现在的一些文学作品的确精巧、华丽，读起来也有快感，但缺少筋骨和力量，说透了就是缺乏打动人心的感染力。我想，在这样一个众声喧嚣的思想体系里，写什么和怎么写不仅仅是青年作家面临的困惑和难题，也是我长久思考的问题。文学不仅反映生活，也要照亮生活。这大概就是文学的神圣与伟大之处。

当下，陕西的文学氛围非常好。省委、省政府高度重视文学事业，资助"百优作家"，号召文学陕军再进军。所以，耐下性子，静下心来，关注现实生活，关心国家命运，以甘于坐冷板凳的心态踏实写作，就一定能写出好的作品。我相信几十年后，再看这些作品，就会更深刻地理解"陕西青年作家走出去"的深远意义了。

（贾平凹，中国作家协会副主席、陕西省作家协会主席）

担当时代使命　勇攀艺术高峰

钱远刚

　　陕西是文学的沃土，青年是文学的希望。青年作家的成长成才一直是文学界重点关注的话题。陕西青年作家对文学坚持不懈的执着追求、扎实稳健的步伐、深切的生命体验与独特的审美意识展现出充满朝气、昂扬向上的蓬勃英姿。按照"出人才出精品"的要求，陕西省作家协会高度重视对青年文学人才的培养，不断完善工作机制，探索创新方法，千方百计地为青年作家的成长成才搭建平台、提供机遇，使陕西作家队伍呈现出文学发展新气象，成为文学陕军新生力量。

　　党的十九大描绘的"两个一百年"奋斗目标、开启中国特色社会主义建设的新征程，党和国家事业取得了历史性成就和历史性变化，为文学作品的创作提供了丰富的滋养，广大青年作家和文学工作者要与人民同在，与时代同行，与改革同向，与发展同步，自觉践行和弘扬社会主义核心价值观，坚持远大理想、提升思想境界、加强人格修养、拓宽文学视野，用心用情用功抒写我们伟大的时代，才有可能创造出展示时代风云际会、反映人民群众生活的优秀文艺作品！

　　气象万千的新时代属于每一个人，人人都是新时代的见证者、开创者、建设者。在习近平新时代中国特色社会主义思想指引下，陕西省委提出了大力推动"文学陕军再进军"的战略部署，我省文学事业繁荣发展，文学界精神面貌焕然一新，文学创作出现了前所未有的大好局面，这为青年作家提供了大有作为的用武之地。青年作家更要志存高远，克服"浮躁"，坚持以人民为中心的创作导向，深入生活，扎根人民，坚定文化自信，自觉向大师学习、向经典学习、向人民学习、向实践学习，守正出新，再创佳绩，努力攀登文学艺术新高峰。

　　去年，在省委宣传部指导下，在陕西省作家协会的支持下，陕西省青年文学协会面向全省青年作家公开征集作品，经过专家学者认真评选，共有十位陕西青年作家入选"陕西青年作家走出去"丛书第一辑，在文学界取得了良好的反响。今年，该丛书再次面向全省青年作家公开征集优秀文学作品，引起广泛关注，并被省委宣传部列入2018年度陕西省重大文化精品扶持项目。这是唱响做实新时代"文学陕军再进军"的一个重要举措，彰显出陕西新一代作家逐渐走向成熟，预示着陕西作家人才辈出，文学新人在具有厚重的历史文化、丰富的革命文化、灿烂的先进文化的三秦大地茁壮成长。

　　这次应征入选的"陕西青年作家走出去"丛书第二辑十本书摆放在案头，我一边翻阅着青年作家的辛勤之作，一边不禁为之欣喜。这些作品无论是描写现实题材的小说，还是抒情言志的诗歌，抑或是行文优美的散文、犀利尖锐的评论等等，无不体现出个人写作的进步与超越。他们不因为代际、职业和身份等问题，而缺少对世界的独特感受与敏锐观察。在不同的文学领域，他们表现出起点高、潜力大的特点，文学作品整体上呈现出丰富性和多样性。黄朴的小说集《新生》生动地描绘了城乡社会的众生之相，独特地展现了人性深处的幽微和光芒。武丽的小说《明镜》采用第一人称叙述，笔触精致，情节跌宕起伏，展示社会上特定群体不为人知的一面。刘紫剑的中短篇小说集《二月里来好春光》则多维立体地揭示了日常琐碎中各色人物的生存真相与悲喜故事。王闷闷的中短篇小说集《零度风景》用传统的文化底蕴和现代文本意识，表现当下社会高速发展下存在的问题，以及人与天地与万物的相抵触又相融合的矛盾复杂的心理。毕堃霖的诗集《月亮玫瑰》中一个个自然的物象，在她灵动的笔下，被赋予更生动更多义也更纷繁的诗学意义。穆蕾蕾的诗集《倾听存在的河流》折射出她精神探索的轨迹，随处可见她伫于一物一思而成的诗絮。刘国欣的散文集《次第生活》主要是对生活的内观活动，尤其对童年生活、民间陕北的文化记忆进行了观照。曹文生的散文集《故园荒芜》以故乡为载体，写乡人和事物在现代化冲击下的突变。王可田的评论集《诗观察》通过不同角度、整体性的观察、论述方式，对不同年龄段的活跃在诗坛上的陕西诗人进行了详尽、客观的解读和阐释。献乐谋的网络文学《剑无痕》以沈无眠为父报仇的桥段作为主线，体现出了天外有天、山外有山的感觉。这些作品在显露作者文学才华的同时，对于更新文学观念、传承与思索文学技艺、扩展文学疆域都做了有益的探索与尝试。

这是一个生机勃勃、千帆竞发的新时代，更是孕育文学作品、催生艺术精品的新时代。陕西的青年作家应该勇立潮头，敢于担当，肩负重任，坚持以人民为中心的创作导向，记录新时代，抒写新篇章。要抓住2019年中华人民共和国成立70周年、

2020年全面建成小康社会等重要时间节点，深入挖掘人民群众的豪迈激情和奋进历程，潜心创作出一批讴歌党、讴歌祖国、讴歌人民、讴歌英雄的文学作品，为实现中华民族伟大复兴的中国梦和陕西追赶超越提供强大的精神力量！

（钱远刚，陕西省作家协会党组书记、常务副主席）

目录

附　录

靠近或揭示"雾霭中的群山"

——陕西诗人访谈赘语

"隐藏在雾霭中的群山",这是诗人阎安在一篇文章中对陕西中青年诗人创作状态的形象描述。他说:"受囿于区域文学语境的重重障碍和意识形态诗学指证与判断能力的内在分裂,他们倍受被边缘和被遮蔽之苦"。可以说,这种状态,也是陕西诗人在当下社会文化环境中的普遍遭遇。新时期以来,关于陕西诗歌的创作现状及其发展流变历程,有过很多论说。其中,不乏透彻的分析,令人信服的识见,也时有粗暴的指斥和论断。实际上,任何关于陕西诗歌的指认和言说就其存在境遇而言,并不能带来多少改变。然而,当我们真诚、理性地面对这一区域诗歌现场,并对其前景抱有充分期待的话,就会从自身做起,从写作方向、诗歌定位、文本建设等方面着力完善和提升自己。从而,放下自我认定的焦虑和急迫,入史(区域诗歌史)的执迷,以及自设框架下的排位游戏。

在中国社会现代化转型的今天,诗学层面的跨语境连接,已足够弥补本土经验的不足。可以说,正是在过去某些时段,理念先行的学习和借鉴形成了意识上的某种超前。而这种超前的意识和观念，如若不能深入、有效地参与本土经验的创生，以及文本秩序的内部建构，就会沦为一场苍白、滑稽的行为艺术表演。在当下，"先锋"已失去了命名的效力。因为全球化语境，将多元文化资源和诗学资源置于一个共时性平台，任何方向和层面上的创新及引领潮流的企图，都变得万分艰难。同时，我们必须看到，置身这一多元共生的诗歌（文化）场域，没有了任何姿态或面目上的优越感，却利于异质资源的有效整合，形成本土意识在语言上最新最卓越的表现。"多元共生"，也是陕西诗歌当下生存的真实样貌。

说到底，诗歌是一种语言的行为和事件，一种关乎生命和存在的文本构成。若文本建设乏力，再新潮的观念，语言层面上的任何夸张离奇，都经不起时间的考验。这么说来，诗歌更像是一种建筑。其面貌有时新、古旧之分，构造有简陋、精深之别，内部空间也有狭促或恢宏之差异，但源于框架结构的稳固性能，会是一个重要的考量指标——能否经受住时代和审美变迁的剥蚀。而且，它是混同于闹市区的商用建筑，还是置身于人迹罕至处的精神庙堂，也会有一个本质性的区分。

第一次作为探访者，真正步入陕西诗人的创作现场，缘于几年前《诗访谈》的写作。在那个事先有所设计的访谈计划中，笔者接触到一批陕西诗人的中流砥柱，他们或声名远播，或隐而不彰，但无一例外，是优秀文本为他们的在场提供了强力支持。贯穿文本内外的话题，涉及他们的生活情境甚至心理层面，笔者也借此得以领略他们各具特色的诗学建筑。访谈做完，加强了对他们作品的理解和认识，于是，就以"访谈赘语"为名写下或长或短、或简或繁的阅读札记，算是以另一种方式对访谈的充实和完善。在这一过程中，有很多收获，也留下很多遗憾。对于"隐藏在雾霭中的群山"的靠近和揭示，只能算作冰山一角，却极大地拓展了个人认知的视野和深度。

在已知范围，如何就陕西诗人的写作进行言说和指认，谦逊的批评家或许能够提供一些有益的借鉴。他们不是站在文本之外或高处，进行评说或论断，而是以阅读者的身份在文本内部展开一场精神游历，其中有发现、认同、交流和赞赏。这是一种创造性的参与。最终，批评主体和创造主体形成意识的遇合，批评文本也成为不乏创造性的"第二文本"。这显然是一种恰切的方式，适合任何一位写作者对其同行的理解或认同。下面，就是"访谈赘语"的部分内容，希望在个人视域内呈现陕西诗人冰山一角的诗体建构。

第广龙：诗歌场的编织与宏大展开

那年秋天，我也成为命运抛掷的对象，在自己的故乡沦为一个异乡人，长期颠簸无着的生活状态也就此开始。一条高速公路的传输带哗哗转动着，我把身体和灵魂放置其上，无数的幻念和时光的影像黯然闪过。来来回回的奔走，没有让我变得果敢坚毅，而是更深地抱紧狭小的晦暗和颓唐。当我再次阅读第广龙的长诗《西兰公路》，其开阔，其涵容，其睿思，其慧悟，让我汗颜，让我满怀羞愧。

在我的印象里，第广龙以写短诗见长。人生经验和智慧之光凝结在短小的字句中，像一根根紧缩、瓷实的电焊条摆放在面前，从不同方向、以不同方式击打我。泥土中翻身的蚯蚓、当上土地测绘员的蚂蚁、后半夜闪烁的电焊光、早晨的挖掘机……其鲜活的诗歌形象始终在我眼前闪烁。

然而第广龙的长诗，确切地说是《西兰公路》，在我第一眼看到它的时候，就喜欢上了。此后多次的咀嚼式阅读，不但丝毫没有减损它的魅力，还让我更深地体会到诗歌的主旨和语言背后的呈现。相对于短诗的简洁和浓缩，长诗《西兰公路》的舒展和奔放就显眼得多。触目所及，是密匝匝的长句，纷繁庞杂的日常物象和精心截取的生活细节，如同车窗外迅疾闪逝的景物，令人应接不暇；历史想象、乡土情怀、生存体验及生命意识的糅合共生，连绵一片，冲决而来；诗行间频频闪烁的诗意和智性之光，消解了浓密意象群造成的压抑，让人不至觉得拖沓和倦怠；诗与思随着忽明忽暗的意识的流动跌宕展开，在线性的结构方式中又营造出无数个小的立体……整体阅读下来，感觉既酣畅淋漓又启人深思。

长诗以一次旅程切入，以"这永远的半成品这推不开的命运之门"为悬念，以西兰公路沿途的物象和诗人的意念交织为纽带，编织了一条色彩斑斓的诗歌的高速公路。当乾陵出现在视野中，诗人写道："宫殿迁移地下，连黄金也在生锈"，"高高的土堆，乱伦的怪胎"，历史在这里得以现代性的观照和思考，为诗歌增添了厚重感和纵深的空间。"人生的方向盘在颠簸"，"十七年的落叶掩埋了我的进行曲"，随着时间和空间的转换，诗人的乡土记忆开始复现，却是如此令人心痛："母亲冻红的双手，给白菜里揉盐，粗糙的颗粒/划破了所有存在的真理"。也许正是少年时代刻骨铭心的生活经历，让诗人如此表白："蚂蚁和我一样，穿一袭黑色的衣裳/穿州走县，一口血吐在路上"。紧接着，诗人展开生与死的想象和体悟："用针尖扎破，手指才是火把/照亮地下的事物和亲人多年不见的脸庞"，"一部平板车，有着火车头一样的驾驶舱/被鲜花装饰，花朵忽明忽暗，在阴间和阳世来回往返……"

随着旅程串起的历史想象、乡土记忆和生死冥想的隐退，现实生活的场景以更为铺展、恣肆的状态涌现出来：各色人物，贩毒者、抢劫者、夜总会里的乡村姑娘、假币制造者、潜逃犯、田野调查者、自助旅行者……以一股混合的灼热气息加入西兰公路；各种车辆：拖拉机、蹦蹦车、毛驴车、皮卡车、敞篷车、警车……以情态各具的生活面貌汇入时代的洪流；土路、沥青路、二级路、一级路、隔离带、警示牌、收费站……以自身特性规囿着生命和时代的进程。最终，诗人发出这样的感叹："时代超重，岁月超员，道路是一根甩动的尾巴，在旱海游荡。"

"过六盘山，翻华家岭"，此行的终点兰州城已近在眼前，而诗人却恍惚了。走了多久多远，他不知道也不愿意醒来，或许是旅途的疲惫，或许是思想的负重使然。实际上，诗人看到了存在的真相："路上发生的事情，没有多少改变，一千年前和一千年后/都在重复，都在复制，都在不谋而合，都在相互叠加/同样，故乡和异乡，收留的都是无尽的惆怅，都是撕碎的心，都是骨头一把"。一次现实的旅程，被诗人置换成了生命波澜壮阔的历程，并进行了终极的思考。同时，伴随着最真切的内心感受："黄河又一年，混浊的浪花，扑打我的脚面，扑打我的血，我十年之中，年年都捧起这透骨的冰凉"。

最终，诗人脱离了西兰公路的现实羁束，在更为广阔的视野里展示生命存在的焦灼和不堪："我成了一棵病树，身上挂着输液瓶，我的病是城市传染的病无法治愈"，"我到哪里去？哪里是我的归宿？哪里是我的家园？"正是对生命和存在的本质性追问和呼求，诗人变形了，分裂了，"我"变身为民工、推销马桶垫的、收废品的、小偷、黑网吧经营者……成为现实生活中的芸芸众生，美丑善恶集于一身的最底层存在者。一番变形之后，诗人从他我又变回自我："我是一棵病树，我的根失去了水土，断开了地气"，面对生命的焦灼和存在的困境却无能为力，于是"我逃跑，一路踩碎秦砖汉瓦，越过唐诗宋词，我来到路上"。长诗的结尾，"我是一个漂泊者，我无处可去，我只能在路上，我的行程，没有目的地，没有终点"，不仅从隐喻意义上呼应了西兰公路，也让诗人因对城市文明的无奈和批判，对生命价值和存在意义的追索，而成为一个永远在路上的漂泊者。

对《西兰公路》进行一番简单的梳理，或许有助于在庞杂的诗歌物象中隐现其骨骼构成和脉络走向，但对其丰富饱满的血肉组织却无力呈现。所以，对于这首长诗，感受是胜过解读的。这的确不是一首单纯的诗，缭乱的诗歌物象和生活细节、场景编织了一条复杂而综合的"诗歌公路"。正如诗人在谈到这首诗的写作初衷时所说："想更多地包涵一些想法进去，写得复杂些，杂乱些，多元些。"他的确做到了，而且做得很漂亮，以至让人反复阅读和体味，显示了极强的可读性与经久品质。

这首长诗，貌似书写了一个人在旅途中的见闻、意念和冥思，实际上，诗人是以西兰公路为载体，以历史想象、乡土记忆、生存体验等种种因素，编织营造了一个鲜活壮观、庞杂宏大的诗歌场。在这个无限延伸的诗歌场境，诗人将自己置身于无情推进的生命历程中，行走着，也苦苦追问着本质意义上的存在，"向东还是向西我没有想好，但我必须奔走，虽然我不会嚎叫，虽然我沉默如铁……"个人的述说在这里变成群体性的、时代性的述说，个体生命的焦灼和混乱也成为整个时代的特征。

耿翔：匠心独运的结构性书写

阅读耿翔诗歌最直观的印象，就是他那种以组诗、大型组诗、长诗以至巨型长诗进行写作的方式。这种方式对于题材的占有和穷尽是难以想象的，一如铺满江面的竹筏迎面驶来，其阵势足够铺排，也足够壮观。

耿翔的写作，靠的不仅仅是激情，不仅仅是才华和灵感的瞬间喷发，他是以一种精心结构和布局并选取最佳切入角度的方式进行运作，从而凸显文本的整体感和规模化效应。翻看他组诗中的每一首、长诗中的每一章节，很难发现艺术水准上的参差不齐，也不会有特别抢眼的部分跳脱而出，破坏整体的均衡和统一。这就是说，耿翔对诗歌有着极强的把控能力，他对待每一个句子、每一个段落、每一个章节，就像一位技艺娴熟的金匠那样，一丝不苟，精心打磨和锤炼。

艾略特在《荒原》的题记中将庞德称为"最卓越的匠人"，而我对写作的理解就是：一门内心或灵魂的手艺。一方面它既要求精神性的彰显，另一方面又要求写作者必须具备匠人的耐心及精湛的技艺。匠人式的书写，在精神性持有的同时，表明的是一种专业态度和艰苦卓绝的努力，它拒绝写作中的神秘主义倾向，排除倚重禀赋的灵感式写作的可能。

写作中匠气多了不好，但缺乏匠心万万不能。在我所能读到的耿翔的诗集《众神之鸟》《长安书》和《大地之灯》中，每一部都竭力进行结构性书写，每部诗集都俨然成为一个诗意表达的整体，这显然是经过深思熟虑、精心筹划和精益求精表达的结果。他书写民俗的陕北、书写丝织的汉中、书写故乡的马坊，将一颗心贴近民间、贴近母土，在对精神源流的回溯中，献上自己的热爱和虔敬；他剥离现实纠葛书写长安，进入幽深而斑驳的历史语境，进行文化寻根；他书写草地上的羊群、书写神鸟朱鹮、书写大地神灯，褒扬一种崇高的精神……从意象到意境，从细节到整体，完全能够看到他精心编织的诗歌经纬和其中精神脉络的走向。可以说，在结构性策略，在预先规定的严格整饬中，耿翔的诗歌并没有削弱精神性的表达，而是更为节制地"用大量的细节、画面、节奏来完成"。

在看到一些诗人的写作无法维系，创作力日渐枯竭的现象后，我明白了一个道理：诗歌写作不能完全依赖激情和灵感，它还仰仗于诗人对生活和人生的理性思考，对世界的整体性把握。阅读耿翔的诗歌，不仅让我惊异于他源源不断的结构性、整体性的诗意表达，也给我自己的写作带来启示：诗歌不仅是一种神启的产物或灵异接纳，更是现实经验的总结和殚精竭虑的诗体营建。

胡香：生命的礼赞与哀歌

我时常留意那些潮流之外的写作者，他们的坚持、存在状态，以及卓尔不群的艺术个性和气质，会给我带来很多启示。我相信，在现实世界，诗不仅以非诗性的因素传播，更以自身纯粹的方式存在。就像灵魂深处的歌声，绝非炫人耳目的高调与花腔，它往往是独自的，寂寞的，甚至就埋在歌者哑默的舌根。

在纷乱浮华的时流底下，那沉静乃至沉寂的深处，真诗人存在着，甚至缄默着。长久的缄默让诗，真正的诗，从无名幽暗处蓦然显现。胡香，就是这样一位诗人。从生命内部、灵魂深处打开自己，无论祈祷与哀歌、感恩与礼赞，都"倾向于美"，倾向源始，努力说出万物隐藏的奥秘，寻求与更高生命层阶沟通和对话的可能。而我对她本人所知甚少，除了她的诗，那些散落在博客寥寥几个页面，因长久未曾打理而几乎蒙尘，却闪闪发光的分行。我相信，在时间无情的淘洗和掩埋中，这些诗歌金子般的质地和经久的品质，是不会因为诗人的默默无闻而有所改变的。

读胡香的诗，感到的不仅是一种情感的抒发，生命的对话，更是一种精神的洗礼。她并没有过多地表现诗歌的社会性主题，为公众及主流文化所认同的那种现实关联，对现实的摹写或反映，而是倾向于生命和灵魂热切的呼求，诗歌的精神性表达。这样，她的诗在芜杂繁乱的诗歌现场，就规避了哗众效应，却深入了生命和诗歌的根柢。她是孤绝的，有一扇"打不开的窗户"，也是敞开的，"一株植物和另一株植物连通信息"；她是悲伤的，"我的废墟已经到来/我的死神也已上路"，也是快乐的，"樱花广场并不遥远"；她是感性的，"放过她吧！不要再追问/存在的意义"，也是理智的，"精神的流浪儿和他孤独无告的灵魂/既不冲突也不和解/他们门里门外两相为邻"；她是温婉的，"我的忧伤照人"，也是雄壮的，"银狼王的孤独却无所慰藉"……对世界和生命存在的本质性体悟，让她拥有"把石头也看碎了"的深澈智慧；对不同文化元素的广采博纳，融会贯通，让她的诗歌呈现多元而纵深的审美空间；宗教情怀的充分内化，赋予其诗歌以神性的光辉；悲剧性的体验和观照，带来深爱与悲悯，感恩和礼赞，也让我们从生命的窘境自觉走向净炼圆满之途。

诗歌是灵魂的课业，漫长而艰苦，容不得半点虚假。胡香就是这样一位自觉践行、期求完满的诗人，且日渐走向丰富和深湛。她是谦卑的（看在/所有青草的份上，不要/记恨任何人，不要贬损任何事物），也是虔敬的。而谦卑的人和虔敬的人，往往是同一个人，都是内心有神的人。我想，寻求与更高生命层阶的沟通和对话，不仅是写作的原动力，也会是生命价值的至高实现。

李晓恒：为生活寻找诗意

可以说，李晓恒是无意为诗，无意于作为一个诗人的。他更在意的是生活本身，一种为诗意萦绕和充满的生活体验。他不是一个在纸上培植诗歌风景，然后想要住进去的人，一个将纸上的诗歌风景搬迁到具实的生活场境，诗化生活、努力完善人生理想的人，更让人可亲可佩。这样做的难度可想而知，仅靠一点浪漫情怀是办不到的，而李晓恒乐此不疲，或许真有实效，或许"常常伤得体无完肤"。但在被汹涌无序、无聊琐屑的时流所冲击的生活现场，李晓恒的坚持体现的正是写作向生活敞开，寻找现实归依的终极努力。

"为生活寻找诗意"，这样一种掺和着生活理念的写作理念，并没有让李晓恒的诗歌成为消遣的工具，浅薄诗意的载体，以生活的作料或饰品的廉价面目出现。恰恰相反，李晓恒的诗歌是以强烈的平民意识和小人物的视角来观察、思索生活和人生的，除了诗人特有的浪漫和异想天开，更多表现为一种真切和沉痛——生活之真，生存之痛。当他在"无窗屋"里栖身，在"大杂院"里出入，在拥挤的公交车上来回奔波，不仅看到了底层生活的艰辛、无奈以及世相百态，也成为他观察和思考社会人生的特定场境。他表现城市对人性的扭曲和异化，表现生命最本质的渴望和祈求，在"砖的世界里"为自己寻找一扇透亮的窗口。"为生活寻找诗意"，或许仅是他对自己选择诗歌的一句口头承诺，但在具体的写作实践中，还是自觉秉承了诗人的良知和道义担当。

生活化和情景化的艺术再现，也没有淹没他独到的思考和智慧表达："我们都生活在病区/病区里没有医生"，"城市一开始就是一场阴谋"，"其实 空荡荡的我就是一栋楼/阴霾的就像这久已的荒芜"。就这样，在生活的情境以特有的真实感染我们的同时，也让我们感受到纷繁现象背后隐藏的真相，诗与思的融合。

以艺术为载体，呈现内心的声音和图像，沉静与悸动，可以说是殊途而同归的。当李晓恒更多地选择以书画的艺术形式表达自己的时候，诗歌的过渡或者说本质意义上的支撑都是不容忽视的。也正如他所说："随顺自在是我对一切行为的解释……但本性不变……"

刘新中：寂寞中的坚守

当我还在学生时代，对新诗懵懵懂懂，跟在潮流后面亦步亦趋的时候，刘新中老师的诗歌便成为我学习的典范和仰望的山峰，做一个像他那样有着扎实功底、发表众多作品、产生较大影响的诗人，也成为我臆想的目标。他的诗集《山风流，水风流》《窑变》等被我收藏至今，伴随我诗歌实践从盲目到自觉的整个过程。

很多年后，在社会氛围和文学环境发生很大改变的今天，当我重新阅读这些作品，一如既往地赞叹和钦敬之余，感觉到只有努力还原它们产生的具体语境，在纷纭多变的时代背景下加以审视，才可能找到确切的价值和意义。上世纪七十年代末，整个中国文坛仍笼罩着浓厚的政治意识，有突破精神、进行独立自主的写作是要冒很大风险的。然而偏居西北一隅的陕西诗坛，已经有很多诗人自觉加入到新诗潮的写作实践中。他们或抛弃旧有的文学观念，以求新求变确立新的美学原则，或是以秉持的现实主义文学观接受现代主义的精神洗礼。可以说，20世纪80年代的陕西诗坛，刘新中这一代人在诗歌的继承和创新方面所做的努力，是具有开拓性功绩的。

具体到刘新中个人的诗歌写作，我感觉他是尽可能地吸收诸如象征派、意象派等西方现代主义诗歌流派的表现手法和技巧，使得自己的诗歌面貌焕然一新，以区别于旧有的诗歌形态。然而，他的诗歌精神与现实主义仍是一脉相承的，或者说，他是以现代主义的诗歌观念改造和丰富了自己的现实主义文学传承。《山风流，水风流》中的煤矿题材作品，饱满粗粝，感人至深，足见他深厚的生活积淀和诗歌提炼功力。文学艺术的形式绝非形式本身，它更是内容有效延伸的部分，形式的改变也绝不限于角度和方法，在更深的层面往往意味着主体精神的改变。这部诗集的第一部分《西北风》，在对历史遗迹和民俗文化的书写中，所进行的就不仅是意象的营造、语言的锤炼、语感的把握等等这些写法上的创新，而是更深地伴随着现代意识和生命意识的觉醒："一个崭新的我从山原上站起时/我会恢复自信/我应是一颗重新组装的/还挂着血丝和粘液的太阳"（《新生》）；"我痛哭你的肤浅/本该做逍遥游/做一条闪电/做奔驰的秦岭/驮北方和南方/仰天嘶鸣……一匹石马/卧下是碑/飞起是龙"（《乾陵翼马》）。在今天看来，这种将历史意识和现代感、古典诗歌与现代诗艺糅合融会的诗歌形态，仍是独特的，在当下口语化、散文化盛行的诗歌生态中，有着不可替代的审美价值和认识价值。

《山风流，水风流》中"燃烧的花瓣"一辑，在几年后衍生为一本专写陶瓷的《窑变》。这部诗集被称为中国第一部专写陶瓷的诗集，诗人也因此一度被称为"陶瓷诗人"。可以说，刘新中是以十几年的生活经历和生命感受来面对陶瓷世界的种种神奇。对于陶瓷的审视，诗人并没有采取文化视角，在源远流长的传统文化的脉络中为陶瓷文化寻找定位，展现其辉煌，而是将其作为一个有生命的、人格化的对象进行对话和交流，来完成生活现象的本质提炼以及生命形式的厚重和丰满。

九十年代初以后，刘新中没有再出版新诗选集，或是有感于文学环境的改变，或是不满于文学圈中盛行的种种恶习。但他一如既往地坚持自己，新诗写作没有中断，倒是积攒下大量的优质作品，并在各地报刊发表。像《读画，中国意境》《读史，中国智慧》等系列组诗，相对于先前的写作，更有一种从容散淡在里头，语言的节奏感、语调以及语义的呈现，更加轻松自如，达到了举重若轻、删繁就简的更为娴熟的状态。有人说，在陕西诗坛，刘新中诗歌的价值和地位需要重新认定，我的感受也是如此。在时代的浮华喧嚣之中，在诗歌潮流的涨落之间，总有一些诗人的价值会重新显露出来，也总有一些诗人的价值需要重新认定和评估，这是一件重要也很有意义的工作。

但真正的诗人总是泰然处之，看淡了生前身后的名声，更不会为此而屈从或奉迎。只要诗在心中，就默默坚守，用诗与人的合一完成生命的修行。而在此过程中，寂寞是必要的，甚至就是宿命。

刘亚丽：日常的神性

光，没有重量，薄如蝉翼。它映照水面，穿透玻璃，当无所不在地普照，你却不能弯腰捡起，攥一缕在手心。它轻盈飘逸，来时无声，敛去无迹……读刘亚丽的诗，萌生这种奇妙的感觉。对于我被悲苦情绪和宿命阴影纠缠的内心来说，这样的体验更是一种享受。

在诗歌中，平易是一种表情，舒展是一种体态，字里行间氤氲的诗意，是通透却难以捕捉的风韵。刘亚丽的诗，撷取生活中最普通的事物，以平静的语调、舒展自如的叙述展开，由实而虚，洇染出一片空濛的幻境。"飞翔的床单"就像一条魔毯，载着我们飞翔在"乌鸦的故乡"，超现实的诗意附着在日常生活的情节上，既真实可信，又梦幻迷离；当"一个手拿红砖的人"出现在市声鼎沸的大街，的确够突兀，够令人吃惊的，这不是生活的逻辑，却符合诗歌的逻辑；在雨中的街道，"两只反向而行的白鹭"，声音纯净，眼神高傲，那是美的事物，甚至就是美本身……

读刘亚丽的诗，你很难发现有格言和哲理句跳脱而出，几乎每首都是浑融整一的。就像冰糖融化在水中，无色无形，却品之有味。不同于西方诗歌浓厚的哲学思辨以及痛苦的诘问，刘亚丽的诗更多来自"羚羊挂角，无迹可寻"的东方精神，沾染着东方哲学的神韵。读一读这样的诗句，你就明白了："落花谢了一朵又开了两朵/流水携着新雨又流了回来……"，"你开始，就永不再结束……一经存在，就永远存在……"。

诗歌的音乐性，对于以白话文为语言材料的现代诗来说，一直是个难题。它绝不仅限于词语表面的押韵、对仗，而是一种更为内在的韵律，源自诗人内心的节拍和脉动。刘亚丽的诗对诗歌的音乐性有着近乎完美的展现。《七盏灯》《飞翔的床单》《墓园的雪》《酒瓶的秘密》等等，让人过目难忘，让人确信形式就是内容，丰富并赋予内容以灵性。诗人如是说："忽然想写诗了，一定是在一种恰如其分的节奏和韵律中进行的。"

犹如以一颗禅心静观万物，获取空明澄澈的诗意，当宗教情怀转化为一种精神，渗透生命，美善应运而生，虔敬应运而生。一片新天新地，跃动着无限的喜乐和生机。俗世生活因了七盏灯的照耀，披上不同寻常的光辉。七盏灯，不一定非是上帝的七眼，也可以是神秘灵动的诗歌本体。

马召平：真诚的力量

真诚，无疑是一种内心品质。生活中的真诚与否，更多来自天性，以及趋利避害的现实考虑。而艺术上的真诚似乎更复杂一些，它是这种天性的转化和深化。不仅表现为一种态度，对于艺术的态度，更多体现为艺术文本的感染力，以及由此产生的触动人心的力量，人性的温暖和光辉。

阅读马召平诗集《敏感的生活》和《梦见老虎》，我想，以真诚概括他对诗歌的态度及作品传递出来的内在品性，大抵是不错的。

《理解生活》中的张幺妹，一生都没结婚，她起早贪黑，"把一条10米宽的道路扫成20米30米/扫成这个城市一条卫生示范街"。60岁了，她还不肯退休，她多次对领导说："我身体还可以/我不想退休/不想一个人呆在房子里"，当她站在马路上，"是多么的扎眼/多么的让人心酸"。平白的语言，平静地叙说，但我们的心还是被一根无形的刺，不轻不重地划了那么一下。

马召平从不隐讳他对异性的渴望，他在《女人》中写道：我想起你们/就像想起大海/想起我赤裸的身体/发烫的身体/在汹涌的大海边/瑟瑟发抖。这种渴望因真诚的袒露，变得美好。他在

《自卑诗》中说："我热情的赞美中/有着对生活的厌恶/我对妻子的表白中/还深深牵挂着一个异乡的姑娘"，同样是真诚的魅力，带来直抵人心的感动。

当真诚成为一种艺术的品质，它就平衡和左右着艺术的品相，不至油滑、偏颇，乃至下作。因为真诚，马召平的诗摒弃了华美的形式；因为真诚，他总是低声诉说，或微微地慨叹。正是基于忠于内心、忠于生活的考虑，朴素的语言还原出内心的真实，生活的真相，呈现出平实的诗歌面貌。但就在这平实、朴素的诗歌表象后面，一股诗意的暖流和光辉晕染开来。

《红》，是飘动在城市里的一道风景。她是一个底层的打工者，在她身上很多人都能看到自己的影子。她被生活的洪流裹挟着，和时间赛跑，和社会潜规则赛跑，将辛酸和无奈悄悄藏起，对所有人微笑。"红　你日复一日的微笑/多么灿烂　多么珍贵/红　有一次　我偷看了你的写真照/你低着头　肩膀浑圆　胸部饱满/眼神朦朦胧胧/好看极了"，诗人投注了关怀、赞美和热爱，同样是真诚的缘故，非但不觉丝毫的猥亵，反倒显出几分可爱来。

在写作中出示真诚，看似容易，实则很难。诗人不仅要突破天性的牵制，打碎生活的面具，让真正的自己呈现，还要抛弃一切功利的思想，面对诗歌考察的对象。真诚对诗人是最基本，也是最高的要求。

尚飞鹏：爱与美的颂歌

自从人类的先祖用树叶或树皮围裹身体，伴随着自知与发现，文明产生了，禁忌也随之而来，人的自然属性渐渐服膺于人的社会属性。但同时，这备受压抑、日夜嚎叫的原始欲望也躲在身体的隐秘黑暗处，随时准备出击和冒犯，获取罪恶的快感。

这就是身体，我们熟视无睹、非捧即弃的身体。它既不表明罪恶，也绝非俗世生活唯一的快乐源泉。它曾一度被严苛地贬斥和看管，也经历当下的娇宠和恣纵，但无论如何都是忽视了它最自然的本质属性。于是，我们一听到"乳房"之类的词汇就感到脸红，身体内部甚或掀起紫色巨澜却羞于告人。

当我读到尚飞鹏的长诗《双乳》，还是难免带着微微加快的心跳，看诗人如何勇敢地挺进这一禁忌之地。说实话，时至今日，这仍是一块敏感区域，艺术之外，身体的敞开多半由于商业或色情的渲染，或是为满足未成年男子偷窥的欲望，却忽略了"我们每一个人/一坠地就把它含在嘴里/从这一只移到另一只"，忽略了乳房是我们生命源头这一基本前提，女人的身体和我们自身的原始冲动也并非什么丑事而不可见人。

艺术的呈现就是一种敞开，让事物显现本来的面目，增添一层审美的光晕。长诗《双乳》激情而梦幻的方式，不仅让我看到诗人尚飞鹏的勇气，更看到他怀揣的坦诚和一颗赤子之心。"人们习惯将你藏起来　从不公开/谈论　崇拜你　好像是一个耻辱"，而诗人不可能顾忌世俗的偏见，他只服从内心和艺术的真实，"垂挂的月亮　照耀着无边的大地/风雨中的门　被情欲的手足叩响/迎接美好的繁殖　或者悲伤的生育"。就这样，生命的原始本能——裸露、情欲、性爱、生育，都披上了诗性的光辉，在一方犹如创世之初的乐园里自由地生发，自由地嬉戏。这种美好、纯粹及坦荡荡的展示，让那些污浊或带有偏见的目光没有容身之地。

美是艺术的特质，热爱美是诗人的天职，但美还有更多的属性。正如诗人写道的："你的色彩/改变了天空　堵死了通向地狱的大道"，"美丽如此灿烂　她与真理紧紧相连/主持世界的女人啊　我选择与你私奔"。在诗人看来，美不仅能净化人的灵魂，阻止堕落，还与真理密切相关，是集中了爱、善良、勇敢、正义等诸多因素的。正是在女性形象这一美的载体的引领下，人类精神的飞升成为可能。可以说，人类的情感一旦越过本能欲望的边地，就抵达了爱与美的天堂。犹如"最昂贵的勋章"、"高入云天的珠穆朗玛"的双乳，以及由此幻化出的种种美妙形象，在诗人对女性的崇拜意识和诗歌审美之光的烛照下，自现实的层面获得了一种精神高度，犹如"两盏明灯"一样指引方向。

那是什么方向呢？肯定不是世俗和肉欲的方向。

很难说，一位男性艺术家究竟有多少灵感来自女性，但若断言他最冲动、最纯粹的艺术创造一定出自现实或臆想中的女性的感召，却也不假。尚飞鹏情诗中的女性形象似乎具有现实所指，又似乎是一种更广泛的指称。一会是情人，一会是妻子，一会是少女，一会是母亲，并逐渐泛化开去，成为鲜花，成为月亮，成为土地，成为阴性的具有美的特质的事物，甚至成为更博大的自然和万物。诗人凭借天马行空的想象，将这一无限变幻的形体适时放出又及时收回，而贯穿其中的是诗人不变的对于爱和美的颂扬。

诗人对于美的推崇和迷狂，似乎与马尔库塞用艺术审美改造社会的理论如出一辙，实际上却并非一回事，就像对崇拜女性、美化女性的诗歌行为可能的责难会是：对女性的无知。而我要说的是，生活的真理与艺术的真理本来就是两个不同的领域，相互关联却不能混为一谈。但无论时代如何变迁，爱与美都是我们最初也是最后的家园。

依赖并放纵感性，注重挖掘人的潜意识和原始欲望，是这首长诗乃至尚飞鹏所有情诗的共同特征。这也正如马尔库塞所认为的那样："意识"是后天形成的，受"现实原则"支配，"无意识"是与生俱来的，受"快乐原则"支配，"无意识"比"意识"更能体现人的本质。诗人自称"情王"，是情感之王，而不是那些言情剧集中为猎取女性感情费尽周折，或为小情小爱死去活来的所谓"情圣"。诗人的人生理想是"拉琴、写诗、爱自己的女人"，这在拼命追求物质并为物质所累的人那里，有着奢侈的浪漫，也有不切实际的幻想，但却让我们看到在利欲熏天的俗世中，还有一个如此纯粹的为了艺术而活的人。

《双乳》，无疑是性感的，妩媚的，却有着不容侵犯的纯洁和高傲。这部长诗由三十三首短诗组成，既可独立成篇又浑然整一，恣意的想象，飘逸的诗行，自然的律动，优美的曲线，构成了它别具一格的魅力。这不仅是一曲女性的赞歌，也是爱与美的赞歌，是高悬在我们情感世界和精神世界里一枚诱人的圣果。因此，诗人在创作完成这个作品时，才骄傲却不无真实地说道："长诗《双乳》，是我的心灵史，是祖国的苦难史，是民族的悲剧史，是女性真善美的灵魂，是全世界女人的骄傲，是一首献给人类的大诗！"

孙晓杰：深澈而开阔的智慧表达

从《黎明之钟》到《银狐》再到《火焰的伤口》，以及此后大量未结集的诗作，我看到一个诗人在创造力的推动下，经过持续不断的努力和自我调整，在艺术上逐渐走向丰富、开阔和深邃的过程。伴随这一漫长过程的，不仅是诗艺的纯熟和诗歌风格的形成，更是诗人精神的成长、成熟以及灵魂的苦修。

每一首诗都有它的形体和表情，有它产生的特定时空。当诗人为我们逐一呈现诗歌时，诗歌也映现着诗人变化的形象，不变的衷曲和热肠。阅读，是激活也是重现，是以发现和审美之心深入文本之核、诗人之魂，复活特定的诗歌情境，重觅诗人在时间中黯淡的音容。

读孙晓杰的诗，感觉是在聆听一位温和谦逊的智者的心声，领略他描绘的时代图景，感受一股涌动的暖流，一种拨开庞杂物象显现的深邃，一抹字里行间闪射的理想光辉。让我感动的是，在三十多年的写作实践中，他始终以对待生命的热忱，将自己的关注和思考投向广阔的社会生活，打开自我，与世界沟通互动，实现"诗歌的无用之用"。

不同于很多诗人复写生活的刻板和肤浅，孙晓杰对现实的介入，是以灵魂的在场为前提，以经年累月的观察、揣摩和艺术功力为保证，刨开生活的浮土层，揭示真相和本质，显现爱的真谛和人性的光辉。在对矿难事故的书写中，他将死者的脚放大，突兀地呈现，也借此完成自我精神的洗礼："把手洗干净，我才敢/向这些脚，做出告别的手势"；一位掉队女兵的命运让诗人内心的沉痛无以复加，他最终这样表达："前方一场车祸，让撞损的时间/在我的目光里缠满了绷带"。在人的精神领域，在诗歌的形而上层面，这或许是一种低姿态，一种贴着地面的飞行。但也正是因为这种低姿态，使得诗人的世俗关怀有了确切的价值和意义，也让诗人的理想追寻有了落脚的石基。

当写作推进到一定阶段，就会呈现包容开阔的气象、从容稳健的风度，就很难用题材和类型来框定。孙晓杰不仅注目社会重大事件，也书写被忽略被漠视的生活现象，即就是平淡无奇的一把刀子、一片枯叶、一只水杯，也能呈现幽深的诗境。他在一篇文章中如此解说："由于诗人活在现实当中，他的所见所闻都会触及他的灵魂神经，引动他的悲悯情怀。诗人是人类心灵最敏感、最柔软的那一部分。诗人深知生命之痛。"

或许，丰富深澈的现实领悟还不能充分完成诗人的自我表达，于是他写领跑者、天空的跨越者等等，并将目光投向更为本质更为高远的事物上："天空是圣灵的栖所/除了太阳、月亮这样伟大的事物/谁能在天空逗留长久？"长调《孕育》，更是将生命孕育与诞生、光荣与梦想进行了多声部的奇妙展现。与写作同步进行的是内心的修持，随着诗性光明的渐增，世界自行敞开，万千事物进入诗人的内心，物我无碍地交流。孙晓杰的诗，就是这样从平凡琐碎的事物中发现神奇，以现实物象显现诗歌的精神空间，抑或神性的光辉。

在这个信仰缺失、价值观混乱的年代，人心需要爱的抚慰，社会需要良心的修复。而诗人正是传递诗歌使命、构筑诗歌梦想的人，他"深知生命之痛"，他总是自觉承担。孙晓杰优雅纯正的诗歌品质，深澈而开阔的智慧表达，不仅是对诗坛大面积滋生的贫血和卑琐的无声反驳，更以一种血气旺盛的正能量，为我们的心灵和我们的生活带来切实的慰藉。

王琪：抒情的品质

以夸张的服饰和出格的言行上蹿下跳的人，总能博人眼球，引人热议。而王琪是充满内秀的，谦卑的。诗如其人，他的诗是需要慢慢品味的。

　　读王琪的诗，就是在深入他的内心，深入风清月朗的内心独白的场境。有时是一种独语，有时是一种倾诉。他的感情是真挚的，他的声调压得很低。这种不事张扬的轻声细语的叙说，显露出他个人的性情气质。他的诗没有浓烈激进的情感冲撞，斑斓绚丽的色彩铺陈，语言清浅素朴，诗意冲淡悠远。也不刻意地埋藏语言、智力陷阱，编织晦涩多义的隐喻系统，缓缓流动的诗句，呈现着经由内心浸润、提纯的情感之美，以及在时光沉淀下透出的醇厚内蕴。

　　诗歌的艺术风貌总会透露出诗人内在的精神气质。也可以说，诗歌的艺术风貌正是诗人精神气质在某种程度上的外化。王琪的热情善良、敏感多情以及内心的脆弱，形成他诗歌柔性的抒情表达和独特的创作个性。对故土和亲人的思念，生存奔波的苦楚，理想的迷茫……，如此种种，化作了轻柔而忧伤的述说。这种情感是经过充分沉淀和提炼的，具有触动人心的力量，是能够引起广泛共鸣的。人生经验和知性的表达也化若无痕地融入情感之流的脉动中。

　　情感是抒情诗的灵魂。情感的诚挚性、容量及其强度直接影响着诗歌的感染力。这种诚挚性源自人格中的真诚和率真，是无法伪饰的。这么多年，王琪始终保持着纯正优良的抒情品格，但这并不完全仰仗于他的才情禀赋、人生经历以及审美理想。

　　抒情的品质，归根结底来自诗人内心的品质。透过语言的表象，真诚、善良、悲悯、热爱等等，无不散发着光芒，且以其精纯而愈加彰显。诗歌的光芒最终取决于创作主体内心的光芒。

远村：歌唱与缄默

　　人们常把诗人称为歌者、歌手，甚至舞者，这一点也不奇怪。如果对诸种艺术形式不作狭隘的门类划分和具体形态的差异性区别，就其精神实质而言并无不同。就像不同乐器的演奏，仍是对同一支曲子的诠释。诗人等同于歌手，诗写也就是歌唱，就是对那处于幽暗无名、深深缄默状态的本体之诗（歌）的显扬和昭彰。

诗歌在产生之初与音乐的血缘关系，决定了此后抒情诗歌的咏唱性特质，这种咏唱性不仅表现为形式上的节奏和韵律，还在更深层面上与人的情感状态和生命状态构成呼应，并能够以直接、纯粹的方式进行诗歌的精神性表达。远村诗歌的显著特征就是抒情性，或者说咏唱性，但因其抒情品质的纯正和精神性彰显，能够让我轻易地把他和同时代的众多写作者区分开来。

远村歌唱陕北故乡，却没有局限在乡土的物性层面，而是直指精神存在的家园。民歌（信天游），陕北文化的标志性符号，被拣选出来充当与诗歌同义的精神符号，成为精神本体的意指，其传达者被赋以"歌手""流浪歌手""歌女""歌王"等不同称谓，"民歌部落"就是传达者的族群，拥有自己的族舞、族歌和族徽。与此同时，远村还热衷于歌唱陕北大地上的英雄传奇，彰显一种浪漫而恢弘的精神气度。由诗人毛泽东到李自成再到轩辕，在这一追本溯源的过程中，我们看到了最初的"酋长"，最高的诗意抽象。在这两个声部的展开和叠合中，在诗与史的交融与呈示中，他让具有核心、统领地位的"酋长""歌王""民歌部落"出现，也让颇具神秘色彩的"河神"出场。对陕北大地，远村可以说是以回望的姿态，进行了种族印记和精神源脉的找寻与触摸。当然，对于城市和生存现实，他也有足够深入的思考，而我更倾心于他的歌唱，那种理想品格和骑士精神也正是当下所缺。

歌唱，不仅是生命气息和能量的呼出，一种精神之光的烛照，它更以咒语的魔力，呼请万物敞开，显露缄藏的秘密。远村一面歌唱着，纯净的语言发出火焰的啸叫，穿透生活的表象；另一面，看到遍地奔走的精神贫困者，他也思考"歌唱的意义"，确定"诗人的立场"。他的歌声真诚豪迈、超拔向上，"我的每一根肋骨向北/我不曾伤残的足趾向北/我在大漠上横躺的身体向北"，整个身心所指向的，正是闪耀千古的精神方位。

如果说歌唱是一种显扬，是有限的敞明，那么缄默就是深深的闭合，就是向无声无象的本源状态的回归。相对于诗人的歌唱，其缄默更显得意味深长。在这样一种状态中，诗人陷入沉思，陷入冥想，也就真正迫近了存在的真相。优秀的诗人总是深谙此理，对于这两者的辩证关系，远村也有精彩的表达："颂歌远不如诗人的沉默珍贵"（《诗人的立场》），"他把嘴巴藏起来/让歌声流传"（《歌王》），"此时此刻　从一棵葵花败落处/诗人　在渐渐下沉"（《无言或者无言》）。

事实上，作为诗人的远村在一度的辉煌之后，诗歌发声日渐稀少，留给人们很多遗憾和困惑。他原本可以走得更远，愈加纯粹的诗歌一如升腾的火焰。但我们也知道，在文学和艺术史上，很多天才以疯狂或自杀的方式停止歌唱，也有如兰波者，以主动的放弃给予自己的内心和诗歌最大的尊重。无论是主动或被迫远离，甚至以身体力行的方式实践诗歌，或许都不重要，忠实于自己的内心，真诚面对，就是最好的选择。

然而，就在诗人远村日渐缄默的时候，一个以线条和笔墨歌唱的书画家远村，又闯入人们的视野。实际上，他是放下了一件乐器，顺手又操起另一件。他并没有沉寂下去，他依然在歌唱！

杨争光：淳朴的魅力

小时候，经常去村子里一户人家玩，痴痴地趴在炕沿上，看窑洞土墙上《红灯记》的剧照和胖娃娃的年画。窑洞里有股潮味，混合着青草和牲畜粪便的气息……读杨争光的诗，尤其是他写老家乾州的篇章，儿时记忆的碎片顿时浮现出来，视觉、听觉、嗅觉的记忆也被打通，连绵一片。

杨争光这些诗歌的写作时间，是在上世纪八十年代初，那时的农村还保留着今天看来已是十分稀缺和宝贵的东西：淳朴，淳朴的风俗，淳朴的人心。这一时期的诗作，语言是质朴、明晰而节制的，携带着浓郁乡土气息的诗歌意象，诸如老槐树上的钟、皂角树、野枣刺、荞麦花、石板房、庄稼的波浪等等，扑面而来。他写在大冬天死去的农村的孩子，蓬头垢面的外乡乞丐，快乐的流浪汉，哺乳的母亲……，饱含深情地描画出关中平原乃至西部农村的生活场景和人间温情。然而，这里呈现的乡土却不是纯美的乡土记忆，而是汗水浸泡、沉重却不乏美善的乡村生活本身。

《外祖父》《妈妈》以孩子的视角叙事、抒情，真挚动人，一幕幕闪现的生活画面令人追思和回味；《我看见你们了》写的是乡村女人下河洗澡、嬉闹的场面，淳朴、健康又别具风情，难怪她们洗完澡，收起晾干的衣服，都"走进嫣红的夕光里了/走过庄稼地，走进幽蓝的小村庄了"，诗人心还在不安地动荡；《洗衣服的女人》像一帧静物画，主人公洗完最后一件衣裳，坐在河边想心事，自然之美、人情之美跃然纸上；《我站在北京的街道上了》有着鲜明的时代印记，淳朴的语言，淳朴的情思，曾引起过广泛的共鸣；写于1985年的《黄河》，没有泛滥的激情，没有陈词滥调，语言平静而散漫，有种冷抒情的味道，语感极好；还有《关于一座大山的诗》的历史意识和现实感，《牡丹台》的独异个性，《大西北》《黄土高原》的粗粝豪情……

读杨争光的这些诗，冰封的记忆开启了，童年乃至比童年更久远的时光向我走来，山原、土梁出现了，村庄出现了，劳动的场面出现了，唢呐吹起来了，秦腔吼起来了……

感谢诗歌，它为我们亡逝的岁月构筑了一片家园。一切都在那里，原封未动，只等我们轻轻走近，推开那扇虚掩的门扉……

宗霆锋：语言魔术和颠覆性的诗学构建

宗霆锋在一首诗中将诗人喻为"幻术师"，他说："深入安息香的幻术师念诵词语……"

可以想象，当诗人进入物我相应的交感状态，纷飞的词语终将铸造怎样连绵而壮观的诗歌幻境。长诗《灯神》的语言构成，足以令人惊惧，令人叹为观止，其原生性、超现实的特异组合和源源不断的繁殖再生能力，汇成波澜壮阔的幻象的河流，也足以"秒杀"在语言上大做文章的所有才华出众者。作为一名爱诗者，我也觊觎着《灯神》内部的宝藏。于是，一次次站立波诡云谲的"幻象的河边"，乘上自制的简陋舟筏，在暗藏漩涡的语言洪流中冒险漂流，颠簸，倾覆，挣扎着爬上岸，捂着怦怦直跳的胸口却无以言表。至今，我很可能仍在它的外面漂流，因无力进入，或者说不被接纳，而心怀羞愧与怨恨。

或许，语言特征仅是诗歌表象的某种构成要素，正如诗人多年以后谈到《灯神》时淡淡说出的一句："那是一种词语写作。"我明白，他更倾向于后来的明朗清澈、质朴开阔的诗性表达。然而，《灯神》庞大多维的结构、幽深赫然的主旨和宏伟的诗学建构，绝非自谦之词就能一笔带过的。

对于"荒原"这一形而上主题，诗人在它前面冠以"梦遗的"，就以形而下的方式另行呈现。卡通诗人、罂粟、生理学教授、桑拿浴按摩女郎依次出现，卡通世界的种种神奇和物化特征表露无疑。"灯神之娩"，竟是桑拿浴按摩女郎在血污的床上产下的一朵白莲。"灯神"，作为本诗的核心意象，精神之光的本体，它从一个颠倒变形且脏污不洁的世界诞生，正是响应了菩提世界的光明召唤。未婚先孕，神人结合，这里的"灯神之娩"似乎正是对西方圣诞神话的东方式的现代改写。

对应于现代社会，或者说就是现代社会的戏拟，在"午夜的色情酒吧"，"卡通帝国"的各色人物纷纷登场，有属物的，有属人的，也有神魔鬼怪之类，他们在光怪陆离、匪夷所思的戏剧场景中欢会、游戏直至终场。创世神话在这里被仿写，圣者呈现出粗陋和卑下，人被物化，物被人化，卡通帝国的公民在毫无生命迹象和精神气息的氛围中狂欢。彩色积木舞台上的"呕吐乐队"反复唱着，那"颂歌"也失却了往昔庄严神圣的形式。

"哦，道德的北方呀，洁净的乐土！"拜伦的诗句成为长诗第三章的题记，它赫然出现，与文本的非道德化和不洁气息构成反讽。生理学教授在交织、变幻的多维时空展开他的梦呓，他说："这只是一个虚假的玩偶集市，苍蝇们的筵席。"他说："荒原是一把火色的舷梯，上去，上去，上去……"就这样，卡通帝国的所有人、物、神魔，都被大天神在色情午夜滴下的殷红的火焰包裹、焚烧和清洗，被大日如来的心咒从内部照亮。

在这部长诗中，宗霆锋将他的语言的才能进行了极致的展示，轻而易举地成为语言幻象的超级魔术师，他那令人瞠目结舌的语言杂技，也将成为众多诗人的梦魇。仅此还远远不够，抛开诗歌的结构方式、复合文体的写作以及主题的呈现等等，他的仿写或改写，他的戏拟，他的颠覆，实际上，他在这部长诗中是以某种"后现代主义"的方式进行了精神和诗学的"现代主义"构建。当然，要想在如此庞杂多维的诗歌空间，理出他在哲学、神学和诗学上的三位一体运作也绝非易事。

　　总之，概括地说，《灯神》是颠覆性的，同时也是建设性的。或者说，它在"现代主义"和"后现代主义"的模糊地带进行了自我的独特表达。

李炳智：传统与现代之间的游移或选择

　　不像大多数人，年纪轻轻就与诗结缘，通过写作上的持续推进，进入现代汉诗的话语系统，李炳智的写作，是在工作上退居二线之后，将搁置多年的文学梦想重新拾起，并试图以现代诗为突破口，所进行的一种充满自我挑战的选择。因此，李炳智就像一个意外的闯入者，携带自身特有的质朴、热烈和古拗的诗意进入当下诗歌的现场，他执着地进行自我表达，彰显自己的存在。不过细想之下，这一点也不意外，人在艺术上的选择看似偶然，实则必然，一种精神上的召唤，可以在人生的任何阶段发出诚挚邀请。

　　李炳智出版过两本诗集，封面都印有"现代诗集"字样，他写作或发表诗歌，也习惯地称之为"现代诗歌"。我猜想，在他内心深处，"现代"是具有诱惑力的，或许那就是他努力寻求的方向。谈到现代诗，客观讲，它不应仅仅表现为一种有意味的抒情或叙述，从根本上说，现代诗就是创作主体在强烈的现代意识观照下的诗意生成。李炳智这一代人生于建国之后，经历共和国在特殊年代的种种震荡，同时他们深受农耕文明的熏陶和古典诗词的滋养，思想意识深处，传统的惯性很大，不比新时期出生或成长起来的年轻人，他们从小就置身现代语境，现代意识可以说是自然生成。因此，强调诗歌的现代性，就会对李炳智的写作设置难以逾越的障碍。

放弃了更为顺手的旧体诗词的创作，而选择以现代诗的形式进行自我表达，这对李炳智来说本身就是一种挑战。然而，我们的担心显然多余，因为他很自然地就找到了一条适合自己的路径——向诗歌传统的自觉靠拢和回归。这种写作方向，显然是根植于建国后到新时期以前中国新诗的土壤，然后向更远些的古典诗歌传统汲取，所进行的一种当下生活的表达。李炳智的文学观是现实主义的，而他的精神气质又具有浪漫主义特征；题材时时触及当下城市生活，而诗歌意蕴又充满古意，诗歌形态和审美趋向传统。因此，他思想内部及诗歌内部的空间是具有张力的。把他的这种诗歌追求，放到百年新诗尚在积累和调整、需要各种方向的探索这个大背景下，毫无疑问是具有积极意义的。

对应于现代，人们常常说到传统。所谓传统，也是一个模糊的、言人人殊的概念。具体到文化和诗学范畴，它的存在犹如家园，既提供无穷的汲养和庇护，同时也形同黑洞，吸附并吞噬远行者的脚步。古典诗情如若不能在更深的层面进行精神上的传承，或者漠视、排斥现代性的艰难探索，就会沉沦于历史巨大的惰性。对于今天的我们而言，现代和传统之间，无疑是断裂的，存在一个巨大、尚无法弥合的裂隙。现代性的道路疑虑重重，传统的面貌也变得暧昧不清。在这样一个历史的节点和机遇之下，诗歌就是一种自觉的寻觅和廓清。当然，这也会是困难重重，甚至异常艰险的。

　　还好，无论选择那种方向，在现代和传统之间是游移还是决绝地奔赴，诗歌的本质或者说内质，并不会因此而有太大的改变。李炳智以数十年的人生阅历和生命体验灌注自己的文本，整体上显得情感饱满，意蕴丰厚，他的勤奋和对待诗歌的精益求精值得肯定。按说，诗人李炳智在人生的这个阶段进行写作，在现代汉诗的话语系统中发出自己的声音，应该更为徐舒和从容，但他并不满足于充满诗意的生活，一种切实的诗意存在，还渴望在诗歌文本上有所建树。那么，在传统与现代之间复杂的纠结、互动关系，以及因此而提供的广阔的创造性区域中，诗人是大有作为的。我们由衷地期待并祝福！

诗歌独创性的三种面相
——阎安、成路、宗霆锋作品释读

"诗歌是一种偏远的建筑"，如果在此援引法国象征派大师马拉美的诗学片断，肯定会有很多人不以为然，甚至被认为是危言耸听。在我们当下诗歌创作的现场，多数人依然无法放弃对于平易亲切的诗歌话语和生活化表达的喜爱与热衷。我们会不时地听到一些针对玄奥诗风的疑虑或不屑，以及"佛说家常话"这样的劝诫。当然，作为一种诗歌观念，本无是非对错，各有各的追求和探索，只要能够自圆其说并有不凡的文本表现，或许就已足够。然而，我们若突破历史文化语境的层层障碍，追溯现代抒情诗的源流，就能看到自波德莱尔以来，经过兰波、马拉美、瓦雷里、艾略特等大师的努力开拓，现代诗歌在"去个人化""丑陋的强度""本体论模式"等等方面究竟走了多远，抵达怎样孤绝的境地。这样，我们就不会满足于时下浅薄、简陋的诗歌美学，或以"反映论"为金科玉律，或以"口语化"为先锋，以粗鄙恶俗而沾沾自喜。

二十一世纪中国诗歌的美学趣味，依然小心翼翼地裹身在一个被框定、被认可的俗常、庸常范畴之内。诗学意义上的"离经叛道"，被部分诗人粗俗地演绎为道德层面上的颠覆或挑战。经过八十年代短暂的思想文化"启蒙"和精神阵痛，九十年代以降，诗人们已经学会与现实修好，热衷呈现和赞美琐碎平凡之美，与各种极端状态保持一个安全的距离。而且，仍有更多的写作者，躲在主流意识形态的褓褓中嗷嗷待哺，失去了独立的思考和判断。总之，是越来越多同质化、庸常化的书写面相。更有甚者，文本中除了实物的描述和列举，没有丝毫的缝隙或空白用于存放精神的空间。如果我们认同："诗歌是一种偏远的建筑"，就意味着对艺术创造和探索的可能性有所洞察，并对其所能抵达的深远之境或边界预留足够的心理空间。这个时候，诗歌不再是描摹和再现，而是对俗常之物的重构与变异。

在对那些开创性大师（诸如波德莱尔、卡夫卡、博尔赫斯等）投以崇敬和赞许目光的同时，我们仍然心存祈望，试图在本土，在现时代，搜寻那些极富创作个性或独创性的个例。我们知道，独创性诗人或作家的诞生，与个人天赋有关，更是时代震荡、文艺思潮嬗变的结果。这样的人不会多，永远是少数中的少数。他们能够为这个时代的写作提供多少新经验、新方法，或者新材料，也事关作品价值的最终评判。物质时代，"一个会飞的孩子"（阎安诗歌），他的精神飞行，他"冒着阵阵寒烟"的降落之处，竟然是"比内心更偏僻和更荒凉的地方"。正是在时代生活的繁华喧嚣之外，个人心灵的孤绝之处，语言炼金术，"朝那绝无之境进行的神秘工作"（马拉美），才真正展开。

阎安：偏僻荒凉的精神飞行

阅读阎安是一种挑战。他独异的诗风与个人气质之间有着惊人的相似，从里到外透出的冷冽、凌厉的锋芒，足以拒斥任何靠近者。写作风格当是写作者精神气质的外化。而一个人的个性气质的形成，除了先天因素，就是后天经历，其中更多是童年的经历，这完全杜绝了模仿的可能。打着鲜明个人印记的独创性诗歌，同样无法模仿。

《与蜘蛛同在的大地》这本诗集我没有读到，但那个幻影般神秘、惊悚的生物，象征性存在，已经让我对阎安的诗歌有了猜谜般的好奇。《玩具城》和《整理石头》我读了很多遍，嵯峨凌厉的诗歌表情，多义乃至歧义的幽深诗境，以及那种异样的美，让我既感觉到震慑、疑惧，又充满迷恋和向往。的确，他的诗并不适合大众的口味，甚至就是某种刻意的排斥和拒绝。然而，一种包含独特诗歌美学，集原创性和现代性于一体的诗歌品质，已显露无遗。

1.精神指向

阎安的诗并不指向伦理，因而很少浮现为道德层面上的美善之光。他不是一个时时处处分发爱心的使者，他是一个站在事物背后一言不发的洞察者和剖析者，但这并不表明他没有态度。他说："把道德家说教者/和他们的火药工厂流放在这里"（《边境上的小城堡》）。同样，他的诗也不纠葛于社会、人事的纷乱细节和表象，他是通过独特角度（旁观者）的选取和锐见，对整体性存在进行提炼、概括和命名的方式进行写作的，趋向本质性的探寻与发现。于是，像"蜘蛛""鱼王""鸟首领""狼神"等这样一些中心意象，通过平静的叙述和精确的细节呈现，成为世界身体的精神构成抑或核心。

呈现与塑造是阎安诗歌的常用手段，但以介入方式参与的具有召唤和启悟性质的表达也并不少见："把岸边的灯/和那些在巨石心脏上沉睡已久的星星//一同点亮"（《北方那些蓝色的湖泊》)，"灯塔啊，在石头的内心点亮/像地穴中深居简出的蜘蛛/在大地的肺部点亮"（《灯塔》）。尽管这种精神与意识之光的发散，显得沉重、阻滞和不可思议，但确凿而坚定。尤其在《使者赞美诗》和《蓝孩子的七个夏天》这样的诗篇中，在"雷电枝形的火光"和"凄厉无比的星光"之下，诗人精神世界的袒露就更为显在。《蓝孩子的七个夏天》犹如隐秘内心的创世纪，激烈、滞涩、混杂、开阔，高度的象征性一如压缩的铀矿，蕴蓄着巨大的精神能量。

北方，在阎安诗歌中是一个频频出现的词，诗人也自称"北方的书写者"，这种强调具有深意。北方，不仅是一个地理区域的指称，还代表着方位与坐标指向；它不仅具有空间上的延展性，还具有广阔、苍茫、超拔、冷冽等多种精神属性。永恒的北斗七星夜夜为大地导航，《圣经》中也说："金光出于北方"，这个地理和方位名词在诗人的写作中很大程度上已成为一种精神方位和神性坐标。阎安所反复强调的也正是这样一种凛冽超迈的精神气度，一种粗粝开阔的诗歌品质。

2.色彩美学

色彩是一种视觉语言，但经过人的感觉和联想，便成为含义丰富的情感语言和心理语言。在诗歌表达中，色彩总是附着在特定的事物上，以其富有的暗示与象征特性与事物本身一起完成精神性的表达。

《玩具城》的开篇就是一曲红与白的交响，其中也出现了蓝与黑，天空若有所失的蓝与夜晚黑布似的黑。色彩在阎安的诗中，用于描述和渲染的情况很少，强烈、出人意表的视觉冲击力传达出深度的内心体验，带有无法言喻的指向性。阎安的诗歌表达多用蓝、黑、红、白四色，且以蓝、黑居多。神秘浩淼的蓝色倾向于空虚、绝望、凶险、死亡和堕落，当一只白天鹅在天空歌唱，那蓝就变成需要持守的"内含疼痛的蓝"。黑色无疑是肃穆凝重的，沉着有力，具有密实收缩的性质，在感情基调上则倾向于孤独和死亡，在宗教意义上特指未被启示之光照亮的精神现实。

红色在阎安的诗歌中出现不多，却极为醒目，"一种与地幔同样致命的红"让他成为"一个幸福的色盲症患者"。白云和白天鹅的纯洁是易于理解的，由黑变成的白、巨蛋的空白，一团白乎乎的、从事物内部逸出的色彩，则是为强化暗示、象征功能所进行的色彩的抽象和提取。阎安诗歌中的色彩往往呈多义性，彼此之间有凸显、强调和转化关系，饱含张力，在色彩主旋律之外又形成富有魅力的变奏。

3.动物意象

卡夫卡在他的小说中，设置了诸如甲虫、猴子、狗、鼹鼠等卑琐的动物形象，以此表现现代人触目惊心的异化现象和现实处境。阎安诗歌中的动物形象同样给人留下深刻的印象。这些动物形象多半是神秘或凶悍的，散发着一股强力，如土里游泳的蜘蛛，预言要和人类开战的鱼王，枭、乌鸦、狼、老虎以及某种杂交变异的动物；也有少量纯洁唯美的，如"接近上帝"的白天鹅，歌唱的百灵子。这些动物形象中既有生命起源意义的原型意象或变形意象，还有象征性意象及普通意象，但无一例外地带有诗人赋予的精神特质。

从原始的动物图腾和动物神话开始，动物形象在历史的进程及不同的文化传统中发生着深刻的变化，呈现错综复杂的寓意，在诗人的表达中也以形形色色的面目出现。总括阎安诗歌众多的动物意象，可以提取三个具有根基性质的核心意象：蜘蛛、鱼王和鸟首领。它们不仅统摄着丰富庞杂的寓意系统，作为自我心灵的深度幻象，还在某种程度上象征着世界的心灵。

阎安在一篇访谈里说："在我的生命直觉里，我一直认为鸟比人古老，蜘蛛比鸟古老，石头比蜘蛛古老。"由石头到蜘蛛到鱼再到鸟，这漫长的时间的历史，是否也包含了这三个核心意象间的隐秘联系？它们之间是并列，抑或有着演进与变形关系，阎安的诗"一只鱼一样在土里游泳的蜘蛛"以及庄子在《逍遥游》中的描述："北冥有鱼，其名为鲲。鲲之大，不知其几千里也；化而为鸟，其名为鹏。鹏之背，不知其几千里也……"似乎提供了一条不甚明朗的线索。

4.恶性审美

"只有在恶魔的肚子里种上诗歌和玫瑰/才最温暖最安全"，读到这样的诗句，或许有人感到疑惑，或许有人即刻反驳："罂粟只有盛开在天使的花园才恰如其分！"细想之下，玫瑰—恶魔，罂粟—天使，两组事物如出一辙，只是说法和侧重点不同而已。然而，反驳者的敏锐值得肯定，阎安的诗确实反映了一种"以恶为美"的审美取向。当然，这里的"恶"是一种审美形态，而非道德范畴。

以丑为美，以恶为美，可以说是现代艺术最突出的审美特征。正是现代诗人对人类精神世界的深度开掘和拥有的复杂的审美意识，让我们看到：理性与疯狂的界限消失了，无可救药的病态之花开满现代的荒原；也让我们觉察：美与丑、善与恶在本质上并无不同，天使的后花园里留下的往往是恶魔的脚印。阎安在一篇文章中也这样说："一种恶也可以构成诗性，不光是真、善、美。"

于是我们就不难理解类似这样的表述："铁一样出色的狼群"，"恶狠狠地沉默"的杀手枭，"獠牙似的"或者"患了瘟病"的月亮。"恶性审美"并不完全表现为一种"恶的意识"，它还体现为坚硬冰冷的诗歌表情和倾向于堕落和死亡的黑蓝色调。审美意义上的美善和恶丑犹如上和下、春天与寒冬、白天和黑夜，它们不仅对立而且互补："黑暗就像一只斑斓夺目的兽王/比软弱而文气的光明更能强调白昼之白"。

5.神秘诗学

阎安说他有追踪神秘事物的习惯，也有人称他为"秘密的窥探者"，这我完全信服。

神秘主义在中国，即使在文学艺术领域，都不是一个成其所是的词语，在很多人的意识中仍意味着虚悬和不靠谱。由于文化传统的差异性以及无神论思想影响，我们更信赖可见可感可触的现实世界，文学艺术的表达则强调现实关联。诗歌作为人对自我和世界的一种非理性认识，天然地带有神秘主义倾向。在诗歌的视域中世界可以是多重的，时间是可逆的，存在是多种多样的。

与大多数的社会诗人和现实诗人不同，阎安诗歌具有浓厚的神秘主义气息，他不仅揭示出种种神秘、未知的存在，还营造出幽深莫测的诗境。星光下的挖掘者挖掘的"另一个世界"，"鱼王的藏身之所"，巨鸟、鸟首领、巨大的事物所统领的世界，是远离尘世或高于尘世的神秘；"一棵望尘莫及的树"，一个会飞的孩子"人所不知的飞"，"传说中的秦岭红"，是现实的大地生长出的神秘；"身披黑熊皮的人"和"大雪中的逃逸者"是介入现实内部的神秘。

诸种神秘之中，远离或高于尘世的神秘最接近神性事物。鸟首领，这个天使和神灵的对等物，高高在上，远离人间，"它的时间就是所有的时间"，"是你望尘莫及的/倾其一生也难以述说一二的/鸟首领"。同时我们也看到，这种神秘存在与人世是绝缘的，没有任何沟通和往来的可能。也就是说阎安诗歌的神秘主义不同于宗教的神秘主义，它呈现了这个世界之外的另一种存在，甚至高级存在，却没有生发诸如爱、悲悯、救赎之类的宗教情感，也没有表现人对至高存在者的渴慕和祈求。在一个非基督教文化传统、缺乏神学精神的文明系谱中，作为至爱者与启示之光的上帝之缺席是可想而知的。

6.孤独景观

每一个从事艺术创造的人身上，都会有一种孤独气质，而且沉浸艺术愈久愈深，孤独感会日益浓烈。写作既是对孤独的解除，又是孤独更深的笼罩。而我相信，在诗人阎安身上，这种孤独感是数倍于常人的，这不仅从他的日常生活中表现出来，更从他的诗歌文本中强烈地散发出来。他的诗充满了荒凉冷寂的描述，却不是情绪化的，有着理性的坚定。

孤独是现代人的痼疾。现代人是失去故乡的人，戴着层层面具扮演别人的人，遭受异化和精神压迫的人。在这个钢铁时代，滚烫而奔涌的爱是缺失的，悲悯已成为某种虚伪的托辞。一种现代性的孤独无以慰藉。源于个人气质的孤独与这个时代的特征相遇，就有了共时性的呈现。因此说，阎安诗歌中的孤独感不仅是他个人的，也是时代特征。他对异乡人的频繁表述和逃跑计划的设想，揭示了现代人的存在境遇；《玩具城》中的卡通和寓言色彩到了《地道战》中，演变为一种应对外部世界的计划和策略；在《研究自己阴影的人》和《我又捕捉了一个怪物》中，诗人做起了孤独的游戏。一种超出个人范围的孤寂，在北方广阔的领域，在地球在太空令人心碎地弥漫。

作为一种现代病，孤独并不必然地导致绝望，事实上它常常与卓越相伴。正如在汉语言的表述中，"孤"是王者，"独"代表独一无二的意思。阎安的孤独不像卡夫卡描写的那种惶惶不可终日、孤单无助地开掘内部空间的孤独，而是一种充满傲慢和霸气的孤独。这种孤独带有一种强力意志和王者风范，这或许就是阎安喜欢造出鱼王、鲸王、星王、狼神、鸟首领这类诗歌意象的根本原因。

7.现代性构建

在中国，现代主义不是伴随着社会进程自发产生的，而是文化"拿来"的结果。现代主义还没有走向深入，还是一个未完成的形态，艺术的革新者早已迫不及待，又将所谓的后现代主义再度"拿来"。一座大厦还未完工，就涌入了一群"破坏者"。在对经典的解构、对崇高的反讽，审丑、崇低化倾向等方面，更是找到商业同谋和互联网的传播途径，影响大众的思维和审美。恶作剧般的颠覆和否弃的背后，不仅是精神贫困的文化表征，更是现代人在现代性的焦虑和困境中找不到出路的精神自弃和灰色狂欢。

而阎安的写作发端于上世纪八十年代末的陕北高原，一个最艰苦最闭塞的区域。他一开始就怀着深刻的洞见、忧患与怀疑，审视时代和人的精神现实，一种现代性品质，判然有别于那个时代的传统现实主义写作，因此显得卓尔不群。他的诗充分吸收西方现代主义文学营养，并能同中国的社会、历史和文化结合起来，注重灵魂重塑和时代精神展现，是一种严谨、理性、富有建设性的写作。而且，一种粗粝开阔的北方气质，一种令人惊惧颤栗的美学特质，在当代诗人的写作中是罕见的，并因其独特性和异质化呈现而显得珍贵。

社会的现代性构建还远远没有完成，美学上的现代性仍是一个有待完善的课题。在这双重背景之下，阎安诗歌所秉持的纯正的现代主义品质不仅没有受到所谓的后现代诗潮的冲击，反而以傲慢、强有力的姿态坚定地铸造世界幻象及其意义。

8.小结

在经过一番盲人摸象般的猜测和解读之后，我很可能仍在诗人阎安的"玩具城"外徘徊，仍不能领悟他"整理石头"的奥秘，但复杂而惊颤的阅读体验是真实的。的确，阎安不是一位抒情诗人，他的诗不是自我意识的喷发和主体精神的流露，因而并不表现为普遍的歌咏性质。但他并不排斥抒情，他的抒情是"一块白布背后的红"，一种冰冷的激情。抒情性诗人将世界置于"我"中，世间万象都是自我精神的投影，而阎安将"我"置于世界的广阔之中，使"我"成为一个观察的窗口、一种角度。他竭力隐藏自己，注重对世界的认知和意义发现，他用语言为世界筑造形体，他的探问是本质和终极性的。

想起里尔克在《杜伊诺哀歌》中塑造的天使形象，那"几乎致人死命的灵魂之鸟"。诗人尽管发出"阴暗悲泣的呼唤"，却没有得到回应。里尔克对于基督教的感情是复杂的，"他的天堂缺少回报之爱"，但他对神性事物的询问是真诚的、刺骨的。诗人阎安也塑造了鸟首领这个类似天使的形象，而它自行其是，对人类漠不关心，我们对此也一无所知，显然已经放弃了对神性事物的询问。"飞机在绝望的蓝中飞着"，持续的飞行、空阔浩渺的孤独撕扯人心。飞机，这工业时代的产品，现代化交通工具，何尝不是异化的人类自身，而那蓝并不带来慰藉，一如"接近灭绝的虚无"。

"飞机在绝望的蓝中飞着"，这几乎就是现代人的命运。

成路：诗歌的辨识度及原创性品格

人们习惯以声音的辨识度来确认歌手，同样，诗歌也有它的辨识度，辨识度高的作品会从众多同类中跳脱出来，让人一眼认出。声音的辨识度首先体现在音色上，而诗歌的辨识度则以语言风格为首要。成路的诗歌有很高的辨识度，这来自于独异的语言特色、诗歌意象的选取以及抒情性的有效节制等方面。

读过成路作品的人，都会对他别具一格的诗歌语言印象深刻。通过细读，我们不难发现：融合现代汉语、方言、古汉语等语言材料，大量使用单音节词语，尽量多地排除修饰性语汇，并通过个性化的有机组合，形成了古直简括却极具包容性的语言风格，带来陌生化的审美效果。当然，这种语言材料的拣选，是与诗歌表现题材相统一的。成路的诗追索地域文化（地域文化是多种文化的聚合，中华大地是一个大地域，追索地域文化就是追索民族文化），通过对历史文化的诗性观照，沟通了生命存在的现时与既往。而方言和古语正是特定历史时期文化交融和固化的结果，携带着特定的文化因子。

注重语言的凝缩、节奏的顿挫、长句子的建筑稳定性等等语言策略，以及典故和隐喻的埋伏交织，在新出版的诗集《水之钥》中有了新的转变。语言的流动性和明晰度增强了，实现了"名词的实指"关系。关于名词实指，成路是这样表述的："把名词不当意象应用——名词在诗里是一种象征和具体的指向，它不包含抽象的暗喻，是一个基本的词语处理方式。词语这一个性细胞在诗歌里是独立实体，它通过诗像结构把日常生活的多方面、多层次观察，对各种可能性的细节进行叙述和强调，这些可以作为一幅画，画出来的诗像是诗歌的质感。"语言流动性和明晰度的加强，在长诗《颂歌，始于水土》和《盐》中尤为明显。"水之钥"卷里的短诗，现实场景凸显凝定的画面感，更有画面不能容纳的细微与精妙，旷远与孤独，充满生命的情味。

说到成路诗歌的语言，就不能不说他诗歌的意象。正是大量传递文化信息的意象名词在实指或虚指的关系中完成了诗歌表达，让他与其他诗人明显地区别开来。如佛文化意象的铜钵、华表、经幡，生命意象的盐、亮姑娘、胎衣，地域文化意象的瓮、火镰、鏊鼓，历史文化意象的铜箭簇、陶钵、头盔，等等。这些诗歌意象因与现代语境不同程度的疏离，在被激活、获得生命活力的同时，也产生了陌生化的效果，带领读者进入特定的诗歌场境，从而获得与现实沟通对话的能力。

成路是自觉而成熟地运用意象进行写作的诗人。在叙述和言说中，出于表达需要，诗人往往隐身，呈现在我们面前的是一幅幅意象编织的流动的画面。冷静、客观、准确，让意象说话，让意象还原的客观事物说话。比如"纪事"卷里的《时间里运动的红》和《跟着犁地的牛走到下一个日子》，以全新的方式书写重大题材，而且更深刻，更具理性品格，让人再一次反思曾经惨烈而光辉的岁月，发现灾难背后人性的温暖和关怀。这是他对虚假的、泛滥的抒情深刻洞察后的自觉。事实上，成路的诗歌并不缺少抒情性，只是他的抒情更内敛、更知性。在《走过西安烈士陵园》这首短诗里，诗人只是平静地叙说："我耷拉的耳朵/明显地听见了白莲花/向秋阳索要一滴血。"恰恰是这平静的语调搅起人心的狂涛巨澜，释放出巨大的情感能量。

如果说诗歌的辨识度暗含了诗人的某些独创性因素，能够标志一个诗人，仍较为潜在的话，那么诗歌的原创性品格和原创力将最终关系到诗人及其创作的价值评判。

海德格尔说"作诗乃是原初性的筑造"，我们在这里不说"原初"，而说"原创"，正是相对于"复制"而言，基于眼下文艺创作因浮躁和功利，复制别人，复制自己，丧失了机体活力这一现实。原创一词含有最初、首先、原生、独特等语义，诗歌的原创性标志着能给这个时代的写作带来多少新材料、新经验和新发现，也意味着诗人要摆脱前辈及现时代同行们的影响，寻找到属于自己的诗歌语言、言说方式和题材领域。

随着城市化的不断推进和信息化时代的到来，人们拘囿于狭小的生存境域，疏远了土地、天空和自然，割断了生命最本真的外在联系。自然被隔绝，历史成为废墟，农耕文明逐渐消失，现代人的孤立和迷茫无以释怀。与大部分当下诗人不同的是，成路没有将目光停留在生活感受、生存体验上面，而是瞩目过去，业已消逝的事物，显示出复活历史记忆的宏阔雄心，对原文化的寻找，对终极存在的叩问。历史是民族的记忆，是经过时间那道火焰之门焚烧后的沉积物，已经死去却可以通过诗性观照和想象丰满起来、鲜活起来的"过去的现在"（奥古斯丁）；文化是民族的血脉，生命的徽记，通过潜移默化的影响进入我们的身体。在"纪事"卷《丰镐》一诗中，诗人这样叙说："而另一个我/把丰京的城池当作了家/安顿灵魂和吃食/安顿传说和行走的兄长……这是武王遗弃的时代/又像我梦幻的时代……"个人记忆已经融合了历史记忆，进入一个宏大奇幻的诗歌场。诗人正是通过主体的介入，置身地理和历史的现场，以冷静的观察和细致入微的叙述以及天真奇妙的联想呈现出时间废墟上的幻象。对这种幻象的执着，反映出诗人站在一个大的、整体立场上的开阔视野，对存在本源性的追索和切近。

《颂歌，始于水土》是一部长诗，结构庞大，气势恢宏，包孕弘深。《母水》中对原文化的探讨，到这里转为生命本体上的文化追寻。文化说到底是一种生命现象，离开生命本体，文化的繁衍就无从谈起。这种转变让诗歌中生命的诞生——毁灭——再诞生的过程异常曲折和壮观，到最后，文化不仅成为生命生灭转化的背景，甚至成为生命的血肉本身。全诗五部分，各自独立，通过语言的紧密连接又浑然一体。时空感的浩大无垠，诵读性和抒情性的增强，极具生命张力和艺术感染力。

"在胎衣埋葬的地方，搭建自己的精神祭坛容易牢固。"成路在写作初始就已经确立了自己诗歌的原点和精神指向，这就是在地域的横向和文化的纵向展开，虔诚追寻生命和文化的根源性存在。从《雪，火焰以外》到《母水》再到《水之钥》，这一主题不断得到强化，诗学结构愈加稳固，诗歌空间和诗性容量也愈加深广。这种写作是异常艰苦，也是令人钦佩和敬畏的，诗人进行的不仅是技艺和精神的磨炼，而且身体力行，伴随着一次次文化、地理的实地考察，寻找物证，在诗的框架内注入史的真实。

以独具个性的语言形式和表现方法，深度开掘别人没有或很少涉足的领域，经过二十多年的执着探索和有效推进，成路已然成为独特的"这一个"；在每一阶段的写作中，深化和扩容的同时都伴随着新元素的加入，拒绝复制，始终保持着强劲的原创力和丰沛的诗歌活力，以特立独行的姿态伫立于潮流之外。

最后一点，一个由来已久的误会有必要在此说明：人们总以为书写历史、文化这一类型的诗，与当下生活有隔，与当下人的体验和感受有隔。其实，这种隔的直接原因来自于现代人对自然、历史、文化的疏离和漠视。诗歌文本的时间性并不是题材或意象所呈现或暗示的时间——久远的或新近的，而是通过有效阅读的激活，在文本框架这个封闭的区间，在阅读者的参与下生成、展开及至泯灭的时间体验。诗歌文本时间的特征之一就是"现时性"，无论是过去、现在或未来的任何题材和内容都会被阅读者转化成当下的体验，亲历并陶醉其中，完成诗歌审美的全过程。文本时间的"现时性"决定了在诗歌领域本不应有所谓"当下表达"或是"古代表达"的区分。

而读者对成路诗歌的陌生感，恰恰是对其题材领域的陌生，对其中涌现的诗歌新元素、新方法的陌生。这也正是成路诗歌原创性的有力体现。

宗霆锋：恐怖美学的惊悸和颤栗

在中国当代艺术中，恐怖作为一种美学元素是广泛存在的，像撕裂、骇人的画面，死亡黑金属的音乐喧噪，异彩纷呈的惊悚电影，各种类型的恐怖小说，等等。"恶"，自西方浪漫主义文学及开启现代主义的《恶之花》以来，逐渐脱离伦理学的制约，获得独立的美学价值，也为越来越多的人所接受。而"恐怖"，作为一种独立的审美范畴，在中国还缺少应有的共识以及文本实践和相关理论的有力支撑。

《血红玛莉》是诗人宗霆锋多年前的一个作品。其创作契机不得而知，但只要通读作品就不难揣测，诗人是在怎样的人生境遇和精神状态下完成的。说实话，这样的作品难以为主流报刊所接受，就是在诗集《渐慢渐深的山楂树》和《宗霆锋诗选》中也未收录，它的面世仅在网络上得到少数朋友的认可。这部作品写的是吸血鬼阿卡特与魔女玛莉的爱情故事，但故事情节已经淡化为模糊的背景，突出的是抒情性，通篇以阿卡特的口吻来抒发。"我爱你。我还爱着你，我的血红玛莉。你是我的忧伤、我的死……"，全诗笼罩在这样的旋律和抒情氛围中，铺排的句式、色彩的渲染、意象的叠加和扩展，极具视觉冲击力，纷呈的幻象综合了黑暗、死亡、恐怖、恶等诸多美学特质。这里展开的是永恒的夜之国度，死者的境域，诸魔的领地。一个生与死、爱与愁、魔与人类并置，时空扭结交织的巨大话语场呈现出来，同时也是诗人以超凡的想象力构筑的精神空间。其间奔涌的，是"永恒黑暗的王"阿卡特那冰冷而炽热、深入骨髓又彻底无望的爱，超越了人性限度，就像那只"飞过回忆沧海"的"血红蝴蝶"。

《血红玛莉》时空经纬的浩大无垠，对生命、死亡、时间、永恒的深刻揭示令人惊叹，乍现的"异端之美"摇撼脆弱的神经。恶魔之爱竟如此真切，如此惊心动魄。在阅读过程中，我们甚至会产生一种错觉：阿卡特就是"我"，痴情的人类一分子，而玛莉就是一个令人魂牵梦绕的美丽姑娘。生命体验、人性之根洞穿魔界和文化本土性的壁垒，带来全新的精神洗涤。显然，这样的诗学实践不是基于猎奇或游戏心理，它与诗人的生命本体密切相关，而特定的人生境遇和精神状态则是诱因。

艾略特声称诗人应具备"下地狱的能力"，我愿意将其理解为，诗人应该有勇气深入生命的绝境和极地，一种深陷和坍塌之中。只有这样，才能真正洞察生与死、善与恶、天堂和地狱的各种临界状态，才会跨越边界，在生者和死者、神与魔的区域自由穿梭。这样，写作中的诗人就拥有了天使的异禀，"他属于此间？不，他广延的天性/生成于两个国度"（里尔克诗句）。毫无疑问，在精神领域宗霆锋是具备这种能力的。《血红玛莉》就打开了我们置身的经验世界的缺口，使我们得以进入另一重宇宙，看到一位堕落天使，穿越美善与邪恶、生与死，在永续轮回的时间的渊面垂下巨大的翅膀，那翅膀抖落的阴郁和血腥足以令人窒息。

恐怖之美，在西方文学传统中源远流长，到了近现代更有了美学上的自觉。而这在我国文学传统中，仅是零星的自发闪现，像唐代诗人李贺的部分诗作，清代蒲松龄的《聊斋志异》等。这不能不说是一种遗憾，民族心理结构和文化基因的异质性改造是必要的，但过分担心黑暗、恐怖以及恶的恣肆蔓延却是不必要的，因为美学的自主性将构建自身的伦理。在宗霆锋的早期诗作，如《朱砂记》和《红色的三种表达》中，这种美学上的特征就异常醒目，只是到《血红玛莉》中有了更加极致的展示。可以说，极度体验带来"重口味"的诗歌审美，我也据此推测，正是对生存现实的极度恐惧和遁逸，造就了"血红玛莉"这个诗歌形象。她是被众多血红意象簇拥、托举的万象之中一个夺目的意象，一个令人"惊悚欲狂的血红魔母"，浑身上下散发着恐怖之美，邪恶之美，而她"昔年却是一个人类"，她"愤怒的烈火乃清洗的雷电，照彻那些污秽的言辞、那些污秽的心"。如果能摆脱道德和宗教的钳制，站在艺术自主的本体立场，我们不妨可以这样说：善恶本是一体，神魔本是一家，血红玛莉也是维纳斯的另一重化身。

更何况在整体恐怖、暴力的语境中，诗人还特意安插了一个"人类的孩子"，一个中介，两重世界得以转化、沟通的桥梁。玛莉性感如"铿锵玫瑰"的肉体，也"秘藏着温暖，隐匿着美"。宗霆锋在他的《梦幻卢舍那》诗性读本中，将波德莱尔和艾伦·金斯堡这类诗人的写作喻为"枯骨丛怒放的红罂粟/乃是被死亡照亮的"。他说，"我们设定黑暗为一种毒药，但光明何尝不是呢？而光明和黑暗实际上是互为解毒剂的"。这无疑是一种极其开阔并具包容性的诗学理念，而本诗就是富有说服力的文本实践。这部散章体诗作，有机融合了外来文化与佛教文化，借用吸血鬼故事咏唱了一曲生命与爱情的挽歌，并将人性之根无限延展——无论是神性还是魔性。这于我们的存在是经验世界的延伸，于诗歌是美学领域的拓展，其价值不仅体现为超绝的艺术成就，对现代汉诗的良性发展及至成熟也会是建设性的，有贡献的。

毫不夸张地说，《血红玛莉》就是一枝惊悚迷人的中国的"恶之花"，一枝娇艳含毒的红罂粟，对它的充分接纳和肯定或许尚待时日，但时间的珍藏会让它迸发更加魅人的色彩。

所谓独创性，不仅是一种风格标志，文本呈现的迥异面目，甚至对某种无法化解的差异性的指称。它还体现在对题材（主题）的深化和扩充，对审美疆域的拓展，以及写作理念的独异和创作方法的更新等方面。因为，独创性以创造力为前提或支撑，没有强大的创新和结构能力，文本的风格特征就无法得到充分的展现。上文，是对阎安、成路、宗霆锋部分文本的个人化解读，对他们的语言构成、风格特征、精神指向、诗歌空间和审美领域的拓展等方面也有描述，这些都是独创性的构成因素。当然，解读得还不够精当和深入，文本选择也有局限性。实际上，他们诗歌的独创性是一个整体性特征，除过上面列举的，还包括其他更多文本。像阎安诗集《与蜘蛛同在的大地》《蓝孩子的七个夏天》，成路诗集《母水》《时间中的简单物质》，宗霆锋诗集《渐慢渐深的山楂树》等。

需要在此稍作补充的是，阎安的诗不仅呈现了语言和存在的神秘关系、现代性困境，也为非存在物指派词语、赋予形体（鱼王、鸟首领），让我们看到、感知到现实世界之外的另一重或多重世界的存在。这当然只是一种文本现实，却极大地丰富和扩展了我们的生存空间。成路诗集《母水》，追索地域文化和原文化，很可能是他原生性和独创性最为鲜明的作品。当然，此后他又创作出长诗《彤色俊》《活时间》《我，我们》等，在意象、结构、人物、文体等多方面进行了诗体的变构。尤其在新近完成的《窄巷》中，他将诗歌场景铺设在城市生活的当下，叙事性、戏剧化、蒙太奇式的剪辑，成为鲜明特征。而宗霆锋的写作，就目前来看，止步于十年前出版的《渐慢渐深的山楂树》。但仅此一部，也足以步入当代优秀诗人的行列。他的写作，致力于诗学、哲学和神学的整体性探索，题材、表现方式和诗体构造具有多样性，也预留下更多的诗歌生长点。他的长诗《灯神》，我在本书的另一篇文章中进行了尝试性的解读。除过精彩短章，他重要的作品还有长诗《吉祥村预言》，组诗《后村喜剧》《食桑集》，散章体《暗夜诗章》，以及诗性读本《梦幻卢舍那》等。

整体来看，诗歌对于他们，不再是通常意义上的心绪、情感的表达，或对现实的摹写和刻画。他们所进行的，是以智识为引导，经过周密、精细的筹划，类似于建筑的整体构造和细节呈现。当然，这是一种现实与非现实图景的重新编排。在这里，排除了灵感写作的偶然性，诗歌主体也不再等同于日常和经验层面上的诗人自我，从而带有鲜明的非个人化特征。这种"去个人化"，最终达成主题呈现的精确以及深度和广度。比如，阎安痴迷于对"绝对事物"的领悟和揭示；诗歌的隐喻性、象征性，意象和主题的衍生与扩展，构成意涵的深广莫测。成路进行文化溯源，编织意象的丛林，沟通和再造了历史文化和现实生存的多重场景，形成时空浩漫的诗歌景观。而宗霆锋诗歌的很多物象（玫瑰、山楂树），都被提升至"理念"的高度，揭示出客观事物的纯粹本质；他诗歌的精神性构筑了一道信仰的斜坡。

这三位诗人的独创性显而易见，却是在完全不同的境域中展开，且拥有不同的面相。如果做形象化的描述，似乎可以这么说：阎安的诗犹如青铜，有着金属的质地和锋利的棱角，以及纹饰的威严狞厉；成路的诗更像石器，敦实厚朴，有着与水土的本源亲近；而宗霆锋的诗酷似灯盏，有着火的炽烈及其光明属性。

时光沉淀下的涵蕴与品质

——陕西诗人作品阅读札记（一）

按照艺术分类，文学也被称作"时间艺术"。当然，这是就文学形象的存在特征而言的。如果以此对文学进行本质意义上的界说，显然不得要领，尚不如"文学是语言的艺术"这个大众说法，来的恰切。"文学是语言的艺术"，或者，"文学是一种语言艺术"，抓住了文学（有别于其他艺术形式）传播的媒介或载体——语言。而语言，是一种综合，有造型功能，也有音乐性，有空间感，也有时间性。语言表现过程中的时间性，被称作"文本时间"。文本内部也会涉及时间的存在，以小说为例，就是"故事时间"。正因为时间这一维度（包括意识深处的"心理时间"）的介入和交织，致使文本成为具有艺术魅力和审美价值的"深度空间"。

作为一种体裁，诗歌归属于文学，又时常独立，和文学乃至其他艺术形式相提并论。这因为，诗歌是语言形式的一种极致（极端）表现。诗歌文本的时间性，前面略有说明，而诗歌在创作过程中的时间关联，当然也不能忽略。对创作者而言，若非极少数的"天才诗人",生活积累、人生历练等,这些在时间中展开并获取的"诗外功夫",很大程度上决定了艺术的成色和品质。即就是天才诗人,也要有一个成长过程,其思想的成熟、艺术的成熟,与时间脱不了干系。如此说来,写作就是经过长期、艰苦的艺术磨炼和探索,臻达成熟、圆满的过程。在这一过程中,写作者技艺的娴熟和精湛,洞察力的敏锐、深刻,以及思想成果的产生,无不出自时间的馈赠。在这个意义上,如果我们替换概念,将诗歌称为"时间的艺术",也未为不可。

为了避免"纸上谈兵",陷入某种逻辑的陷阱,在这里,我们选取朱文杰、远村、远洲、白麟、李晓恒等七位诗人的作品作为例证。朱文杰上世纪70年代中期开始文学创作,是新时期以来陕西诗坛的代表性诗人。他对历史、文化的省察和诗意传达,融合传统诗词与西方现代派的风格技法,使他和他同一时期那批诗人,成为陕西诗歌进程中承上启下的一代。远村上世纪90年代曾获得全国性影响,他诗歌的乡土意象、抒情性和理想品格,给人留下深刻印象。当然,他的诗歌表达是整体性的,时至今日,仍未放弃形式与内容的探索。远洲的写作长达三十多年,他的热情投入和无功利态度,令人钦敬。他从生活中提炼诗意,营造诗境,注重品质和格调。白麟偏居宝鸡,但享有持续多年的影响力,他和李晓恒、牟小兵、荒原子同为60年代生人,作品的题材和风格不尽相同,但都具备扎实的写作功底,较强的诗意转化能力,呈现出沉稳的写作姿态和坚实的诗歌风貌。

这七位诗人,在影响力和重要性等方面会有差异,但均抵达各自的成熟状态,构成陕西诗人的实力阵容。他们之所以能有这样的表现,除过个人的才华禀赋,更有赖于写作上的专注和投入,经年累月的精神历练及诗艺提升。精神上的酬劳,只能来自时间的馈赠。这不仅让诗歌，也让诗人的心灵变得日益饱满、深邃和沉静。

诗歌是在时间中呈现（文本时间），也呈现时间（将时间实体化，传达生命体验）的艺术，它抵御和对抗时间，并存有超越时间的小小企图。

朱文杰：历史、文化及生命的意象熔铸

两卷本《朱文杰诗集》，掂在手里沉甸甸的。诗人数十年的热情和汗水，近乎一生的努力，换来的是两册深深缄默的诗集，想来顿生感慨。作为一个后来者，当我带着疑惑和惊喜，重新丈量诗歌前辈留下的足迹，瞩目其诗歌成就时，一种穿越时空隧道的陌生和新异感油然而生。

同时，长久以来盘桓脑中的诗人及其创造与命运的那份沉重，又让我感到言说的窘迫。

不同于当下诗歌的口语化、生活化表达，这是一种转向传统、转向民族历史和文化的根性书写，精心锤炼的语言、浓郁的文化氛围、鲜明的现实指向，让我倍感亲切，甚至耳目一新。尽管我也知道，这已是诗人在上个世纪八九十年代的写作追求和诗歌呈现。

历史，作为一种过去的现在，过去的现实，为我们的存在展示了辽阔的疆域。对历史的观照、省察和复活，无疑会极大地丰富我们的存在空间，使诗歌的表达具有时间的纵深感。从六千年前的半坡开始，经历周秦汉唐、宋元明清，朱文杰用诗开凿了一条历史的隧道，连通古今，以纷繁的历史意象、文化意象和生命意象重塑了一个个片断组成的存在整体，通过寻觅和传承历史之根，观照现

实，洞察生命真相，实现了人格的重塑和精神的复活。

诗与史的结合还可形成一种抒情形态的对历史事件、历史人物的诗意书写，一种历史意象的熔铸与编织。"原始的部落强悍了/铸那么大的铜鼎/煮一个什么样的世界呢"（《周原》），文明开创者的气魄足够惊人；"烽烟连焦土/热血沃稼禾"，这就是历史车轮向前推动的残酷真相。历史意象中的"象"，并不呈现为自然景物，而是历史上的人物、事件、现象，及其交织和组成。朱文杰以其对中国古代史的熟稔和拥有的传统文化学养，轻松驾驭历史题材，并能以现代人的眼光加以审视和辨析，其内在精神与古人的咏史怀古一脉相承，却又有新的创造。这种创新还表现在对历史题材与中国传统诗词语言、语境的熔铸，对西方现代派诗歌元素的兼容，汲取营养精华而形成独异于人的新诗写作类型，形成既传统又现代、融会中西的古典主义风格特征。

"仰望佛指/因为它是人类之骨"（《法门寺断想》），"女儿难呀/担得起千古罪名"（《马嵬坡》）。像这样复活历史场景，不仅需要对历史的诗意想象，还需要对历史经验的总结和思考。用现代意识与历史意识凝聚的目光，去审视早已湮没在人类历史长河中的人物、事件抑或传说，时间、空间以及思想意识的碰撞会纠结一起，形成诗歌的立体结构，呈现多重的审美维度。

长期以来，现实生活被视为艺术创作唯一的源泉，从上世纪八十年代开始，朱文杰就将诗域投向本民族的历史和文化，对其整理和发掘，不能不说是对现实主义文学传统的拓展和丰富。

历史，是人类社会产生、发展的一种特殊形式的运动，而文化伴随历史，贯穿其中，成为凝聚人心的一种力量。用诗歌呈现历史真相，在获得历史感和历史内涵的同时，也会显露出浓厚的文化意蕴，达到以古喻今、以古讽今的目的。朱文杰诗歌的文化意象，存在于颇具古典色彩的"花鸟鱼虫"的抒写中，展现在描写书道画境的篇章里，闪烁在对自然山水的灵悟中。尤其值得称道的是，他从浩如烟海的文化意象中，拈出一枚熠熠闪烁的"灵石"，赋予它瑰丽的色彩和恒久的魅力。人类文明的历史是石头开启的，这样说或许并不为过，诗人这样表述："崇拜石头/不会忘记人类是/握着石头站起的"。可以说，对石头的发现就是诗人对独特言说方式和言说载体的发现，对自我生命的发现，对中国文化之源的发现。灵石，作为诗人成功创造的一个文化意象，统摄着密集的文化脉络和广阔的文化版图。从"延长猿人手臂"的石刀、石斧，到女娲补天的五彩石，各种自然之石、雕凿之石、神话传说之石，无不闪烁诗人心中的灵气，一个石的世界、诗的世界展现在我们面前。

"石头对石头的撞击/是一场坚强的对话"，"石头的家族不收容浆果"。长诗《梦石》，气势恢宏、体制庞大、意象奇诡，充分显示了诗人开阔的视野、深厚的文化积淀以及诗体构造能力。由灵石而至梦石，历史意象逐渐稀薄，文化意象与生命意象开始丰茂，进一步融合，塑造了一个雄奇、幻变的多维时空，以石之根脉连接、编织起中国文化的博大精深。

煤，这埋藏地心被凝固被囚禁的烈火，也是石头，对它的展现却是另一种方式。在朱文杰早期的煤矿题材的作品中，生活意象很多，但生命意象起到了强劲的深化、提升功能，生命的神采在生活的涡流中迸发出来。可以说，历史、文化元素进入诗歌，有赖于诗人将其充分内化，并转变为诗性人格的一部分才能做到充分的表达。而对生命本体的书写，因着诗与生命同构的本质属性，在表达上就更直接，更挥洒自如了。

在《朱文杰诗集》中，完全以生命意象进行表达的作品，集中体现在长诗《雪花大写意》和《海鸥意象》中。两首长诗在结构上都是以断章的方式连缀而成，言语简隽，情感与哲思交融，生命的种种情态及其本质被诗人呈现并揭示出来。"雪花不是冬之点缀/分明是喷发的/焚天的火"，"飞的思索/是一种向上的本能"，"血里有铁/铁血鸣空/礁石也会飞起来"……诗人以雪花和海鸥作为核心意象，生动而睿智地吟咏了一曲生命之歌。

诗人出版的第一本诗集是《哭泉》，其中的第一首诗叫《半坡姑娘》，这首诗在《朱文杰诗集》中也排在首要位置。之所以在文章最后才来探讨这首迷人之作，是因为在我看来，这位"半坡姑娘"不仅是一个历史意象、文化意象，还是一个生命意象，完整地说，就是历史意象、文化意象、生命意象的和谐完美的统一。读过这首诗，我明白了诗歌不仅是主观情感的抒发、思想的阐明，还可以是一种塑造，用意象，用曲笔，用衬托，塑造有血有肉的诗歌形象。

半坡姑娘，中国远古伊甸园里的夏娃，以树叶或兽皮裹身，健康壮硕，田园之美与荒蛮之情并存。当"湿漉漉的爱情"沉落，她"忧郁地含着手指头"，眼瞳中"燃起一丝灰色的憧憬"。她的存在就是一个谜，而这谜无法诠释。

"半坡姑娘"是不朽的，她每每让我想起安格尔的《泉》。

远村：形式与内容凸显的诗歌张力

这本《远村诗选》，来自诗人不同时期的创作，前后有三十多年的跨度。这些作品，在语言风格、诗歌样式和内容呈现等方面存在差异，成熟度不尽相同，但作为一本选集，也因此呈现出错落的层次感，不同声部的表达。诗人远村，上世纪八十年代中期开始写作，九十年代初已在全国赢得诗名。在他的早期作品中，陕北大地上的事物繁茂生长，景象壮观，他以回望、向上的姿态辨识和追认，将故乡铸造成诗意存在的伊甸园。他豪迈深情的吟唱打动过很多读者。远村，这个笔名，一个诗意的符号，在城乡二元对立的时代格局中，承载了对乡土、生命、文化的根源寻找及体认。因此，他也容易被贴上乡土诗人的标签。实际上，相对于用传统手法书写庄稼、土地，停留在生活层面上的乡土诗，远村的表达一开始就是陌生而新异的，主导诗人并融入血液的是一种带有怀疑和反思特质的现代意识。这就好比，一个是私塾出身、不曾离开家园的老乡绅，一个是受过新式教育、学成归来的新青年，眼界和思维判然有别。在上世纪八九十年代的陕西诗坛，远村，以及远村这一批青年诗人，的确也是承上启下的一代，他们从现实主义文学传统蜕变出来，开启全新的现代主义书写范式。他们身上的精英意识和理想品格，或许是所有年代生人中最突出的，在经历商业大潮的冲刷之后，对比更年轻的书写者以及生活化、琐碎化的种种表达，便显出稀缺和珍贵。

可以说，是社会的急遽转型和时代风气的沦落，导致人的精神品格下滑，趋向苍白和平庸。这很无奈，但也促使诗人积极应对，以不屈和超拔的精神姿态护持灵魂家园。远村的精英意识和理想品格还在延续，这从他的近作中可清晰辨认。这本诗选没有标注创作日期，也没有按照时间顺序进行编排，由于此前曾读过他几本诗集，对作品创作的大致年代和诗风流变的情形，还是有一些了解。在三十多年的创作历程中，远村的语言追求始终如一。概括地说，他的语言策略就是将文词雅词和俚语俗语有机融合，自由调配，并去除杂芜的修饰，从而形成明朗简洁、本质化的个性特征。从诗歌外观和形式来看，早期语句短缩居多，以瘦长形状排列；此后逐渐演变，长句子多了起来，横向发展，带来从容舒缓的节奏。他的诗在断句、排行和诗节的安排上，颇见匠心。他的书写从不自由散漫，而是将内涵意蕴交由精巧别致的诗歌形式呈递出来。其实，这已经不限于形式，而是牵扯到诗歌体式或内部结构的问题了。他的诗体脱胎于格律体新诗，同时又进行了很多个人化的创变，约束和自由同在，回环往复的句型带来抒情性和旋律感。可以说，他所创造的诗歌形式，是格律化新诗在当下的某种变体。

　　形式，不限于形式本身，它还是内容的有机组成。正是无节制的散漫书写，败坏了现代汉诗的品质。对于一首诗来说，形式的发明堪称重要，不亚于深刻、精湛的内容呈现。正是在表达的自由和形式的约束之间，诗意的张力凸显出来。《无定河的月光》和《统万城的碎瓦》这两首接近完美。别致的形式，精巧的结构，意象的选择，旋律感、咏唱性等，让人过目难忘。这也是远村格律化的创作实践。在《无定河的月光》中，"载着硝烟的无定河，从冬天流过／米脂的婆姨在水中打捞月光"，这两句犹如主旋律，在每一次的反复中都以相应的变化呈现。比如，"硝烟"变为"歌谣""剑影""月光"，"米脂的婆姨"转换为"绥德的汉子""当差的官人""延川的远村"，"打捞月光"改成"点燃篝火""哼着小曲""热爱诗歌"。说是主旋律，缘于多次重复，其实更像引子，以变奏的形式带出更丰富的内容。而且，语言上的连接，应用顶针修辞，既精巧又自然。像第一节末尾的"打捞月光"，被第二节首句"银色的月光呵"承接，以下几节皆是如此。"血红的篝火呵，女儿的嫁妆""酸心的小曲呵，穷人的锄把"，顶针手法制造的意象叠加和暗喻句式，醒人耳目。再说《统万城的碎瓦》。"在统万城捡到一片碎瓦，一个小小的飞虫／落在上面。时而起舞，时而发出绝望的哀鸣"，是这首诗的旋律句。以不变的方式连带下面两个诗节，做了一次重复。这两个诗节中被替换的是关键词语和意象，但内容的丰富和意境的开阔，就在这有所变化的重复当中。或许，这种重复多来几次，会使结构更加开阔，诗体更加完美，也能体现诗人的创造力。然而，变换的形式和结构，运用起来也并非毫无节制。对于抒情诗而言，过于复杂的结构甚至有害。因为，诗人的才华和创造力充分发挥之际，意象的丛林、结构的迷宫难免令读者迷失，致使诗歌的内涵和意义受到遮蔽。

两首诗的形式和结构策略，《诗经》《楚辞》已有先例，这也可以说是中国古典诗及现代诗的传统。形式牵连结构，意象关涉意指和内涵。两首诗的旋律感和咏唱性，相信只要进入文本，默读或朗诵，就能体会其中的妙处。而意象的选择也是成功的关键。筛选意象，并非一个人在库房挑拣物品那么简单。而意象的确需要积累，也需要储备空间，但那个处所存在于写作者的大脑。而且，需要伴随写作过程的灵光一现，一个或一系列相互关涉的意象骤然现身，并经受挑选和打磨。这的确是对诗人才华和智能的考验。《无定河的月光》中，无论"硝烟""歌谣""剑影""月光"，还是"米脂的婆姨""绥德的汉子""当差的官人""延川的远村"，以及"将军""逃难的百姓""落魄的过客""城市的游民"等等，与这条河流相牵连的历史和民间生活倒影，都被这些精挑细选的意象包含或指涉。《统万城的碎瓦》有"务农的士兵""英雄""美人""诗人""歌王""落难的公主""强盗"等，即使不了解那个王朝兴盛和衰败的历史，但有关统万城的文化记忆，已被这些意象诗意地复活了。碎瓦上飞虫的哀鸣，一如王朝倾覆的绝唱。如果仔细考量这些诗歌意象的设置和选取，我们会发现它们不仅有民间性、文化的根性，还具当代性。

通过以上简析，我们捕捉到远村诗歌的部分特征，诸如形式构造、意象择选、音乐性等。当然，他有分量、有高度、接近完美的作品还有很多，在意象的择选和编织方面，还呈现另外的特征。他的早期作品，语言洗练，形制简短，但意象的隐喻性较为鲜明。到2005年出版的《浮土与苍生》，隐喻性意象的运用达到某种极致，像《大地向上》《昼夜之昼》《幽走的水》等作品。在这里，隐喻发挥了极大的潜能，造成诗境的幽深，意义的多解或模糊，同时也增添了诗歌的神秘性魅力。及至他的近作，这种特征出现新的变化。浓缩、板结的意象、意象群，被舒展敞亮的长句子化解和冲淡。隐喻性依然存在，但写实的内容增加了，可以说这些作品是生活经验和冥思遐想的交织。诗句的铺陈更自由舒展，音乐感和诵读性进一步增强。

在很多人眼中，远村是典型的抒情诗人。的确，抒情表达贯穿他的整个写作过程，只不过在不同时期、不同阶段，抒情的强度和姿态有所调整而已。他诗歌的诵读性和咏唱性，很大程度也来自情感的抒发，以及饱满真挚的情感状态。说到抒情，很多人以为过时，甚至怀疑。这牵扯现代汉诗的流变，与叙事性、戏剧性等元素的带入有关。然而，诗歌的抒情性没有过时的说法，作为诗歌文体的本质性特征，抒情在当下诗歌语境遭遇的尴尬值得反思。其实，远村的书写方式并不单一，抒情的同时兼具叙事，或将抒情、叙事糅合并置进行表达。而且，他总以有效的整合和处理，将叙事性话语化解到抒情语调中，从而创造出自己的"有意味的形式"。激昂豪迈的抒情，如《李自成这样歌唱》《轩辕在风中奔跑》等；叙事性作品，如《见到胡医生》《绝伤》等；两者的糅合，如《陕北来的消息》《我时常想起陕北》等。在他的近作中，抒情的强度减弱了，精神姿态降低了，但化解生活、化解各种诗歌元素的能力愈加老道。或许，对于远村来说，诸种诗歌表达方式之间，本没有对立，综合运用才能获致理想的效果。

前面我们提到远村，以及他们这一批60年代生人身上的精英意识和理想品格。而这正是他激昂豪迈的抒情状态的确切来源。于是我们也逐步深入他诗歌的内质及精神品格。我们知道，创作主体的精神格调外化为语言，呈现作品的格调。也就是说，精神塑造和灵魂培育对写作至关重要。这当然是诗外功夫。在这里，我们不进行诗人人格品性的探究，只专注文本，也能清晰辨识远村诗歌的精神指向。我们看到，在经历对家园的守望、城市的旁观和思考，以及置身当下权力和资本营构的现代生活，远村始终秉持诗人的理想、道义和担当，保持向上的精神姿态。他警惕"语言的腐败"，警惕"比生活还低的诗"，因为那背后是社会和人心的堕落。不可否认，时代是向下的，而远村的写作没有被商业侵蚀，被世俗同化，他守住了艺术的格调和品质，抵达精神上的高度。

诗歌传递的精神性因素，源自形式和内容叠构的文本现实。并最终呈现为一个诗意的空间。可以说，这个空间的大小和迷魅程度不仅是诗人创造力的体现，还关涉最终的价值评判。远村以其对母土、生命和文化的本源探寻，对现代人生存境遇的揭示，建成了开阔、纵深的诗歌空间。这是诗人为灵魂营建的住居，我们的心神能够进驻并流连忘返的地方。如果从价值和意义的言说中，返回文本层面，重新打量远村诗歌的运作模式，一个鲜明的特征浮现出来：形式与内容（内涵、意指）之间所凸显的诗歌张力。正是二者在相互选择、对峙和激发的过程中，诗意的强度爆发出来——"带着镣铐舞蹈"的强度。反过来说，诗歌的形式与内容，如若不能有效地掣制和激发，诗体变革的内在要求便突显出来。这也是中国古典诗歌一度兴盛而至衰落，汉语新诗将其取代的原因之一。当然，新诗也存在这个问题，但发展空间广阔，每首诗都可匹配不同的形体。如何协调形式与内容，这也是摆在现代诗人面前的课题。

形式是内容呈现的样态，意义的显像，因而不完全作为载体，更不是瓶子与酒的关系。在有些现代诗人那里，致力于形式和内容的分离，形式也成为内容，成为诗歌表达的全体。这么说，并非有意夸大形式。当下的汉语新诗，诗体建设乏力，遭人诟病，而诗人远村富有成效的实践带来启示：成熟的写作不仅精确地传达内涵意旨，还需调动语言的各项潜能，予以极致地发挥。

远洲：朗诵和默读之间

一直以来，我都认同"诗是默读的"。诗是语言艺术，语言的本性乃是静默。语言艺术却非沉默的艺术，它是一种综合，诉诸视觉、听觉、嗅觉、味觉、触觉的，都会有所表现。它不仅陈述，还以象征或暗示的方式揭示事物，传递认知。声音是唤醒，也是显明，但诗的深度非声音艺术所能承载。当诗向朗诵靠近，以求联结和共赢，广泛传播的同时，却是以诗性的消减、诗歌本位的偏移为代价的。我们都可能有这样的体会：朗诵进行中，朗诵者表情、形体动作、声音魅力、情感的渲染，以及灯光、舞美、背景音乐等等，都到位了，唯独诗闪烁其词，难睹真容。

说"诗是默读的"，很大程度基于诗和语言的自身特性。"默读的诗"，也应占据现代诗的核心和重心位置。但这并不意味着：诗不可以被朗诵，朗诵诗的身份也值得怀疑。事实上，朗诵诗一直存在，某些特定场合也需要这种形式。而且，站在整体立场上考虑，不同艺术门类间的跨界和联姻不仅可能，甚至必要，因为新的艺术形式的产生，以及各门类艺术自身的肌体活力都有赖于此。

收到诗人远洲寄来的《远洲朗诵诗选》，心理上还是有些矛盾。朗诵诗可以写，但好的诗人应恪守诗歌本位，保持诗歌所特有的表义功能、形体特征和自成系统的音乐性。朗诵诗的用武之地在舞台，在朗诵活动中，而落在纸上，要以哪种标准阅读和评判？一如人们面对舞台剧、电视剧、电影的文字脚本。"我从来没有刻意去写朗诵诗，只是按照自己的理解将一些诗作划归其中。"当我看到远洲在诗集后记中的自述，心中多少有些释然了。诗就是诗，有自己的尺度，在和其他艺术的投怀送抱中，不应降格或丧失自己。

与诗人远洲相识多年，在我心目中，他始终以一个典型诗人的形象而存在。不做作，不掩饰，以真性情、真面目示人。他的诗歌态度热忱而纯粹，较少有功利性考虑。坚持写作三十多年，不随流俗，守持诗人的良知，注重诗歌品位、格调的提升，思想底蕴的沉淀，形成了鲜明的个性和创作风格。他的诗密切关联现实，从日常生活的动人场面和细节中提炼诗意，也不乏对社会及生命现象的思考。

这本朗诵诗选，是他对以往创作的整理和筛选。这些作品语义明晰，情感浓烈，节奏感强，符合朗诵诗的要求。从诗歌本身的艺术性和思想性来看，也不乏令人称道之处。《中国 飞起来》《我爱这连绵起伏的群山》《北京：我们送你一汪清泉》等，在社会热点和公众生活领域发掘题材，凝聚诗意，将个人情怀、个我经验上升到群体高度，再加上朗诵的传播，赢得了广泛认同。《记住南非世界杯》这首，从名词、动词、形容词、数量词的角度切入，浓墨重彩地挥洒，犹如一场别的实况转播，令人耳目一新；"30个比黑人还黑的夜晚/30个凌晨两点半……"，有如神来之笔，带出"一个中国孤独的男人"对足球的痴迷。

与此类作品对应的，是一些"个人化"题材，像《这样的夜晚，真想给你打个电话》《这些比想象还快的光阴》《为什么我越来越喜欢独自行走》等等。"轻轻拔下一根白发　我要问/你是否也是我生命里的/一根秒针"，"抑或是血液中的那条道路/原本就渗透着孤独"。这些从个人体验和经验出发的诗作，抒写内心情感、生命感悟，语言清新朴素，深情款款，丝毫没有晦涩或玄虚之感。《我是诗人》情绪饱满，语调高亢，不仅为自己代言，也为物质时代的诗人群体代言，昂扬的姿态下难掩寻求认同的心声。

阅读诗人远洲这本新著，无论站在朗诵艺术还是文本自身的角度，都能清晰感受到它所呈现的艺术水准和精神层次。这是诗人数十年诗歌实践和精神历练的结果，不俗的表现自然也在情理之中。此外，这本诗集的现实性、现实所指也相当明显。诗人通过对现实材料的整理、提炼和加工，真正做到了"及心"又"及物"，并在个人与社会、批评和赞扬之间，保持了必要的平衡。

白麟：对话经典的互文性书写

宝鸡是周秦故里，也是《诗经》的发源地之一，这块土地上的风物民俗、文化历史，诗人白麟烂熟于心。对话经典，致敬经典，需要雄心，更需要实力。这本《附庸风雅》，便是一次果敢、深情的诗歌行动。这个命名，巧妙地避开成语的引申和泛指，以谦卑的姿态，指认并重返源头。在诗歌表达中，如何超越个人视域和现实层面，进入历史、文化的纵深，从而获致深广的诗境，白麟以他的《附庸风雅》做了一次特别的、富有成效的尝试。

吟诵《诗经》，这部中国诗歌的源头之作，那"关关雎鸠"的声音，"坎坎伐檀"的声音，逾越数千年时光，依然撞击我们的心灵；阅读《诗经》，就是聆听先民们的忧思与欢歌，感知人类童年时期的纯真无邪，质朴热烈。那个时期，人们的生存与自然休戚与共，虽已走出蛮荒，但人的自然属性尚未受到文明和礼教的过多钳制。反映在诗歌中，就是淳朴奔放、大胆纵情的表达，当然也不乏含蓄和朦胧。由细节观察，用于起兴、譬喻的，尽是信手拈来的自然、农事、狩猎等物象。对比人类历史上这一时期或更早的优秀诗篇，像《圣经》中的《雅歌》，《埃及亡灵书》中的部分片断，我们会发现人类童年时期的情爱以及表达的魅力。有所不同的是，《诗经》中男欢女爱的场面，有人将其诠释为政治讽喻或君臣关系，《雅歌》对婚爱的颂赞以及"耶和华的烈焰"，则被用于指向人神关系。当然，这源于文化的差异，也导致两种完全不同的民族气质和精神向度。

对话经典，在白麟这里，表现为集中的、规模化的书写特征。诗人从《诗经》风、雅、颂各部撷取近70篇，贯穿爱情、农事、征战、家国之情等主题，以古诗文本和新诗文本并置，再以3首引诗、1首尾声和附录的乐舞剧佐之，一个结构严整、多层次、主题鲜明的独特文本便呈现出来。

诗集开篇，是3首引诗，其中有2首在题记部分作了引述：

> 子曰："《诗》三百，一言以蔽之，曰'思无邪'。"
>
> ——《论语·为政》第二

钱钟书说："《诗经》清词丽句，无愧风雅

之宗。"

可以发现，这种引用和白麟的诗文本是有指涉关系的，同时也改变了结构上的单一。"风雅颂"是主体部分，《诗经》原文和白麟以此为蓝本重构的新诗并置，共用一个标题，主旨意趣交相辉映。近70首诗作中，间以少量散文诗和歌词，时而插入谣曲或陕北民歌的片断。附录的九幕乐舞史诗《诗经赋》，更是以乐舞剧的形式串联起《诗经》中的数十首作品，达到了多声混响效果。在这本诗集独特的结构模式中，引用、拼贴、并置、混同，以及各部分之间的指涉和映照，形成了一种互文性的关系，构造出一个更大的话语场和开放的诗歌空间。

"风雅颂"部分的关雎（二），是一首散文诗，其中有这样的句子："还有诗里那文绉绉的'荇菜'现在谁知道呵？不就是河畔的水芹菜么，叫得那么酸；水芹嫩得一把就攫断了，还用得着'左右流之'吗？"，"'水芹、水芹'，他老远这么一喊，我心里咋就羞得没谱了——还没见人影哩，脸先成了火烧云……"。这里展现了乡村生活背景下，一位现代的"窈窕淑女"对爱情的憧憬，她针对《关雎》展开内心独白，展开"山妹子密实又悄悄然的心思"。诗经文本和散文诗文本，通过女主人公颇具戏谑色彩的道说密切关联，主旨迭和，形式上又各行其是。与此类似的比如《有女同车》这首，古时的男女同游，在这里被置换成现代场景："对着秦岭的栅栏/想起你/想起那趟夜行列车"。诗人无论实写抑或仿写自己经历、体验，都不重要。在这里，两个文本以"同车"为牵系，各自展开，呈平行状态。

这种写法到了《载芟》就更加极致，这首农事诗系周王在秋收后祭祀宗庙所唱的乐歌，白麟的文本没有进行任何形式上的联接，仅以描写现代丰收欢庆场面的歌词与之对应，中间还插入西府童谣。

《卷耳》这首诗，诗人贴合原诗主题进行书写，发出对爱情的感叹，加入对爱情的理解："到哪里找这么好的姑娘/一个心眼地爱着一个人"，"思念一个人/就是想把他从心里斩草除根"。而到结尾，诗人完全跳出近距离观照，以更远的视角写出绵延千古的悲剧："在风土淳朴的老家/有不少痴情的村姑/年轻时也曾出演过这么一部/永远看不见男主角的老电影"。《采薇》，写的是一位戍卒退役回乡途中的追忆和喟叹，而诗人将其改造为思妇的绵绵情意和肝肠寸断。主人公变了，书写角度变了，但战争主题始终如一。《大东》描写西周统治者给人民带来的压榨、劳役、困苦，表现了怨愤、沉痛的情绪，而诗人只撷取其中牵牛、织女意象，将其改写成一首七夕情诗。这种内容截取和主题游离的幅度已经相当大了。

由以上这些举例可以看出，在文本结构上，诗经文本和新诗文本之间复杂的互涉关系，也就是互文性书写的特征呈现。同时，我们也能看到，白麟以多种角度释读经典，以多种方式构建自己的文本，彼此间的交叉、迭和、游离，甚至错位现象，异常繁杂。概括起来有这么几种：1、进入诗经文本，感受和体味主人公的心情和处境；2、拉开距离，以现代人的视角审视和观照；3、由相似的主题或情境引发，进行创造性改写；4、以上几种方式的杂糅。

可以说，《诗经》是白麟新诗衍生的母体，而他所进行的并非一种简单的转译或仿写，他以现代人的思维和意识进入，以自身的生命体验、人生经验重构诗意、诗境，创造性显而易见。《附庸风雅》对《诗经》广为流传的爱情篇章，浓墨重彩，写出摇曳生姿的情意；由古人稼穑、祭祀场面，触摸到乡土文化之根；从周人崛起和对先祖功德的颂扬中，引申出民族复兴、国家繁荣富强这一时代主题。白麟是陕西中青年诗人中的实力派，以往的写作长于乡土和情感表达，以及履迹游踪的抒写，现代性似有不足。而在《附庸风雅》中，他完全找到了自己的题材，以及相称的语言风格和呈现方式。这是一本用心之作，也是一次收获颇丰的创作实践。而且，这种向经典致敬，向传统寻求沟通、对话，并汲取源头活水的趋向，很大程度已超出诗歌范畴，具有了文化传承以及重构传统的深远意义。

李晓恒：自我的剥离和敞明

阅读李晓恒的诗，给我的第一感觉就是语言上的陌生化。他所运用的是一种并不十分流利的现代汉语，现代汉语多用双音节词，而他是双音节和单音节词并用，混同交织在一起。在我觉得该用双音节词时，他却用了单音节词，在我觉得该用单音节词时，他偏用了双音节词。而且在对其文本的大量阅读之后，也难以推测他的用词策略和语言习惯。这对他而言或许本该如此，自然而然，但对我却产生了几分新异之感。我猜想，这或许与他仍操持至今的陕北方言对书写的渗透有关，可能还有其他方面的糅合。这样的结果，就是在阅读过程中，随着语言的流动产生了些微的阻滞。而在我看来，这种阻滞在彰显个人语言风格的同时，还让诗意得以较大程度的存留。

对于诗歌而言，语言并不是一个形式问题，作为心与物、精神与世界沟通对话的中介或整合之物，它总是携带着鲜明的个人印记和生命的呼吸，有效参与到诗歌情趣和内蕴的营建中。李晓恒是操持着这种带有棱角、略显拗口的语言进行他自己的诗歌表达的，或许这种语言风格正是他个人的性格气质在不经意中的流露。

《是谁耷拉了我的耳朵》那本诗集，我很早就读到了。存留我脑海的，是一种不同于当下流行的、大众化的写作态势，独特性不仅体现在语言上，更是根植于自我生存的独特性体验以及个人化的传达策略。仅仅书名，就传递出一种现实生存的无奈与质询之惑。我想，那本诗集与名利无关，甚至也与他的文学理想无关，一种长久以来形成的理念，就是将诗意融汇贯通于现实生存，追求一种诗意的生活、诗意的存在，一种通达圆融的人生境界。我不得不说，这是一种不再执着于文本建设，或者说疏于文本建设，而选择从根本上寻找艺术同人的现实存在、精神归依相融合的终极问题。就像海子所表明的：人不仅要写，还要像自己写的那样去生活。当然，对于大部分的写作者而言，这不太现实，他们期待着在文本上有所建树，因而无暇顾及。然而，李晓恒的写作，提出了一个对我们至关重要甚至是根本性的问题，却往往被忽略。

诗歌写作是一种全身心的投入，一种精神的放血，一种现实的煎熬。对于自我的苦苦追问，对于现实骨肉相触的摩擦，对于永恒遥不可及却又永不停歇的渴求，注定诗人在现世摆脱不了痛苦的纠缠。诗歌的本性决定了它与李晓恒的人生理念并不相投的一面，这或许就是他此后选择以书画的形式进行自我表达的原因。他也说过，写字画画对他而言就是彻底的放松和自由，彻底的享受。

就在我遥遥注目着作为诗人的李晓恒变换了身份，投入书法绘画的怀抱而遗憾的时候，他在并不轻松的生存间隙、工作和应酬结余下来的时间，或许就在等待回望的翘首中，用手机按键零敲碎打地写下了百余首情诗，这无论如何都要让我侧目和惊叹。因为对于他闲散、多变的个性，能持续专注于随写随扔的诗歌，实属不易。因为我知道，在写作诗歌之前，他所持有的是小说家身份，发表过多篇很有分量的具有现代派风格和意趣的小说，得到过圈内前辈的认可和表彰。

但我始终确信这样一个事实：诗歌犹如一颗光明的种子，当被不经意地点播进生命当中，就会促使诗性人格的不断成长，胎记一般再也无法抹去。而诗的，或者说诗性的，也是对所有艺术的最高抽象。甚至哲学，也散发诗性的光辉。

我在此所要说的就是眼下这本《铁的城》。一百首情诗，完满的数字，诗集名称却充满冰冷、禁锢的压抑感。在《是谁耷拉了我的耳朵》中就有很多首情诗，有着桃花的娇艳、浪漫和对世俗的反抗与超然，这本最新的爱情诗集又想阐述怎样的理念呢？通过细读，我看到李晓恒展示的情感世界的万千姿态，渴望、失落、期盼、幻想的种种情境，更感觉到人类情感世界与精神世界在现实生存的重压下，表现出的那种执着和热烈。他不是完全具象地、单一地书写爱情，或爱情的对象，而是把爱情，人类精神世界最高贵、最纯粹的情感放置到人的整体生存的框架中去考察和思索的。这是他的高明之处，也是这本诗集对他一贯追求的自在圆融的人生理念的延续。用他自己的话说，就是想通过这本诗集唤醒人们爱的意识，抛却生活中的虚伪、狡诈和功利，在铁一般冰冷、强硬的生之围城里，种花种草，温暖、软化我们的心灵和规囿我们的外在环境。

"铁的城"，无疑是对人的现实存在给予的一个绝妙隐喻。而人的情感或者爱情，就像在冰冷囚禁下涌动、奔突的烈火，未能逾越界限，却始终燃烧不息。现代社会的急剧转型和带给人们的精神上的痛苦抑或麻木，让我们更多地关注外在的东西，社会强加给我们层层叠加的面具或缀饰，从而忽略了内心深处最原始、最纯粹的情感冲动，生命最真挚的欲念和渴求。这或许就是《铁的城》这本诗集并不执著于诗歌本身，却又超出诗歌文本意义的价值所在。

作为庞大社会机器中的一个细小部件，我们每一个单个的人，都奔走在自我生存和生命实现的狭小空间，无奈之举就是被动地接受了被赋予的多重身份，变换着无数的脸谱，层层叠掩的表象之下，却都存在一个真实的竭力彰显却难以自明的真我。如果深究艺术创作中创作主体的心理机制，最基本也是最高的内心诉求，我们就能同样地推延并确认，李晓恒和他的小说、诗歌、书画创作，各类艺术的实践，乃至种种努力，都是对这个真我的不断的剥离和敞明。

牟小兵：冶炼词语的黄金

繁冗的词句和喋喋不休的叙说在诗歌中是可厌的，"以少胜多"、"以简御繁"这种说法，不仅符合诗歌的语言学特征，切中这一文体的本质，更是揭示了诗歌对人生、社会和自然提炼、总括的运作秘径。

牟小兵诗歌最鲜明的特征，在于语言的简隽，意蕴的丰厚，一种激昂的内在精神带来诗句的饱满和力度。这些诗，无论句子、篇幅都异常短小，然而语言的凝练、节奏的短促、语势的铿锵，让人毫不犹豫地断定，诗人除了竭力提炼诗意，锤炼语言，营造意象和诗境，还企望以有限的词句统摄更多意指，更深广的内涵。

诗人在冶炼词语黄金的同时，也自然摒弃了诗歌传达过程中物象翻拍的浅陋方式，而是倾心于意象的精心营造。"桃花"和"豹子"是牟小兵诗歌中醒目的意象（当然远远不止这些），而这里的桃花却是"血液里的桃花"，豹子是"词语的豹子"。物象之真在于现实的翻拍，而意象之真则在于主客体之间的融合和统一。牟小兵的诗达到了主客体融合的更高真实，他如是说："从自然捧回诸多意象"。

在这本诗集里，"上帝""诸神"频频出现，但牟小兵所进行的并非某种"神圣言说"，他是借上帝或诸神之名言说自我，强化和张扬人的主体精神。"稍不留神就会看到/上帝那张丑陋的脸""上帝和人相互推诿/上帝被虐/继而连累世人"。如果站在神学立场，这种态度确有"渎神"倾向，然而在诗学范畴内却是无可厚非的。在这里，上帝或诸神成为一种限制，一种超越性自我僭越的对象，或者是诗人为揭示现实真相而设的喻指。

这种强化和张扬的主体精神，超越性的自我在哪里呢？牟小兵的诗给予了有力的回答："诸神渴了/我从人间盗来了血/喂养他们""九万朵桃花/揭竿而起/一统大江南北"。主体精神的张扬不是源于自我的盲目，而是建立在清醒认识的基础上。只有对生命存在及其依存的外在诸多事物有抵达本质的察觉和洞见，才有资格言说和褒扬自我。"我成为自己的复制品""真理朴素而简短""思想者用词语制造更多的谎言"，这样的表达都是牟小兵语言修炼和思想修炼的成果。

诗歌的艺术感染力不仅在于情感的真挚，还在于认知的深刻程度。就在我为牟小兵诗歌的气韵和思想深度击节赞叹的同时，也发现他写作上的一个思维惯性，像这样的句子："让流水掩饰流水/用时间击败时间""月亮被扔在月亮之外/天空深陷在天空之中"。这种貌似的对偶句，在这本诗集中相当普遍，句式的整饬及意义的犬牙交错只是外在形态，内在根源是一种思辨思维的应用。这种思辨思维对人的认知是一种拓宽，但相应地也会带来另一种限制。

《文字长成山川》这本薄薄的诗集，凝聚了牟小兵数年的心血，情感和智识，其写作方式不随大流，有着鲜明的个人化特征。诸神和人类，真理和谎言，时间和虚无，梦境与现实，都在语言及其幻象的同一中得到呈现，诗人所冶炼的词语的黄金，也就不限于文本层面，而是更深地驻扎在精神实体、生命存在及万物的流变之中。

荒原子：因循及变构

荒原子的散文诗写得大气浑厚，有力道，但他的诗歌却呈现另外一种特征——语言简隽、清新，质地轻盈。这让我感觉他是一个丰富的人，有着多面、立体的个性，为不同的文体实践赋予了相异的精神气质。他这样做，是在平均抑或自由地分配自己的多面性？我不得而知，但丰富总是好的。借由诗歌呈现的生命和世界的丰富性，会让人沉迷，以至流连忘返。

因为，那是一个广博而有深度的空间。

《时光书》这本诗集，以"时光"为呈述的主要对象，其中诗作出现频率最高的，也就是"时光"（光阴、岁月、日子）一词了。其中原委，诗人这样表白："心事迷茫，我对自己的描述/

仅仅是时光的暗，经络毕现的/中年，过于惶恐"。可见，诗人了悟于对自我的认知，对中年之境的体察，因而对时间流逝的本性产生了惶恐心理。说到底，这是对生命之谜有了自己的觉悟。

荒原子的语言干净、简约，无论叙述还是抒情，都相当节制，留下思考、回味和审美的空间。他擅用短句子，断句和换行频繁，形成短促的语言节奏，细碎化、片段化的视觉印象。他诗歌的意象，基本上被自然和乡土的意象所覆盖，这与他的乡村生活经历分不开，也可能与他对诗歌的理解以及某种审美上的偏好有关。自然和乡土意象最容易生成诗意，也最贴心。可以说，是几千年的农业文明，在大众心理上形成了深厚的审美积淀。

就这样，与自然和乡村生活有关的动植物意象，以及物候现象，成为荒原子编织诗歌锦缎的材料库。

荒原子的诗，看似（部分也属于）现代乡土诗歌的泛化书写，但通过细心地阅读，你会发现，更多是一种情感的流露、心境的显影、思绪的蔓延。而且，是温柔的、婉丽的、悄声细语式的。也就是说，荒原子利用自然或乡土的意象所进行的，仍然是一种自我生命的表达。他的诗并不具有"及物性"，也即他不以展示物象、事理的真实状态为旨归。他是走心的，在散淡而节制的述说中，让特有的心境、心思和心理状态呈现出来，或渗透在字里行间。

这种散发着浓郁诗意和美感的诗作，令人赏心悦目，在不经意间也会有特别的发现。荒原子多次写到中年，体认生命，比如在《我常常对着镜子说话》一诗中，他说："对中年的认同/理由越来越充分，时间就像/一把看不见的凿子，我所经历的/一切，像一片镂空的树叶"。"镂空的树叶"，显然是一个鲜明的意象，它所承载的生命的残缺和痛感，令人怦然心动。因此，对着镜子说话的时候，一根新添的白发无疑会激起诗人心灵的"震颤"。

荒原子的诗总体上是优美的，即就是生活中的痛感体验，也会被优美的意象和浓郁的情感氛围所冲淡。如果在中国社会和文学审美的现代化转型的背景下，观照荒原子的写作，我们可能就觉出美中的不足了。也就是说，他诗歌技法的圆熟和意境的优美，既可认为是他化解经验材料、诗化生活的能力体现，也可认为是他在"熟常诗意"的层面运作，忽略了"异质元素"的融会。从而，使得他的作品在葆有诗意的同时，陌生感和独特性有所欠缺。

这么说，或许有些强人所难。要写作者打破现有的语言定势和思维习惯，并不是一件容易的事情。况且，作者本人也不一定认可。

《时光书》中的作品分为四个小辑，写作于不同时期。第一小辑，有诗人的早期作品，稍显不同。但整体来看，这些诗在语言习惯、言说方式以及意象的选择和营构方面，相似度颇高。这很可能是作者在语言和审美上的惯性使然。对于写作，因循熟常的诗意，也就意味着拒绝冒进，规避创新带来的风险。其中，也许不乏稳妥性，但令人惊异的陌生感、"新的震颤"以及诗歌领地的拓展，也很难发生。

眼下很多写作者，受诗歌网络化的影响颇深，作品构思精巧，技法娴熟，质地圆润、光滑，但离诗歌的独特性和陌生化已经越来越远。因此，我希望看到荒原子精心提炼的诗意，能够有效规避因循和熟常，从而形成自己独有的鲜明特质。若能实现某种程度的变构，甚至反常，那将令人欣喜。

汹涌诗潮中的瑰丽风景

——陕西诗人作品阅读札记（二）

陕西是小说大省，也是诗歌大省。陕西诗人孜孜以求的经典性、原创性和现代性的写作范式，以及倾向于神性，对历史、文化的诗性观照和深刻洞察，是能够为这个时代留下具有恒久价值的诗歌文本的。陕西又是一个有着深厚现实主义文学传统的省份，对社会现实的热切关注和反映，已成为众多诗人对社会良知和责任心的自觉承担。同时，具有后现代主义倾向的诗歌实践，也能在这里找到生发的土壤。可以说，陕西诗歌的庞杂和多元，相互之间的共生共荣是罕见的，也是珍贵的。这也从另一个方面反映出汉家雄风、大唐气度在这块土地上的延续、彰显，以及时代精神辉映下斑驳陆离的文化景观。

作为陕西诗歌的"半边天"，陕西女诗人也是一个庞大的群体，她们在诗歌上的成就并不亚于男性诗人。她们有自己的独特性，也有自身的特殊性，或者说，并不适宜将她们和男性诗人进行比较，他们之间重要的不是可比性，而是各有优长、不可替代的差异性。甚至差异性也不必过于强调，互补性才是根本。正是她们瑰丽多姿的诗歌风景，才与男性诗人的创作共同构成丰富、多元的陕西诗歌的完整面貌。

上世纪八九十年代的中国诗坛，就活跃着一大批陕西女诗人的身影。在陕北插队的北京知青梅绍静，以饱含黄土情味的吟唱加入波澜壮阔的新诗潮运动，诗集《她就是那个梅》获得全国第三届优秀新诗集奖，为陕西女诗人作了表率。紧接着，陕西本土的刘亚丽、胡香、南嫫、小宛、刘晓桦等，以各具特色的诗歌实践和艺术审美为陕西诗歌写下浓重的一笔，也为后来者提供了借鉴和学习的珍贵样本。但随着时代变迁和诗人的分化、流失，在陕西本土只有少数女诗人留了下来，坚持下来，卓然独立，显现不凡的气度，她们是刘亚丽和胡香。刘亚丽是获得过多个重要文学奖项，在全国有很大影响的诗人。她的诗平易舒展，光润细腻，意蕴弘深。她善于用日常生活物象传达一种形而上的思考和体验，宗教情怀已内化为生命本身，诗歌发现充满新意，跃动着无限的喜乐和生机。她对诗歌的音乐性有着完美的实践，执着于技巧却不露痕迹。胡香近些年很少发表作品，也很少参加诗歌活动，但她的诗愈加开阔和精深，或许在这种状态下，她更能全身心地进入幽暗莫测的诗歌本体，窥见那道引领人类精神的光芒。胡香的诗在悲剧性基调上，传达出对命运的接纳、对生命的感恩，令人喟然动容。她并没有过多地表现诗歌的社会性主题，而是倾向于生命和灵魂热切的吁求，诗歌的精神性表达，指向存在的终极。

在六十年代生的这一批诗人中，三色堇成名较晚，给人的错觉是和70后一起成长起来的。这或许可以说她是一个晚成的诗人，她孜孜不倦地勤奋创作令人钦佩，她的诗节制、明净，在含与露、隐与显之间达到了较好的平衡，这得益于她对诗歌意象及隐喻的娴熟运用。神木的闫秀娟虽处边地，诗风也较为传统，但扎实的功底和充满地域风情的独特书写给人留下深刻的印象。定边的张晓润颇具实力,她的写作稳定沉着,诗艺渐趋成熟,在浮躁的诗歌环境中显示出良好的定力。

上世纪九十年代末至新千年,陕西70后诗人纷纷登场,在诗坛发出自己的声音,展现独特的艺术个性。女诗人无论是在影响还是创作实绩上,似乎都走在了男性诗人的前面。眼下,她们已经成为陕西女诗人群落最具活力和可能性的群体,写作上渐趋成熟,进一步走向深入和开阔的境地。安康的李小洛,率先为陕西70后赢得全国性的影响和声誉,她的《一只乌鸦在窗户上敲》、《省下我》、组诗《孤独书》等一经发表,就受到很多人的追捧。在诗歌和生活之间,李小洛执迷于营造栖居的诗意,小城安康便成为这样一个代称。她的诗歌明澈透亮,语感极好,意象在清晰和模糊之间游移,如真似幻,耐人寻味。临潼的横行胭脂,其诗歌作品的发表也如她的网名一样席卷国内各大刊物。她执拗而绵长的诉说,带来出其不意的感染力,她对诗歌语言的不断刷新,频频点亮人们的眼睛。但是,生活上的自闭和诗歌的极端化表达,对心灵是一种损伤,不过诗人内心的坚韧是具有修复能力的。

在陕西70后女诗人中,郦楹和宁颖芳给我留下特别的印象,她们共同的特征就是不急不躁,安静从容。诗歌对于她们已是生活方式乃至休闲方式,但这并不妨碍她们在诗歌艺术上的精进。相反,正是这种良好的心态,让她们更深地潜入生活和诗歌内部,发现种种神奇。郦楹诗歌有一种难得的知性美,广泛的涉猎和汲取赋予她开阔的视野,沉潜和智慧带来抵达事物本质的发现与领悟。宁颖芳早期诗歌的女性化特征很明显,轻柔唯美,近年来作品的思想深度和艺术表现力进一步加强,诗歌的厚度和内部空间进一步扩增,她的QQ签名"愿隐没成为我发光的方式",令人赞赏。杨芳侠近些年才走入人们的视野，但她的诗歌实践已相当漫长。诗歌对于杨芳侠来说，几乎就是生命的全部。饱满而炽热的情感，悲怆情怀，以及对于美和崇高的精神诉求，让她的诗有了很强的感染力和震撼力。身居柞水小城的王凤琴，她的诗名并不为人所知，但其娴熟的技艺和对意识层面的开掘令人震惊，她的诗是隐秘内心的镜像，在可解和不可解之间，有着独特的魅力。

诗歌的面貌，印证着写作者的理念；诗与写作者的关系，也在一定程度上决定了诗歌的状态、面貌、格调乃至格局。随着社会的急剧转型，诗与名利的逐渐绝缘，在很多诗人那里，诗歌不再是事业，而退居为一种精神自足的方式。在陕西70后中，就有很多不大抛头露面的女诗人，但她们的实力却不容小觑。阿眉就职于新闻媒体，但纷纭的社会事件和娱乐快餐并没有冲淡她内心丰沛的诗意，时而舒缓时而跳荡的节奏传递出现代语境下的古典审美。作为医务工作者的闻风，其诗简隽明晰，语言富有暗示性，短小的篇幅中呈现的是自我世界的广博和隐秘。初梅的知识女性气质在诗歌中体现为一种优雅，一种反观自身的从容不迫，一种情调和意蕴的渲染。还有在绘画和诗歌之间自由穿梭的沈向阳和高小雅，一个沉雄有力，一个散淡徐舒，以不同的方式叩击阅读者的心扉。名字还可以列举很多，像屈丽娜、月窗、穆蕾蕾、烟雨、蒋书洊、苦李子、传凌云、南南千雪、陌上寒烟、琴音、诩真等。正是她们以各自的文本实践构成陕西女性诗歌的有机整体，营造了浓厚的诗歌氛围。就目前来看，这一批诗人的名声和写作实力并不一定是最大、最好的，但经过充分的沉淀和打磨，艺术上的突飞猛进或一鸣惊人，完全是有可能的。像南南千雪、屈丽娜、穆蕾蕾等人，近两年开始活跃于诗坛，而贾浅浅则以"闯入者"的姿态进入人们的视野。

就在70后诗人不断超越自我，在诗歌的道路上稳步推进，并逐渐成为诗坛中坚力量的时候，80后不知不觉已成长起来，以饱满的热情和创新精神显现强劲的活力。商洛的吕布布这些年在南方发展，良好的诗歌素养和悟性以及广泛的诗歌交流让她从同龄诗人中脱颖而出。她的诗对日常生活的表述打着鲜明的个人化烙印，主体的私密和幽暗给了她更大的探索空间。西安的木小叶较少发表作品，但她的诗技艺娴熟，语言流利雅致，表达上倾向于幻念和冥想的再现。庞洁显庞杂、恣肆的诗行，展露了作者的机智和才情，体现了语言对生存现实的整合及转化能力。在八十年代末出生的女诗人中，榆林的惠诗钦在各地刊物频频发表作品，她的诗带着这个年龄段特有的清浅和灵性，散发清澈莹润的光泽。陕西80后女诗人还有很多，像延安的李亮、贺林蝉，咸阳的郝娟子，汉中的杨菁，长安的刘欢，商洛的牛磊，铜川的张惠妹、郑晓蒙等。她们目前处于蓄势待发阶段，正寻找自我的独特发声，但广泛的学习和借鉴，广泛的汲取，已让她们锋芒初露。

目前，90后诗人一部分活跃在大学校园，一部分刚刚走上社会，她们是陕西女诗人群体中最年轻的一代，是诗歌的未来。诗意的种子在心田萌发，抽枝展叶，摇曳一片新绿。年龄没有成为艺术探索的障碍，诗歌才华早早地显露出来。像出名较早的"少年诗人"高璨，程贺、田凌云、张筠涵，以及在校园诗歌奖评选中脱颖而出的唐棠、马映、郭林等。她们的写作需要生活的磨砺和时间沉淀，对于她们，我们也应投入特别的关注和期待。

对陕西女诗人的写作进行简单地梳理和概括之后，我们不难发现她们在诗歌主张、艺术理想和文本呈现方面的巨大差异，也清晰感受到女性本身所具有的群体性特征。她们有着普遍的对自身和情感体验的执迷，也放眼身外世界，表达人类的共同命运。作为独立的生命个体，她们之间的差异性或许并不亚于性别差异，她们的诗歌多向度展开，异彩纷呈，成为这个时代汹涌诗潮中的瑰丽风景。当然，诗歌不是才华禀赋的逞能，不是一蹴而就所能到达的巅峰，一种在时光的沉淀下愈见精纯的手艺，只有经过深入透彻的思考和艰苦锤炼，方显足够的成色和艺术品位。作为陕西女诗人中的庞大群体，日益成为中坚力量70后，她们似乎还没有到达创作上的成熟期，处于进一步历练、提升阶段，但我们相信艰辛的付出和时间的馈赠，相信会有更多像刘亚丽和胡香这样的实力诗人从她们中产生。陕西80后、90后女诗人，在写作上还有更长的路要走，但她们的成长、成熟以至崛起只是时间问题，这是历史的必然。具体到写作者个体，还要看她们自身的修为。

作为女性，自然有着区别于男性的生理和心理结构，思维及意识，在写作上则表现为独有的视角和表现方式，这也是女性写作的底色和独特性所在。过分强调性别身份，忽视人性的共通，人类所要共同面对的生活、遭遇的命运，以及生命和世界的根本性问题，也必然走向自我迷恋的浅薄和诗学上的狭隘。如果抛开"女性意识"和"女性诗歌"的理论纠葛，以及所谓"新红颜写作"的诸多争议，我们不妨回归最简单最朴素的立场：女诗人就是写诗的女性，她们有历史文化因素造成的不平等，也有社会家庭角色的负累、现实处境的艰辛，她们的写作在彰显独特性的同时，也无法割舍与男性共同面对和分担的整体性问题。选择诗歌，让她们面临更大的压力，也预示着无限的可能，为此，我们向她们的辛勤付出和丰硕成果表示由衷的赞美和敬意。

边缘写作的价值和意义

——陕西诗人作品阅读札记（三）

　　"边缘"，这一颇具物理学和地理学意味的名词，在竞争日益激烈、多元文化并存的现代社会，被赋予了丰富的内涵。如果我们稍加留意，就能在当下政治、经济、文化等诸多领域，发现这一远离"中心"的"边缘"区域的存在。可以说，是普遍存在。就词意的界定而言，"边缘"，显然意味着弱势，非主流，次要的，等等。具体到人，首先体现为现实生存状态（比如身处社会底层），然后是社会学、文化意义上的边缘化。而"边缘人"的出现，就是现代社会分裂剧变的必然结果。

　　正是有如此多的、不同层面上的"边缘"，文学上才有了"边缘书写"或"边缘化写作"等不尽相同、各有侧重的表达。相对于将"边缘"作为一种创作立场，一种解构"中心"、挑战主流话语的书写策略，我在这里所说的"边缘写作"，主要就写作者的写作状态和生存状态而言。当然，也不排除书写对象——在社会文化结构中处于边缘境况的人或物。陕西这块地理区域，这个诗歌话语场，中心和边缘、主流和非主流，似乎存在，又难以辨别和确认。如果说，有中心和主流，那也更多是作为个体的诗人，以自己精心打造的文本和持续多年的影响力建立起来的。与行政中心、商业中心、文化中心的关系，不是必然的。而且，在现代社会，"一切都四散了，再也保不住中心"（叶芝）。地理上的偏远地带，也可能成为时代精神文化的中心；而繁华的都市，很可能是一片文明的废墟。

面对庞大的陕西诗人群体，我们不难发现，其中有所谓"主流诗人"或拥有一定诗歌话语权的人物的存在。而大多数写作者分散在全省各地，遍及基层，完全是业余写作的状态。他们的诗歌话语或向主流靠近，或以某种自发性有意疏离，存在不同程度的异质化和边缘色彩。下面这几位，一如陕西诗人中的大多数，从事不同的职业，社会身份殊异，生活状态千差万别。但他们无一例外地热爱诗歌，倾心诗性人生，在物质现实的挤压下拓展自己的精神空间。他们或许有自己的小圈子，但基本上都远离诗歌话语场的中心。正是"业余"的写作身份和"基层"的生活定位，给他们带来了多样化的诗歌表达。

李晓峰：野生和边缘的意义

以前读过李晓峰的诗，那是在《长安风·十人诗选》中。他的诗我有印象，我也以《沉思的品质》为题，写过如下短评：

> 李晓峰的诗，是从自然风物和社会现象中提炼出来的。他并不缺少抒情、调侃乃至戏谑，但他沉思的品质引人注目。一如这样的诘问："看见一片

雾你会想到什么呢/尤其是阳光初照的清晨"。他这种对生活现象的思考和揭示，集中体现在《牛角号》一诗中："吃掉肉/再以肉上角为号/应该是人类才有的发明"。站在人类视角之外反观、反省人类自身的行为，抑或罪恶，毫无疑问是深刻的，令人信服的。这里牛与人的对比，惨痛的血肉关联，极似基督以自己的血为世人赎罪。善良的弱，成就的往往是悲悯与崇高的伟力。

今天，通读他的最新诗集《行走的野草》，我以为，将他诗歌的主要特征确定为"沉思"，依然恰切。很显然，这种生活层面的思考，对于世态人心的揭示和剥离，以及趋向终极的拷问，均得益于他的生活阅历和人生积淀。果然，在诗集的开篇诗作《大散关之雾》中，我就读到这样的金句："历史从不借光/秦岭无言生长"。后面，还有这样的表述："拧直思考的芦苇/点化丑陋的聪明"。在对"法"字的象形和会意式的思考中，诗人说出："穿着华贵的衣裳/享用褴褛的仰望"。这不禁让人联想起，卡夫卡在他的长篇小说《审判》中呈现的主题。

当然，诗歌的优长并不完全表现为思想的成果，金句的表现，它在很大程度上得益于特有的语感、语调和诗意的氛围。

李晓峰的新诗集分为六章，题材、主题和语言显出层次，但话语风格一以贯之。他的话语风格显然并不时新，甚至有点土旧，但携带着特有的韧性和执拗，这自然是不追随潮流，甚至排斥诗歌潮流的结果。如果说，诗的抒情风格是一种歌唱的调式，那么李晓峰的诗，就是说，不惜平白质朴地说。这样，牺牲了惯常的诗意，却获取了一种真，真实和真相的真。从理论上讲，当诗与真结盟，通常意义上的美，便退居其次了。

或许，这也正是李晓峰所着意追求的。

面对社会生活，他以怀疑甚至刻薄的目光，注视世相和人心，揭下虚假的画皮，捣腾出阴暗角落里的东西。他习惯将凡俗的、不雅的，甚至令人不适、恶心的事物融入诗歌表达，在对真的靠近中，拉平善与恶、美与丑的现象鸿沟。而这些彼此对立的事物，在生活中本是以自然的方式联接，不分你我的。《月亮把鲜花开满山岗》，如此美好和诗意的题目，在李晓峰的笔下，却充斥着"厮杀""折磨""手铐""罪人"，可见他对唯美诗意的颠覆。

李晓峰既有严肃深沉的思考，也不乏揶揄讽刺，甚至带着恶搞的快感。这些都表现在他城市题材的诗作中，并且以一颗诗人的"方正之心"。但当面对乡土和亲情，他的叙说显出深挚和柔情："这是寒食节的下午/妈妈你显一回灵吧/看看你过冬的衣裳"。大红袍花椒对于他，则意味着："体香才是靠谱的记忆"。

思考获取真相，这真相也就脱去了诗意的虚饰和浮华。无论雅与俗，真都是第一位的。我并不清楚李晓峰的诗歌理念和诗美追求，但依照他的文本，以及他在《贫困户炕上躺着诗集》一诗中略带揶揄的表述，这种理念和追求也就明白无误地传达出来："我开始羡慕那些热情的诗人/想植些现代的皮肤，也写点/玄机重重的生命体验"。的确，他的诗不为抒情，也不够新潮和现代，但体味生活，传达生活真相。即便揭示丑和恶，也是怀揣着美的。因为他说："我多想遇见一个路过大地的花匠"。

李晓峰显然深谙社会和人事的种种，但如果将他的诗歌表达限定于社会和生活层面，也是不客观的。因为在他不是很多的终极拷问中，也有这样的疑虑："天空模仿着死海/像在豁免什么"。他将目光拉远拉长，瞩目太阳，叩问屈原，给海子献诗："你闪着电，带着大海的血腥/于神殿之上深情俯视/那些仅靠梦和灵感活着的人"。正是这种思维扩张，丰富了诗歌和精神的维度。

通读诗人李晓峰《行走的野草》，我犹豫着搜索出两个关键词：野生和边缘，试图概括他的诗歌特质和写作状态。这或许并不准确。但在一种被圈养和监管而显得过分羞怯、规整的文学环境中，观察当下诗人和诗歌的长势，我看好"野生"和"边缘"。野生，有种蓬勃的力，自己就是自己，不模仿，不混同，不附势。当然，也难免杂芜。边缘，是一个可靠地位置，可以怨，可以怒，可以冷眼旁观，或是冷嘲热讽。时过境迁，边缘很可能跃入主流，而主流也可能退居边缘。

野生和边缘，是在当下文学环境中，最有活力和价值的诗歌态势。

柳必成：从童心出发

每个人都有自己的童年。成长的历程，就是不断远离的过程。童年之于我们，犹如家园，归途已断，没有了回返的可能。但借助孩子，天使般纯粹的心灵和无邪目光，我们再次感知、凝望那家园，那一方原初的空间。儿童思维是混沌的，物我不分，能把自己轻易投射出去，投到任何事物上。拟人或拟物，让人感到无比神奇。而这也正是诗的思维，诗人需要的状态，只是我们在成人化过程中，逐渐磨损掉了。如今，我们回过头来，向孩子学习和讨教，认他们为老师。

柳必成的最新诗集，以"与女儿对话"为名，第一小辑也称"向童心低头"，可见他对此有同样的认知，并且珍视。诗人需要赤子之心，需要面对生活和社会的无功利的审美自觉，这与儿童沉醉于游戏的状态极为相似。柳必成"与女儿对话"，"听女儿对话"，正是通过女儿这扇小小的窗口，发现其中珍藏的童真、童趣，以及散布的浓浓诗意。"水瓶会哭的"，"小丫头，头上长出树丫丫"……因为自由联想方式的运用和逻辑的取消，从而让小孩随口说出的稚嫩话语，成为真正的诗歌话语。在此过程当中，诗人仅承担记录和剪裁任务，实际上，孩子已成为诗歌创作的真正主体。但这孩子，是一个无意识的，并不自觉的诗人。

诗歌是一种创造，但也伴随着发现。当诗人以儿童的视角去观察，去发现的时候，凡俗的事物也就变得不同寻常，充盈着生机和活力："瞧，它们叽叽喳喳/一直用爪子，刷写小广告小标语……它们就是几个小得，不能再小的，小不点/如同几粒芝麻，遗漏在城市某个角落"（《几只麻雀》）。此刻，诗人眼中的动物世界也剔除了残酷和血腥，变成由蜜蜂、蝴蝶、青蛙、蜗牛、萤火虫等构成的童话世界。

当然，这只是诗集第一部分呈现的内容，运用的视角。诗人可以无限靠近那个儿童世界，却无法真正摆脱自己的成人身份。这也促使诗人面对现实，发挥诗歌的承载和传达功能。在接下来的几辑诗章中，柳必成以爽利的笔调、晓畅的语言，记录下他的所见所闻，所思所感。

《雪崩》是爽利的，没有半分含糊。《雪，或者那一年》既尖锐又深情，人物、事件的蒙太奇式组接，竭力隐藏的情感，拉大了时间、空间和内心的跨度。《飞絮刀》子弹般的语速，让片片轻柔的飞絮将人击倒。《杏树林》通篇与杏关联，写出了一种洒脱的情怀。《香椿树》中有这样的句子："我用它做筷子，七寸六分长，夹住人间烟火/再做一条小舢板，两只桨，划过阴阳两界"。因主体的灵动和积极参与，将状物诗翻出新意。精彩的篇章和句子还有不少，就不一一列举了，从中我们可以看出柳必成在生活层面的表达中，所持有的语言特色、进入的角度，以及谋篇布局等等。

《四川行》和《在北方》，按说是记录旅迹游踪的，容易浮泛，缺乏新意和独特性，但实际上这两组诗在诗集中是有分量的，整体感也不错。组诗《四川行》里面，《宽窄巷子》写得果断爽快，且有余味："我很羡慕这一对兄弟，生在天府，长在四川/独有一个腔调，一种味道，一条文脉"。《楼林之中长着一大片小菜》，是诗人的独特发现："这片小菜很醒目，很接地气/它用绿，怯怯看我一眼……它们最自然，最弱小，最伤人……"。这样的诗是能够触动人心，且留下丰富联想空间的。组诗《在北方》整体匀称，富有层次感。里面的每一首都有自己的特色，或长于语言的朴素自然，或长于抒情的真挚迟缓，或是叙事元素的加入，或是幽默成分的点缀。这些显然得益于诗人并未将旅途中的风物、景致简单化处理，而是牢牢抓住那些令他印象深刻的，并投入情感，精心提炼加工，从而完成自己的创作。

组诗《山中纪事》里，有一首《雪是黑的》，全诗仅四句："有一千个理由/不会这样说//只要我们天真一次/就不分对错了"。这里的"天真"，显然就回到我们前面所说的童心了。天真可以让雪变黑，甚至变成任何颜色。还有其他事物，可以在童心的主导下，任意变形，脱离日常的经验范围。这是诗的魔力，也是诗人的特权。童心，不仅是诗歌发现的契机，更是诗意生发的广阔现场，甚至就是诗本身。柳必成诗集《与女儿对话》，开启的显然是一条从童心出发，覆盖生活场域的运动路线和轨迹。他的诗歌运作模式有待转变，诗歌深度还有待进一步拓展，但他展示的这一路径和轨迹，足以令人欣喜。

因为，方向对了，诗的本质抓住了，剩下的就是功夫问题了——把诗歌艺术的提升交给时间！

空也静：片段化书写及其可能

军旅诗人空也静，近年来的写作速度和产量，以及诗集出版的频率，颇让人吃惊。他活跃在网络上，利用博客和自媒体平台发布新作，产生了一定的影响，多次获得部队上的文学奖项。当他由关中平原"转战"西部高地玉树，藏区意象越发稠密，诗歌的面貌也呈现差异。眼下整理好的又一本诗集《轮回》，仅就书名而言，无疑受启于佛教，准确地说是受藏区佛教文化的熏染，而有了如此的命名。

说到佛教文化，或藏传佛教，会是一个无限广博、深邃的话题。而军旅诗人空也静，对他而言，生活环境的变更，视野的开阔和文化上的差异性影响，肯定会给他的诗性感知带来新鲜刺激，以及写作上的某种变化，却不至让他迷失自己。

《轮回》延续了他以往的语言风格和书写方式。他的语言，书面语中夹杂日常化词汇，甚至口语，多用单音节词，简短省净，开门见山，省略了很多修饰和虚浮的诗意。甚至我觉得，用陕西方言读他的诗更显顺畅。他处理一个题材，或进入诗歌的角度，总是很直接的，没有铺垫，绝少烘托，避开了抒情诗的套路或陷阱，以简单明了、符合生活真实的方式直奔主题，进入鲜明具体的生存现场。当然，他也有一套自己的方法，来进行诗意的转化。通过对《轮回》的阅读，我发现他将日常生活场景诗意化的方式主要有两种，一种是比喻，一种是拟人。这也是最常见、最普通的两种文学修辞，但在空也静的笔下，却产生了一大批令人称奇的诗句：

> 寂寞比一只虫子藏得要深
> 一会在脚跟蠕动
> 一会又爬到后背
> ——《寂寞》

> 炊烟站在屋顶
> 不停地伸着懒腰
> ——《初冬》

> 歌声快要从木桶里溢出来的时候
> 太阳才慢慢升起
> ——《卓玛》

在营造一些令人眼前一亮，鲜活、灵动的比喻句，或从日常生活提炼出令人遐思的哲理句的同时，空也静的诗也不乏整体浑融、不可句摘的篇章。很多时候，倒是一些鲜亮的比喻和出彩的话语提起了整首作品。他的诗在形制上一律简短、精巧，语速快，跳跃性强，因节奏的陡转直下而显灵动。在《轮回》中，寺庙、佛、玛尼堆、藏獒、卓玛之类的异域文化意象密集，同时，日常生活及乡土意象也很普遍。诗人在这部诗集中似乎在做一种融合，或者说，他是在随意挥洒，把他的所感所思在毫不拘束的状态下自由书写。

这已是一个碎片化的时代，快餐式阅读的时代，诗意以及审美化的人生已显奢侈。在这样一个时代的背景下，对应诗人空也静的写作，我便能够理解他诗歌的一些特征。他诗歌形制的短小，很多时候我觉得刚刚开了个头，还有待进一步深入，而他已迅捷收尾，当我重新阅读和打量，发现他收尾得也不无道理，甚至恰逢其时。这种阅读上的体会不是没有来由，一方面或许是他省略了诗歌表达过程中的许多铺垫、过渡，以及修饰、修辞，另一方面也可能缘于写作是在繁忙的生活间隙，零敲碎打之故。我将这种诗歌形态或写作状态称之为"片段化"书写，当然，从一个更开阔的角度来看，每一首诗都是一个"片断"，人生的每一阶段也是由无数的"片断"组成。而且，在当下生活实际中，随时而起的感念或思索，适合在手机上快速记录，也符合当下快餐式的阅读习惯。其实，我也不甚明确，我的这种武断对空也静的诗歌状态是不是一种合理解释？

不过，这种疑虑并不影响我对他诗歌的阅读和欣赏。前面提到他整体浑融、不可句摘的篇章，这部诗集里确有不少给我留下深刻印象。比如以下几首，无论是语言的俭省和陌生化，切入主题的角度，整体上的呈现，还是传递出的生命痛感，情思和韵味，都称得上他诗集中的上乘：

一定有一个远方

有一个人

一定有一些无关紧要的话

消磨着安静的时光

一定有一些街头制造的嘈杂

压低越来越弱的信号

一定有几声鸟的啼叫

趁机钻了进来

一定有一些不可告人的秘密

被一阵风窃听

一定有一趟火车

在黄昏到来之前靠站

一定有抿不住的浅笑

撒落一路

——《接听》

想起故乡，无非是将枝头褪去的桃红

重新涂抹一遍，无非是一座老宅

一把多年没人碰过的铁锁

村口的池塘，阳光已拧净体内残留的水分

蛙鸣像一滴泪，深陷板结的淤泥

一片玉米地，中间穿过一条高铁

剩下的就一直荒着，母亲抱紧一堆黄土

一年一年地等，却看不到一点收成

——《想起故乡》

一朵花如果开在花园

像一个人混在一群人之间

就不会有人留意

如果开在冰天雪地

开在一大片草原

一整座山

只有一朵

就像那个牧羊的女孩

微笑着
总会在梦里出现
——《一朵花》

　　语言不仅是诗人手中的工具，诗意的载体，甚至就是诗歌的全部。从中我们不仅可以看出一个诗人的言语习惯，言说方式，还能看到他如何将自我与世界的交集用语言来命名。这里涉及到他思考的方式，思维的方式。通过对空也静这本诗集里的语言、词汇及意象的辨识，我发现他所用的基本上都是形象化的具体可感的词汇，很少用抽象词，即使用，也是诸如思念、记忆、回忆、岁月、日子之类。我们或许可以说，诗歌就是将抽象的、莫名的东西感性化、形象化的过程，但与此同时，是否也可以说，他所缺少的是一种对生活、对世界思考和认知的深度，以及提炼、总括的力度？因为大家都相信一种说法，就是把世界分为表象和本质，有深浅之分。然而，近现代以来的现象学也提出自己的看法：这世界就是现象的世界，无所谓本质而言。阅读空也静的诗，我也陷入这种理论上的纠葛，我知道他表达的现场感、生活化，以及对于人生和生命的豁达，都值得肯定，甚至就是某种存在真理的呈现。但我也相信，诗歌不仅是诗歌本身的问题，它还与写作者对生命和世界的深刻洞察密切相关，艺术转化的有效性也决定着作品的成色和高度。

　　如果将诗人空也静的诗，并不准确与合理地称之为"现象陈述"和"片段化"书写，那么，对于这种写作的形式和状态我也有自己的期待。那就是尽量消除网络化写作的影响，适当放慢写作速度，进一步沉淀和磨炼，拿出更有深度和厚度的作品。当然，这也仅是我从自己的诗歌观念出发做出的判断，不一定合理，也不见得适用他的写作，希望他能够明辨，并作出自己的选择。

吴文茹：薰衣草的柔媚与豪情

在我的感觉里，孤独应该是黑色的，而且是一种粘稠凝滞的状态，它与绝望相连，不动声色地讲述有关生命的悲剧性体验。所以，当我意外地获知一种"红色"孤独时，不禁眼前一亮。"一种浮浅的热烈"，"红色的液体"，"红，是孤独的一盏夜路灯"，这究竟是一种怎样的情感体验？让我好奇，更让我振奋。

据这首《一种孤独的颜色叫红》里的叙说，我猜想那是一种与爱情或某种热烈的情绪有关的体验，尽管诗人一开始就强调："这孤独与爱情无关"。其实也无妨，因为我们知道对于诗歌的阅读和理解，常有这样的情形发生：偏离了作者的主旨，甚至与作者的意图南辕北辙。而且作者在表达的过程中，为语言所牵引，被语言的歧义设伏，也经常会偏离最初的意图。更有甚者，文本形成后所呈露的意蕴，与自己的初衷大相径庭。这些情况都是客观存在，但并不影响对文本的阅读或阐释，某种程度上甚至会丰富文本的内涵，增添别样的魅力。

诗人吴文茹的诗作以前没有拜读过，她的这本待出诗集取名《太白》，其中缘由据她所讲，不仅因为诗集里的一首同名诗，更主要是她写下了不少关于"白"的诗，白的马，白的云，白的雪等等。"相机的内存全部清空/一律让位太白//太白，风儿是白色的/寂寞是白色的/树，白色的"，这种自由联想的思维当然是诗的思维，让我好奇，也倍觉亲切。诗集开篇就是一首关于死亡体验的作品，却排除了那种阴郁恐怖的写法，让人觉得自然淳朴，充满温情。紧接着就是此文开头所说的那种"红色"孤独，这样的诗歌风貌吸引着我继续阅读下去。

"把身体拓在土地/成就一个坚实的影子"（《我的影子》）；

"万里晴空的父亲"，"万山巍然唯有这一座/是我最终的归属"
（《一座山》）；"我永远的爱人/为了我们那旷世的吻/我得跋涉
一生一世/在黑暗中把最亮的一盏灯/顶到天明"（《吻》）……。
读到这些题材广泛、情感真挚、语义丰满的诗句时，能够想到诗人
在某种特定情境和特定时空里的精神状态，忧伤，喜悦，坚定，犹
疑……从往昔岁月和纷乱的思绪中挑拣、锤炼出的这些闪光的句
子，将诗人的情感状态和生命呼吸永远定格下来。

忽然感觉活着
莫名其妙地虚无缥缈
梦里却异常的清晰

我们垂钓
对面是鱼
把时间装进饵里
一钩钩钓起的
是水草之歌

我们吃东西
东不在东西不在西
于是一起吃火锅
底料放在江湖
耐心地涮这个世界的
喜怒哀乐

我们走路

条条大路通罗马
唯有两条属于我们
生，一点不伟大
死，比鸿毛还轻

我们睡觉
一不小心爱上幻想
梦里前程锦绣
梦外扑朔迷离

一只小鸟侧翔而过
翅翼滑出一生的范围
原来只有瞬间的回眸在前方
——《惑》

　　这首名为《惑》的诗歌，在吴文茹诗集中是相当显眼的一首。它将对生活、生命的体验和经验作了精彩的表达，当然语言风格还是她的，一种朴素的没有藻饰的语言，在自然亲切、活泼爽朗中传达出深度的体验，这种风格与她的生活情感和生活表达的诉求是合拍的，一致的。

　　在这本诗集里，爱情诗占了相当的比例，其中不乏精彩的、动人心弦的诗章和片断。试读这种风格的倾诉："也许我们真的是一场传奇/演绎着四季和距离/每一天都是新的思念/云朵变幻风雨叠加/唯独你，在我心里的微笑/水花一般开放/定性为爱意恒久的涟漪"（《晨曦中的相思》）；"你来，我对你敞开心门/我去，你为我拂去尘埃/我要的爱就这样简单"（《白马》）。无论是温柔的诉说还是刻骨铭心的誓言，诗人都在内心最柔软的角落诠释着对爱情的体验，对爱情本质的理解。在这其中，我挑选出两首完整的作品，似乎能够代表她爱情诗的特色：

> 我的城池沦陷了
> 被你下的迷药制服
> 像阳光俘虏万物
> 你俘获了我的全部
>
> 你将我的所有高地占领
> 只一声坚挺的号令
> 我就溃不成军
> 把山河欢喜得一塌糊涂
> ——《你是我的蛊》
>
> 爱可以自由
> 我将会为她赴死
> 获得永生
>
> 假设只是假设
> 爱到底怎么办
> 是什么
> 镣铐告诉脚的步骤
> 和尺度
>
> 但爱到底是可爱的

那么的傻

又像疯子

把所有都丢下不管

去到一小块时间

其实爱

还可以固化

就像水可以冰一样

把世界封存

——《假设》

　　吴文茹有一首诗叫《薰衣草的理想》，她表达的是对故乡伊犁的深情，但这"紫色世界"所渲染的也正是一位女诗人的浪漫情怀和生命底色，至少在男性诗人内心会有这种意识倾向。她的爱情诗似乎也可以用紫色情怀的浪漫和热烈来概括。说到她的故乡，诗集中除了爱情诗，占更大比重的就是对故乡北疆的抒写。一位柔情的女诗人一旦想起故乡，开阔、勇武、豪迈、血性等诸多品性便跃然纸上，这大概缘于潜伏血脉中的某种东西被唤醒的缘故，瞬间爆发出惊人的能量。"我就想起一种辽阔/把这世界的雄厚和博大/塞满我的胸膛"（《我想起一种辽阔》），"用擎天的白杨/在北疆画一个半径/天山拂袖而来"（《圆舞曲》）……正是对生命源头的热烈吁求，唤起了诗人的万丈豪情。北国多雪，洁白无瑕的雪花是诗人的最爱，燃起心底炽热的情思："那雪白的记忆里/有我童年的喊声/大漠深处/藏着我最隐秘的嫁妆"（《西域》）。

　　通读这部诗集，并参照诗人在《后记》中的表述，我感觉诗歌写作对于吴文茹来说是一种自然而然，并不刻意为之的事情。

这从她生活化、自由活泼的语言风格中便得以印证。比如，她将灌浆期的玉米说成"哺乳期的玉米"，更有"玉米紧咬着乳牙"的细节呈现。即就是一些当下最流行、网络化的语言也被她信手拈来，贴切自然地入诗。我并不十分清楚吴文茹的生活状态以及诗歌在她生命中扮演的角色，但能感觉到她的写作是一种放松随性的写作。当然，这不是一种对诗艺精益求精、苦心经营的状态，却是构成诗意生活和诗意存在的最好状态。

诗意的生活和诗意的存在，我相信在这个纷乱芜杂、充满各种风险的现代社会，无论是对生活中的普通人还是执着于写作的人，都是最高的或终极的期求。这也是写作向生活敞开，寻找现实归依的唯一途径。吴文茹的诗歌符合我对写作和生活的这种构想，但不知她本人是否认同？

刘建年：浓酽的乡土抒写

阅读刘建年老先生的诗集《梦站北方》，着实让我吃惊不小。一位1939年出生、身居基层的老人，至今依然诗情洋溢，勤奋创作，1989年以来，已出版诗文集达7部之多。在我的意识深处，一直存在着这样一种成见，就是上了年纪的写作者，诗歌观念往往守旧，或遵循"民歌加古典"的规训（也不排除那是新诗的一种方向），或沿着"农民诗歌"的路数写一些"顺口溜"式的分行，在求新求变的现代汉语诗歌发展的路上，已远远落在了后面。而当我认真读完这本《梦站北方》之后，意识到这是一种亟待修正的偏见。

如果说诗歌是一种歌唱，毫无疑问，刘建年所持守的不是端起架势的美声，不是甜腻的流行音乐，更不是躁动的摇滚，而是黄土地上生长出来的信天游。他的诗根植厚重乡土，语言质朴，诗味醇厚，鲜有生活年代和诗人代际之间的隔膜。抛开诸多非诗性的因素，仅就诗歌本身而言，其独特性也是显而易见的，这集中体现在他诗歌的语言风格和题材领域。"山影老面／月影在黑／梦长翅膀的日子／是／拨灯棍棍在催"（《心影》），"荞麦开花／豌豆成堆／熬到日子有山有水／河湾里漂走／屋檐上挂起／娘的话音就是那老家的情绪"（《月亮的颜色》），这样的句子就很能代表刘建年诗歌的语言风格。

刘建年诗歌最直观、最鲜明的特征就是对方言土语的大胆应用，并向民歌信天游的借鉴和汲取。"那达""趷拉""攒劲""圪𪢮""量力"……如此等等的陕北方言，同时也成为最具诗意和根性的母语，在乡土化的书写中融洽地结合在一起，并在一定程度上深化了这种乡土的根性。"走在梦上的月亮／影儿／是挂斜屋檐的劳累""锄把上用功是肚子着忙""黑豆的量力要全部用在犁尖"，随处可见的这样的句子，也在丰富丰满着诗的内蕴。在汲取信天游的艺术营养的时候，我注意到，刘建年的诗在情感、意绪的形象化方面，很有表现力，想象新颖爽利，可以说这是来自黄土地的滋养，来自民间的智慧。比如这样的诗行："冬天是爷爷脸上的壕壕在晒暖暖"，"四月的黄土／浑身长膘"，"原来是看我羊鞭／又抽开来了满坡的山花"……当然，方言土语的过多运用，也会在彰显自身独特性的同时，对部分读者的阅读带来障碍。

乡土书写，作为一种诗歌题材，在新时期以来已呈浮泛化的趋势，主要原因是写作者没有切身的生活体验和经验，仅凭童年、青少年时期的一些记忆大量复制，遮掩并损害了乡土诗的内在品质。随着时代、社会的变迁，在农村有很多些尖锐、严酷的现实问题凸显出来，而仅凭一点乡土记忆已不能真正进入到当下乡村的生活现场，也就无法有效地参与诗歌的乡土化写作。刘建年的写作资源，尽管很大程度上也来自于他生活过的乡村，过去年代里的乡村生活，但他写得真切、朴实，散发着浓浓的汗味和泥土的气息，并没有让人感觉到浮泛和空洞。究其原因，恐怕得益于他深厚的生活阅历和生命体验，以及出色的诗歌表现力和感染力。他写"灌牛""挖苦菜""捋槐花"等等过去年代里的事物，却写得乡土味十足。土就土得掉渣，反而更加彰显个人特色。诗集中不乏恢弘大气之作，像《走进黄土地》《超凡入圣的哲理》等诗。诗集的同名诗《梦站北方》，也是一首震撼人心的作品，试读这样的句子："北方哟/我心上的亮亮/尽管三口人空过一条裤子/但我还是时常在想/想磕上三个响头/连同梦根根拔起/好一打时回/那喝一口冷水都打嗝的地方"。刘建年诗歌的民间性与沧桑感，就是从他对诗集中小辑的命名也能看出来，诸如"岁月的疤痕""月亮的皱纹""人生的滋味""黄土的根基"等。

作为土生土长的陕北人，刘建年对这块土地上风起云涌的历史和热血过往，满怀深情，铭记在心。红色记忆、对伟人和英雄模范人物的颂扬，是他们那一代人的情结，形诸笔墨，因真诚的交付而具有了很强的感染力，丝毫没有空洞、造作之感。他用整整一个诗辑来抒写对伟人的敬仰，他的"雪祭"连接着《沁园春·雪》的词境，苍茫奇绝，连绵不断："伟人啊/您最善推敲/首先推倒了三座大山/进而/又推敲出了/一个/声韵和辙的中国"。抒写家国之思的同时，自然少不了父母之爱。诗集中还有一辑叫"父爱母爱"，感情真挚，生活气息浓郁。试想，一位年过古稀的老人怀念父母和那艰窘年月里的种种往事，怎能不让人喟然动容，那是"一根穿在耳朵上的麻绳/时刻都在/提念着/疏而不漏的记性"。

现代汉语诗歌经过百年的发展，已经积累了丰厚的写作资源和写作经验，并形成了自己的小传统，各种风格、各种方向的写作层出不穷。具体到个人，无论是在诗歌前沿冲锋陷阵，还是向传统回归，力求走出一条中国化、民族化的路子，无疑对汉语诗歌的发展都有积极的意义。回过头来，我们看刘建年老人的诗歌，传统却不守旧，土气却直抵人心，直抵乡土之根，在现代和传统、梦幻和现实、意象编织与口语表达……这多元化的诗歌生态中，他的写作自有其存在的理由、价值和意义。而且，一种浓酽的抒情，一种根性的乡土书写，也成为我们在义无反顾的工业化、现代化道路上不断远离，却又频频回首的存在之家。

路男：寻求深度的生活表达

路男对诗歌的热爱和执着是众所周知的。他本可以好好地经管能够发家致富的营生，过上舒适的生活，但他一头扎进诗歌的怀抱，乐此不疲，无怨无悔。我相信，路男一定是从诗歌那里得到了非世俗生活所能赠予的丰厚的精神酬劳，所以才二十年如一日，热情不减地与他心目中的诗神互诉衷肠，投怀送抱。

在这个城市，与路男多有交集，但每次都是聚散匆忙。但他一脸的喜气和阳光，构成了我对他长久以来的印象。路男出过三本书，《阳光地带》《阳光纪念日》《温暖长安》，单从书名看，心里就觉得敞亮温暖。我在想，这究竟是怎样一个人？不瘟不火，不急不慌，整天保持着喜乐的神态。生活中的他，无疑是真实的；而诗歌里的他，真诚地袒露心迹，展示内心世界的纯净抑或丰富驳杂，何尝不是真实的？毋宁说诗歌里的他才是真实的自己。

去年，路男送我一本新出的诗集：《温暖长安》，厚厚的一
册，橘黄色的封面很是抢眼，一股浓烈的阳光般的气息扑面而来。
读路男的诗，感觉不到忸怩作态，更没有有意为之的艰深和晦涩，
无论是叙事还是抒情都不拖泥带水，整体上的平白爽朗，恰恰与他
本人的个性有着惊人的相似。这种出于自性的简洁和明朗，给我们
带来阅读快感的同时，也反映出诗人处世的自信与健康的心态。

> 西洼岭在西头村的西边
> 它靠近西沟，低矮而平缓
> 几十年来没有变化
> 这是十五年前的记忆
> 十五年了，我没有去过西洼岭
> 虽然那里风景很美很美
>
> 听乡亲们说，村里人
> 都喜欢到西洼岭去转悠
> 尤其在傍晚的时候
> 夕阳西下，树木闪着金光
> 鸟鸣和孩子们的嬉闹声
> 连成一片，像集市一样
> ……
> ——《西洼岭的记忆》

这本是一个伤心的故事，但在诗歌开头，路男以平静的语调
叙说西洼岭的美丽，平白浅易的语流中回响着一种内在的旋律。

善于观察，悉心捕捉生活中的各种现象和内心世界的风吹草动，将自己的经历、见闻、感受统统倾注笔端，以直白爽朗的笔调呈现出来。这种持续的阅读体验对于我们来说，犹如一杯饮料下肚、爽口之余，仍会觉得欠缺，并期待悠长的回味。而事实上，路男并非是一成不变的，他也时时寻找变化和突破。在大量生活表达的诗作之中，总有一些会冲击、震撼到我们，或者经得起反复的阅读和体味。

像在《夏季语言》这首诗中，路男斩钉截铁地说："爱一个人，就爱她的全部/包括她温顺的身体/以及她电闪雷鸣般的脾气"，这样的诗句就很有冲击力。《2008年，伤逝》这样写道："为你/亮出最后的底牌/面红，耳赤//恨是彻骨的/绝望是滚烫的……全部的意义，所有的寄托/都在一张白纸上/被魔鬼撕扯得支离破碎"。沉痛的感觉，夹杂着愤慨的情绪，被路男表现得相当到位。《乡村记忆》猛一看，以为仍是路男一贯的表达方式，再看就觉得非同一般。语言虽然仍是平白爽朗的，且有不错的语感，但重要的是，他在这首诗里隐藏了很多东西，且隐藏得还很巧妙，不露痕迹。《一张旧照片》就有相当的深度了，这种深度是对自我和生命的审视，对岁月之殇的感怀。与一张旧照片对视，作者希望照片里的人能够穿越十年光阴，"和我见面"，他身后的天空和大海瞬间有了亦真亦幻的感觉。我猜想照片里的人就是路男自己，因为他接着说："这个一如既往的人/今天一下子进入我的身体……从另外一个角色中脱颖而出/与我合二为一，共同承受岁月之殇"。

路男的诗歌有着源于自性的简洁和明朗，且在努力寻求变化，充实和丰富自己的表达。在我看来，这种简洁和明朗，如不经历适时适度的生硬与晦涩的训练，是无法将概括力和穿透力容纳于自身的。当读到《西药房》《邂逅泰勒斯》等作品时，我看到了路男的语言探索和对诗歌深度的挖掘，尽管这类作品在他的整个写作中所占比例不算太大。

> ……
> 人类有欲望，生活有阴谋
> 向晚的西药房总是络绎不绝
> 有人要苗条，有人要增肥
> 有人在痉挛和癫痫的边缘彷徨
> 真相隐藏在皮脂下面
> 却被揣摩在药师心里
> 苦口良药啊，健康比金子珍贵
> ……
> ——《西药房》

《西药房》是一处现实的场景，路男工作的地方。可贵的是，路男并没有停留在对这一现实场景的描摹上，而是探究那隐藏在"皮脂"下面的真相，西药房因此而超越了现实所指，有了某种程度的象征意蕴。

泰勒斯，是古希腊时期的思想家、科学家、哲学家，在对杰出人物的追随、切近和仰望中，路男也表现出思想上的深度和精神上的提升：

> 在你面前，难道我迷失了自己
> 一个我站在大地上，另一个我飞翔在天空？

这样的作品为数不多，却显示了良好的品质。我个人觉得，恰恰是这种穿过生活表象，探究真实存在的写作趋向，能够代表路男的真正价值，或许也正是他下一步需要努力的方向。犹如一个蓄满金子的富矿，要开采它不仅需要一双慧眼和饱满的热情，还需要耐心和专注、精良的技艺、提炼和加工的能力。艰辛的劳动之后，酬劳是必然的，而这珍贵的精神酬劳也正是为路男所看重，并能够体现其生命价值的地方。

林辉：温婉激越的诗情

林辉断章集合的《胭脂集》里，有一首小诗引起我的注意："夏夜，空调滴水滴滴都/滴进我的身体/滴穿黑暗中/宁静而又炙热的石头"。在这组由日常生活现象提取某种诗意或哲思的写作趋向中，"黑暗中，宁静而又炙热的石头"，显得相当特别，并抵达一种真实。这是对人的内心和精神状态的精确譬喻。它是幽暗的，有着诸多的不确定性，平和而激烈，既冷又热。"石头"这个喻体，让那种不可见的心理状态有了形体和质感——沉默敦实的样貌。当然，类似的表达如果再多一些，这组诗就会焕发神采。

同样的断章体《迷茫》，呈现了人生种种困惑犹疑的现实处境和精神状态。"雪"是这种迷茫的外在因素构成，它"掩盖了路标/掩盖了灯塔/掩盖了满世界/直到掩盖我的眼睫毛"。路标、灯塔这些具有指示性和引导性的事物都被遮盖，甚至连结主体和外在世界的"眼睫毛"，这"迷茫"何等的大啊！"钥匙把灯光蹭破了皮/钥匙碎了/灯光流血了"，在寻找和摸索中，主体精神的惨痛令人心悸。宽广的大道不走，而选择更宽广也更令人茫然的大海，诗人对人生真相和生命之谜的破解似乎有一种执拗的坚持。

在接下来的情感表达中，《爱着》显然有着"时代匮乏"等诸多外因，爱着的对象也更宽泛，有更深厚的情感容量："爱上整个世界"，"爱上你，在岁月的流逝中/深沉蕴藉"。而在我们"佝偻的生活里"，爱情世界里的"等待"就显出几分意味深长的无奈："一个人/拿着生锈的钥匙/一个人/守着苍老的门"。在恋爱或者婚姻生活中，男女双方除了甜蜜和依恋，也会生出改造对方的意愿——变成彼此的"辛勤的园丁"。然而，结果怎样呢？这"两棵树"被剪得"光秃"和"孤立"，"除了两两相望/再也无法抵达对方"。这是一种形象化的揭示，揭示出情感世界中的真实。

如果说在以上这些爱的表达中，作者是含蓄的，温婉的，有着"在深深的思念里浅睡"的雅致情意，那么，《在春心荡漾的季节》这首诗就相当激情和狂放。"黎明在蠢蠢欲动/田野在蠢蠢欲动/我的手指和脚趾/正在发芽"，尤其最后一节，作者的直接和勇气简直令人惊讶："带着激情的春色/走入你的身体"。

无论情感的含蓄朦胧，抑或激越热烈，都是主体内部呈现的一种声调和色泽。而当主体面对外部世界，与尖锐的现实迎面交锋之时，一种激烈的冲突和内心的压抑甚或崩塌就显露出来。"思想在旋转/头跌进深渊/腿上长满青苔/在冰水里沸腾"。《沉闷的世界》中，作者在城市，在现代文明的价值荒原上，其痛苦的思悟和吁求，令人震惊和揪心："身后的呐喊，嚎啕，被黑淹没"，"太阳在挣扎，给自己寻找出路"，"羞愧是一束光的亮度"，"草压抑着"，"花朵开着腐烂与疾病"。

在《我是生活在这个城市的怪物》《一把割伤我的刀》《太阳劫》等诗作中，我们都能看到作者痛苦的情绪和激烈的表达。痛苦令灵魂不安，但同时也催生智慧。也许只有经历如此的煎熬和辗转，一份自知、了悟和安然的心境才能生成。于是，我们看到《孽》中对生命真相和道德诉求的探寻，并将其置于佛教文化的生命轮回观的背景下："从此，我在地狱里/了悟生命的实相"，"我却在恒河里/清洗着/前世残存的罪孽"。

同样是涉及情感，在《经过我》这首诗中，爱情、亲情和人生际遇有了综合的近乎本质性的抵达。当然这有一个渐进的过程：爱我的和我爱的人经过我，"留下一个伤痛的吻/和一个刀割的痕"；那些男人和女人经过我，"都从我身体里掠走一滴水/和一片真诚的云"；一只又一只手经过我，是"汲取或掏空"；而当最后一个男人经过我，则"从我嶙峋的白骨里/掏走唯一鲜活无比/的子宫"。女性的意识、经历和体验在这首诗，尤其最后几句留下了深刻的烙印，节制的书写给人带来强烈的感情震撼和艺术感染。

回到文章开头，我说林辉在《胭脂集》里有从生活现象提炼哲思、哲理的写作倾向，诗集其他部分的诗作也时不时地体现出类似特征。这种倾向显然是认知性的，反映了作者对生活对人生的辨识和思考能力。当然，这会是一个巨大的创造区域，需要作者确定方向，然后逐步深入。

阅读林辉诗集《我们都这样说》，通过以上"断章取义"式地解读，我知道并不能真实还原作者的写作状态和诗歌全貌。然而，这些闪光的、令人深有感触的诗章、诗节或诗句，为她下一步的写作勾勒出了一个可能性的前景。此前包括现在，我对她个人以及她的生活、写作，可以说是一无所知，仅凭有限的阅读，还不能提供更多建设性的思路和方法。但我想，随着诗人人生体验的加深、诗歌训练的勤勉，甚至经典阅读的积累，她的诗歌会有更精致和富有韵味的表达呈现出来。

青龙子：自我身份的确认或焦虑

如果说，一个人的作品即是其内心图景的展示，精神肖像的描画，那么，透过作品，我们总会对作者本人充满好奇。然而，陕北绥德诗人青龙子，我们所能够了解到的，仅是他在简介中十分简洁的自述：青龙子，原名郝永国，陕西绥德人。乡村教师，文学票友。这语焉不详的自述，阻断了我们对其本人的性格特征和生活现状的追索，而自然转向对其文本的阅读。阅读文本，我们并不缺乏对诗歌主体的感知，这个诗歌主体和作者本人的关联是极为密切的。

诗文集《会唱歌的花》有篇《自序》，是以诗歌的形式来书写的。这首诗写得通俗平易，泼辣爽快，却隐含着一种张力，这种张力源于一种内在冲突，是自己和自己上演的一场永不平息的角逐。同时，作者的意愿，或者说作者的真正意图也流露出来："我不是画家/画不好这张自己的肖像/但我希望成为诗人/将努力作好这首自己的颂辞"。这首序诗传递出这样一个的信息：对自我和诗人身份的认定与颂扬。当然，这两者在作者身上是合一的，对自我和诗人身份的颂扬，就是对主体精神的颂扬："我要像石碑把它树起/刻上振振有词的铭文"。

在接下来的诗歌部分，我找到两个关键词：游子和诗人。这两个词出现的频率很高，与序诗中传递出来的精神指向是一致的。游子即诗人，诗人即游子，这两个称谓实际上就是作者本人的自我描述。然而，当它们在诗歌中出现，某种程度上已不限于作者本人，有了一个更大范围的指称。以"游子"为主题词的表述，多出现在描写乡土、乡情的诗章中。比如这样一些诗句："游子归来时/手握怀揣多年的钥匙"，"游子铺开梦/品试月光的碱性"，"游子把疲惫的躯体/扔在了拦截着重阳之夜的异乡"……。我们既可以将这里的游子解读为作者的自况，也可以认为是所有离开故乡的漂泊者、漫游人。这个词的新鲜度如今已被掏空，但它广泛的指称会聚集更多的认同感和归宿感。在领略青龙子对乡土和爱情平白质朴的抒写的同时，陕北这块地域特有的风情和民歌风味，也在作者笔下不经意地带出："山丹丹是三哥哥憋的通红通红/一鞭子摔出去的心//山丹丹是二妹子偷约时猫着腰身/且羞答答的红纱巾"，"阳坡坡糜子背洼洼谷/走到哪垯儿哪垯哭"。

出现在无数诗人笔下的乡土，也在青龙子的诗歌表达中呈现出来，这一点也不意外，很显然，这是生活履历在文字中留下的烙印。如今的时代，城市化、商业化浪潮愈演愈烈，不可逆转，无数人热肠牵系的乡村无可奈何地破落了，衰败了，破碎的田园承受着新时代的冲击。每一个走出故乡的人，都沦为异乡人，而且，从更深的层面来看，每一个现代人都是漂泊者，异乡人。这几乎就是一种命运，无可推卸，只有默默承担。于是，我们在青龙子的乡土诗或爱情诗中发现，他总是以回忆和追述的方式进行书写，即便是归来，深深的惆怅也在所难免。

前面提到两个关键词，还有一个是"诗人"。这不仅是作者对自我身份的认定，当它出现在诗歌表述中，也会以一个他者，或者说广泛意义上的诗人的角色，参与诗歌主体的构成。以"诗人"为主题词的表述，出现在青龙子其他题材，比如对社会、人生书写的诗作中。这样的诗行很多，像"在最后的冬天/诗人走出去了/脚步声很冷很冷/灵感瞬间冻结"，"走漏了的蝉声/鞭醒了诗人薄薄的梦"，"诗人/被惊动的幽灵/彳亍在途中/还打探着春分和清明"，等等。在这里，作者并没有将"诗人"置于一个与生活对立或高高在上的位置，而是很自然地安插在俗常生活之中。诗人写作，源于精神需求，也是一种生存的感知和认知方式。当诗人的存在状态成为书写对象时，对他者的辨认和自我反省也就结为一体了。

黄土高原，是青龙子的立身之地，这高原也是"海水曾经生活过的地方"。当他的笔触延伸至大海和历史存在的空间，这不仅是文本表现领域的拓宽，也是作者诗性感知和内心世界的进一步扩容。青龙子的早期诗作，在语言和书写对象之间，的确存在某种程度的游离现象，表现力不足，而他的近作则有了新的面貌。这些诗，诗意氛围浓厚，语言和书写对象的结合显出紧密，令人眼前一亮的句子或篇章多了起来。试举几例："白发盛开的诗意/和舌尖弹奏的味道"，"汨罗江离我很远/但端午节就在嘴边"，"嚼一嚼风的味道"，"把你烧成黎明"，"我抱住月光哭到天明"。这不仅说明，青龙子的写作有上升空间，而且，也让我们相信，在持续的坚持不懈的诗歌训练中，语言是能够为我们有效传达和精确命名的。

回到文章开头，也就是我从青龙子诗歌中感受到的"对自我和诗人身份的认定与颂扬"，这是特别触动我的地方。一个诗人如果没有清醒的自我感知和确认，那么，他对生活、对社会人生的观察和表述，就缺少了一个基本的定位或参照。而在这种确认的背后，会有一丝隐忧，那是一种焦虑状态，存在于主体精神的内部。

任聪颖：蓬勃旺长之力

任聪颖有本诗集叫《木词》，"木"和"词"的合并，显然源自个人的创意。但这个陌生而新鲜的合成词，却寄托了作者在审美和表达上的理想诉求。任聪颖写作的时间并不很长，她诗歌中流露的质朴和深情，却是动人的、可贵的。可以设想，当一个人在写作上拥有更多的"手段"和技能之后，难免吝啬自己的热情，削减投入，甚至"偷梁换柱"，"顺手牵羊"，某种程度的"作假"也就在所难免了。所以，真诚之于写作，是一个基本要求，也会是最高的要求。表达的真诚与否，事关文本品质及其感染力，成熟的写作者尤其需要警惕。

这么说，并非是对任聪颖的表达缺乏信心。就像一个年轻人，在还没有变得圆滑和世故之前，是不会说谎的。哪怕鲁莽和草率，也能博得众人的理解和赞赏。这本《木词》，由乡村记忆和血浓于水的亲情逐步展开。"从一个丝瓜的血脉开始探访"的诗人，追溯自己的生命之源。她给孩子指认一条河流，要孩子"认一条河流当故乡"。当泡桐花开，"千万个喇叭齐鸣"，"我知道/你这是在叫我/叫我回家"。这样的表达是朴素的，注重情感之真和投入，能够轻易唤起共鸣的音响。岁月剥蚀的《老屋》，诗人如此呈现："屋角坍塌，露出部分灶台/灶台牵引记忆/唤醒那个怀揣钥匙的人"。打开时光之门的钥匙，显然握在诗人手中。

对于"我那不会曲意逢迎的父亲和心高气傲的母亲"，任聪颖无法释怀，反复书写，亲人的离世也让她更深地理解和思考生命本身。"经历得越多，越容易想到死"。在《老去》一诗中，诗人如此表达："我们都走在送别的路上……被路运送着，越来越低"。看似悲情的表述，却有着对生命本质的觉察和顿悟。在纷乱的尘世，人是过客，而道路永在。这如传送带般的道路，是我们存在的空间，是永逝的时间，也是事物发展变化的规律，不可更改。能够缓释生存之痛，生命之殇以及存在之虚无的，除了爱还能是什么呢？

爱，不限于一种情感，一种态度，它包容甚多。而情爱，无疑是其中最动人心弦的部分。"不说孤独，也不说爱恋/只说暖，说圆满"。《读》是一首极为简洁的诗，其中的微妙心绪令人回味："得有多少爱/才可以在仅有的/几行字里千百次折返/读话里话外/读有心无心/甚至想读出轮回"。最终，诗人"脱落的头发大把大把泄密的"，是"终身监禁的语言"。缄默，或无以言表，显示出爱的深度。对于那些熟识或不熟识的将死之人，看着他们忍受病痛，诗人"在他们的额头，用唇/种植一大片玫瑰，让蝴蝶翻飞"。这已是大爱，对于"邻人"的博爱了。

在接下来的诗篇中，无论是题材还是表现方式，都是多样化的。既有令人发怵的事件陈列，也有倾向内心的隐秘表达。给我留下较深印象的，是诗人离开城市，投身大自然怀抱时所展现的思绪的飞扬和诗情的澎湃。这个时候，任聪颖的语言一改过去的拘禁，呈现放任与旷达，连绵的情感之流裹挟乍现的灵感，排山倒海般地展现出来。比如这些诗句，表达就很到位："不故弄玄虚，不浪得虚名/在黄山，松有松的礼仪/云有云的态度，石/听天由命，逆来顺受"，"仙女湖一半带着烟火/另一半携着仙气/有玉的质地/点化后，成就旷古传奇"。当然，她也会把自己对事物的认知融入诗行，呈现某种通透的诗境："穿越就意味着离开/离开即是抵达"。

《短诗十三首》，在寥寥数行中，包含诗情和理趣，这是诗歌表达中的极简主义。这种追求显然是有意识的，就像诗人在另一首诗里所挑明的："斩首一部分形容词/动词列队待命/留下数量词监视名词"。《标点符号歌》是一组特别的诗，构思精巧，语言凝练精准，能够代表任聪颖目前写作的最高水准。在对这些符号的体认和形象化的传达过程中，诗人加入自己的情感体验和人生思考，从而显得诗情充沛，精妙传神："一生遇见的都是马匹，斗笠/是奔赴终点的横笛//十里长亭，夕阳下的驿站/风中野花寂寂"（逗号），"飞流直下的气势，刀尖下滴着血/硬生生地在晴空里闪了个霹雳"（感叹号）。

总的来看，任聪颖的部分作品略显生疏，但没有流行的弊病。这些诗，这样的表达方式，依然是她自己的。在诗集后记中，诗人也坦陈："它们荒蛮、肆意、未涉世事，同时也拙朴、旺盛，自由和无畏。"这种蓬勃旺长的姿态背后，是一种生命力，而且源于诗人对生命的眷恋，对生活的热情。当然，在诗意转化过程中，删繁就简，精心的加工和锤炼，也是必不可少的。这也为任聪颖诗歌品质的进一步提升，提出了要求。

通过对以上几位诗人作品的研读，还有另外的发现，那就是他们写作的边缘性，除了"业余"和"基层"，还表现在所写对象以及言说方式和诗歌技巧上。比如，李晓峰部分诗作对一些生活现象或人物的揭露和嘲讽，辛辣大胆，不避美丑；比如，刘建年诗歌的民间化，浓烈质朴的乡土性。他们此种类型的表述，在当下的主流诗歌中是少见的。同时，由于这些诗人的创作，在思想性、艺术性等方面相对薄弱，因而也显出某种边缘特性。目前，他们尽管还不能，或者说还没有成为主流诗人、重要诗人，进入主流诗歌的范畴，但以这样或那样的边缘状态进行书写，显然是有意义，也有价值的。

首先，写作对于他们的生活或生命本身，重要性不言而喻，不然他们不会身心投入，倾注热情的。再者，他们是陕西诗人中的大多数，他们的书写和诗歌活动营造出的氛围和环境，对繁荣文学创作，重要性不可低估。可以说，是为文学大树的成长培植丰沃的土壤。当然，这么说，并不表示他们就出不了好作品、重要作品。就他们当前的创作状况来看，李晓峰和柳必成的作品频繁发表于国内各大文学期刊，大有挺进主流诗歌圈的势头；空也静活跃在网络上，大量展示自己的作品，多次获得部队上的文学奖；吴文茹通过作品的发表和行业奖项的获得，拥有了一定的影响；路男坚持写作二三十年，在陕西诗人圈子里一直存在，不瘟不火，坚定而执着；林辉、青龙子和任聪颖也写作多年，但他们的名字对大多数人来说，尚显陌生。因此上，他们的"边缘"仍有向"中心"和主流挺进的可能。

一般来说，边缘和中心是相对的，彼此之间也是动态的，会相互转化。作为一种文化和写作上的对立和共生局面，相互的制衡、借鉴以及补充，有着非同寻常的意义。植物学上有"边缘效应"一说，意即在不同植物群落的边缘，生物的变异和密度有增加的倾向。"边缘效应"导致了生物的多样性，生存环境的复杂性。以此理论对照写作，我们会发现"边缘"的优势，及其位置的重要性。因此，我们也寄望于陕西诗人（无论是写作身份的"边缘"，书写对象、表达策略或表达成效的"边缘"），能够深入"边缘"的内里，以独特的创作风格和深刻的思想内涵，为主流诗歌话语提供新鲜血液，带来互动共生的繁荣。

镌刻诗歌的纪念碑
——70后诗人及其写作

一、概述

代际问题本是管理学、社会学、心理学等学科的研究热点，诗歌界将其引入，用于描述复杂的诗歌现象，对庞杂的诗人群体进行归类。"70后"概念的提出，在国内先有陈卫等在南京《黑蓝》杂志上发表文章予以阐述，后有《诗歌与人》《诗文本》等民刊的广泛宣传，这中间也有陕西70后诗人的推波助澜。比如，1999年王琪和黄海在西安创办《七十年代》诗报，2001年黄海主编的《唐》推出"70后诗选"等。随着越来越多的报刊推介70后诗群及其作品，"70后"作为一个完整的诗群也被诗界和学术界广泛接受，并产生越来越大的影响。当然，这一群体性的命名并不具备流派意义上的写作特征，在对群体共性的把握中，也反映了一代人自我确认的焦虑和急迫。陕西70后诗人是一个庞大的群体，他们有着各自的成长轨迹，从属不同的精神谱系，诗学主张和诗歌抱负各异，写作独立而分散，但经过近二十多年持之以恒的艺术实践和探索，已经成为陕西诗坛的中坚力量，蔚为壮观的诗歌风景已然形成。

1.成长与崛起

陕西70后诗人基本上是在中学（中专）、大学时期就喜欢上文学，并开始最初的诗歌练习的。那时，可供学习和参照的文本并不很多，汲养有限，但文学氛围浓厚，激情和梦想带来有力的推动。在最初起步的身影当中，王琪很早就是负有盛名的文学少年了，他敏感多思，在一所中专学校勤奋创作，以抒情诗人的身份频现校园类报刊的重要版面；马召平上高中时就获得了第五届全国中学生文学夏令营一等奖，由中华青少年文学基金会和十多家学生报刊联办的文学夏令营，被誉为中学生文学的黄埔军校；还有邹赴晓，上职业高中时就担任中国中学生诗人协会四川分会会长、中国中专生诗人协会副会长，参与创办《新诗人报》，中国中专生诗人协会的会刊，一份最具先锋气质的中学生诗歌报。当时，西安有一份著名的学生刊物《中学生文萃》，在它周围聚拢了一大批青少年文学精英，今天依然创作且成绩斐然的就有马召平、王琪、杨广虎、刘峰等。文学的火种播撒进幼小的心田，愈燃愈炽，很多年后终成星火燎原之势。

经过学生时代的痴迷，走上工作岗位的坚持，成家立业后的苦心经营，陕西70后诗人在二十多年的摸索实践之后，艺术积累和写作功力愈显深厚。他们一次次发力，冲出潼关，走出陕西，在国内广阔的诗歌版图上展现风采，树立起自己的文学形象。他们中的很多人成为全国70后诗人中的实力派，有的成为翘楚，为陕西70后诗歌在全国赢得一席之地。"青春诗会"被誉为中国诗坛的"黄埔军校"，自2006年以来，陕西就有李小洛、张怀帆、横行胭脂、梦野、王琪5位70后诗人参加。在国内诸多文学奖项的角逐中，他们的身影愈见增多，实力愈见雄厚，其中李小洛获得华语文学传媒大奖提名、华文青年诗人奖、郭沫若诗歌奖、柳青文学奖，横行胭脂获《诗选刊》2010·中国年度先锋诗歌奖、柳青文学奖，张怀帆获中华铁人文学奖、孙犁散文奖、省作协年度文学奖，马召平获孙犁散文奖、鲁藜诗歌奖、柳青文学奖，王琪获鲁藜诗歌奖、省作协年度文学奖、海子诗歌奖提名奖，梦野获柳青文学奖，党剑获省作协年度文学奖，等等。加入中国作协、参加鲁院高研班学习、签约陕西文学院、入选"百优计划"的诗人也越来越多，作品的发表和出版更是数量浩繁、品质日渐提升，70后诗人俨然成为陕西诗坛最具活力和创造力的群体。

当然，对一个诗人的写作及其成就的考察，并不能完全凭借发表过多少作品、加入什么协会、获过什么奖项来断定。尤其在文学环境日益恶化、"包装营销"之风盛行的当下，用外在的"硬指标"来衡量，往往会对潜心创作的诗人带来遮蔽。在陕西70后诗人中就不乏一些潜心诗歌的"隐士"，像客居柞水小城的张翼，默默写作十余年，很少发表作品，外界也少有人知，但他的诗歌已呈现出70后诗人少有的大气象、大格局。还有，十余年来一直以"民间立场"活跃于诗坛的周公度、黄海、武靖东、朱剑、徐淳刚、史雷鸣等人，他们的创作理念和方法有别于主流群体，但他们的写作已构成繁茂、开阔的另一重风景。

2.群体特征下的个体呈现

70后这一代人的学生时代，适逢国门洞开，社会转型，各种新鲜事物、各种文艺思潮蜂拥而至，这令他们既振奋又迷茫，既惶惑又期待。他们上中学时就普遍接触到"朦胧诗"，可以说，是北岛、顾城、舒婷这些人给了他们最初的诗歌启蒙。然而，"朦胧诗"的相对晦涩和诸多不确定性，仅具标示和引领作用，并没有让稍显稚嫩、还没有太多诗歌素养的他们找到内心的共鸣，倒是整天哼唱的港台流行音乐带来情感的抚慰，崔健的《一无所有》《花房姑娘》等大陆摇滚乐激荡起沸腾的热血。武侠、言情小说一度让很多人如醉如痴，席慕蓉、汪国真的通俗诗歌也给他们造成艺术上的错觉。紧接着，海子诗歌的纯粹和神性，"第三代诗人"的庞杂和多元，给70后诗人带来前所未有的迷茫和困惑，也预示了前所未有的契机和可能。有着乡村生活背景的70后，是城市和远方为他们勾画出精神的地平线和最初的理想，然而在进入城市并与其抵牾之时，城乡文明的冲突、现实的重压、梦想的失落在他们身上剧烈演绎着。而在此时，童年的记忆复苏了，并作为一种生命意识的觉醒和家园意识的形成与发现，出现在他们的写作中，甚至在意识、潜意识层面更深地支配着他们诗歌的底色和精神走向。

可以说，在陕西70后这一代人的成长过程中，有着大体相同的社会、政治、文化背景，也有大体相似的人生经历和生命体验，这就使得他们的写作呈现出一些共同的特征。比如，对政治话语和宏大叙事的疏离，对自我的发现，向个人性、生活化、物质主义的靠拢。当然，他们个体间的差异也是很大的，也正是这种差异性构成了他们各自存在的价值和理由。上世纪九十年代以后，汉语诗歌的发展渐趋沉稳，轰轰烈烈的诗歌运动已不可能，流派意义上的写作已不可能，用极具涵盖力的时代主题命名时代的精神走向已不可能。在价值取向的多元化语境中，陕西70后诗人的写作呈现一种兼容并蓄的状态，是基于自我个性，对各种艺术手法、诗歌史上各种流派、主义的拣选或杂糅。在他们当中，以反叛姿态确定自我身份的是少数，更多的是认同并自觉承传诗歌传统，通过广泛的阅读和吸纳，寻找自己的话语空间和表现方式。

1.1地缘文化对写作的影响。陕西70后诗人的写作状态和诗歌面貌多种多样，很难归类并加以鲜明的区分。但在和诗人们的接触以及文本阅读中，我有一个颇深的印象，就是地缘文化的差异给写作带来的影响。陕西本土的张怀帆、王琪、马召平、秦舟、赵凯云具有代表性，他们身上携带着秦人特有的质朴、敦厚和诚恳，也不可避免地存在地域文化遗留的保守因素，反映在作品中，他们近乎一致地以真情实感打动人，注重作品的内质，情感饱满充沛，意蕴颇深，但写作方法和理念上的更新相对薄弱。而邹赴晓、黄海、周公度、朱剑等人来自外省，有着不同的文化背景和生存理念，他们身上有很多异质的东西，无论是办刊物、搞活动还是写作本身，往往有很多新点子、新方法，给人以启示，他们对诗歌在传统意义上的创新甚或颠覆都是很突出的。李小洛对诗意安康的表现和阐释，充满了楚文化的细腻和灵秀，她的诗在随意、率性中透出沉思的品质，将对生活、生命及世界的认知统摄在具有地缘文化特征的"安康性"的诗学表达中。梦野集中书写高原风物，质朴粗疏，具有高原游牧文化的特征。嫁到陕西的横行胭脂，她的抒情有着南方人的绵亘，但也时时流露出对长安和大唐在文化及精神意义上的豪迈认同。

1.2对诗歌传统的反叛或继承。以地缘文化的差异来描述他们的写作方式和艺术特征，未免浮泛和粗疏，或许只有着眼于写作本身，紧扣各自的诗歌主张、创作手法和价值趋向，才能更深入地把握他们之间的异同。陕西70后诗人的诗歌主张和创作手法，如果进行最直观最简单的归类，就呈现为口语和非口语表达之分，抒情与反抒情（叙事）之别。口语诗人强调"日常、当下、现场"，在文本的书写中克制或反对抒情，呈现出情景化、叙事化特征。具有口语倾向的诗人中，朱剑、黄海、武靖东令我印象深刻。朱剑的口语诗很出色，语言干净利落，描述不动声色，关键处总能点到生活的软肋和内心的隐痛。黄海的诗有口语化倾向，他选词造句极其俭省，呈枯瘦之美。武靖东经过提炼的新口语，对事物的呈现很有表现力。陕西70后诗人的口语化表达，针对文化、道德以及诗歌传统的反叛，其实并不极端，是一种温和的背离。在人的生存及生活枝节的凸显中，主体精神的撤离或抽空也相当明显。口语和非口语、抒情与反抒情（叙事）之间，也并非语言材料和写作方略的差别这么简单，在它的背后，更多是写作者价值观念的差异。陕西70后诗人更多选择非口语和抒情性的方式进行写作，他们对于诗歌传统、文化以及道德采取的方式是接纳和继承，当然，他们对此也并不缺少审察和反思。他们的写作构成了陕西70后诗歌的主流，在这当中也是风格各异，异彩纷呈，像横行胭脂、王琪、赵凯云、党剑、杨芳侠、袁治中的抒情乃至激情式书写，张怀帆、贾浅浅抒情和叙述的并重，周公度、史雷鸣独特的诗美追求，李小洛节制的叙述，边围对诗歌幽默元素的倚重，郦楹、邹赴晓、宁颖芳的知性审美等等，不一而足。他们在保持艺术个性的同时，广采博纳，融会贯通，使自己的写作进一步走向深入和丰厚。

1.3生存现场与家园重铸。生活、社会和时代，是任何一个写作者都无法回避的现实。70后诗人由于对政治话语和宏大叙事的有意背离，放弃了对神话原型的追索、对历史纵深感的痴迷，他们更倾向于对自我和生活现实的表达与书写。当英雄主义和理想主义的闪电还在他们的记忆中回放，实用主义、消费主义的浪潮已将他们置身严酷的生存现场，理想的失落、生活的艰窘以及存在的虚无，迫使他们痛苦地思索、审慎地表达。现世的温暖、美好事物的闪现、生命的瞬间关怀，无不牵动他们的神经，牵动诗歌伸展的触角。李小洛的《病历书》为这个时代出具了一份病相报告，张怀帆的小镇诗歌传递出世俗的关怀和悲悯之情，更有口语诗人对现实的揭露或揶揄，更有张翼等诗人对生存现场的越离，注目生命本质以及世界构成。

陕西的本土诗人普遍有着浓厚的乡土情结，这与他们的出生和成长环境密切相关。陕西70后诗人，很多都写到自己的故乡，其情殷殷，其心拳拳，这不仅是一种难舍难分的情感纠结，更是生命意识和家园意识在心灵深处的投射，是身处城市生活现场的一种精神回望和生命追寻。比如，梦野的陕北、张怀帆的曹塔村、马召平的马家庄、王琪的罗敷河、黄海的黄石、徐淳刚的南寨、赵凯云的豳州等等。在这些诗人当中，王琪、赵凯云、徐淳刚、梦野的家园意识更为强烈，他们集中书写、大规模呈现，为家乡立传，为自己的精神重铸家园。

3.多文体写作中的诗意坚守

陕西小说大家路遥、贾平凹、高建群、杨争光、红柯等都是以写作诗歌起步的，可以说，是诗歌给了他们最初的语言敏感以及诗性的认知和把握。陕西70后写作群体，诗人的阵容也最为庞大。很多70后诗人在诗歌为他们带来一定影响和声誉后，逐渐转入小说、散文、随笔、评论等其他文体的写作，在各个领域施展才华，选择最适合自己的表达载体。也许，广泛的涉猎和融会贯通会为诗歌写作带来更多的可能性，但诗人群体内部的分化和流失也成为一种现实。

以散文和小说著名的高勇，最初的文学实践却是诗歌，而且是一种激情式、具有崇高精神指向的诗歌类型。黄海的文学实践，一开始就是诗歌、小说、散文、评论齐头并进，且互不妨碍。2000年，他就提出"原散文"的概念，倡导"日常、当下、现场"的写作方式，在圈子中有很大影响。周公度是学者型的作家和诗人，他的《自由诗人十诫》很有启发性，才华和异禀让他在诸多文体中都有卓越的表现。他并不想让诗歌承载太多，故而他的诗整体上简短精巧，透着内心的机智和灵性。张怀帆的诗歌真诚虔敬，散文和随笔却汪洋恣肆、泼辣酣畅。马召平出过两本诗集，他的诗清醇自然，富有个人特色，但随后转向具有虚构成分的长篇散文的写作。近期他又谋划小说，对此我们充满期待。宁颖芳、邹赴晓、阿眉、穆蕾蕾、边围、史雷鸣等，也是诗歌、散文、随笔、评论并重，且样样出手不凡。对体裁的拣选或寻求写作上的转型，于写作者个体而言是一种常态，也成为必要。但毫无疑问，诗歌仍是最切近心灵和生命的东西，是他们自我表达的最佳途径，无论他们改写何种文体，诗性的东西将贯穿始终。

相对于前面这些诗人寻求新的写作增长点，在写作体裁上遍地开花，李小洛、王琪、横行胭脂、郦楹、梦野、武靖东、朱剑、贾浅浅、赵凯云、杨芳侠等人，则更专注于诗歌本身，心无旁骛，在这个相对单一却蕴藏着巨大空间和可能性的文体中，期待更大的突破和提升。这其中有两位很特别，张翼和徐淳刚，他们的写作都有坚实的哲学支撑，潜心于宏大的整体性诗学探索，他们的作品容纳了诗歌、散文、小说等文本元素，呈现一种综合性的混合文体的写作特征。诗歌这种文体易写难工，很多人写到一定阶段，突破就变得异常艰难，而当他们稍作调整、变换文体，便会迅速取得超越诗歌的势头。从本质上说，诗歌是以有限的语言表达无限丰富的情感和思想，以一己的视角观照无限广阔的社会生活和自然宇宙，在物我感应的状态中传递生命的交响，这便对诗人提出了更高的要求，也让我们寄望于他们艰辛却富有成效的劳作。

二、个体观察及文本解读

能够归结在陕西70后诗人名下的，是一个为数甚众的写作群体。他们散居在省内各地市和区县，个别诗人声名彰显，大多数则默默无闻。据笔者十多年时间的跟踪阅读和观察对比，发现其中文本质量过硬，抵达一定的艺术高度和精神高度，且仍有发展潜力的不下三四十位。目前，这些诗人是70后诗群中的佼佼者和代表性诗人。当然这个群体尚不稳定，还存在一定的变数。靠前的诗人如果懈怠或终止写作，很可能就退居下游；而稍微靠后的诗人若坚持不懈，寻得更大突破，很可能就占据了上游。甚至不排除，还会有一些意外闯入的"黑马"，打破这种平衡。一个人在写作上最终能达到怎样的高度，决定性因素很多，我们还是寄望于陕西70后诗群能够为中国诗坛奉献出更多的优秀诗人。

前面，粗线条地勾勒了陕西70后诗人的写作样貌，尚不够准确和精细。针对具体作者的文本进行较为详尽的解读分析，或许能够弥补这一缺陷。下面的文字，是笔者近年来跟踪阅读陕西70后诗人写下的简评，仍不能做到整体展示，但领略和探究文本的内部景观，深入诗人创造的核心区域，是诗歌观察工作的重心所在，也能有效避免空泛甚至有失偏颇的论断。

李小洛：用清风般的语调讲述

"寻找自己的语言或句子"，前行者有过这样善意的提醒、提示。说到语言，或许从来就不是一个形式问题，它以血肉组织的形态，寄存和养育着我们那些所谓思想或观念的内容。对写作者而言，说到底，语言就是一切，它不仅是自我生命的形塑，更是在自我与世界的关联、互动中，所能出示的唯一信物和见证。

李小洛的语言，在她刚出道时就显示了令人惊讶的独特性。这显然是一种经过提纯的平白洗练的日常化语言，有别于典雅、紧致的修辞型书面语汇，也不同于当时已呈泛滥之势的所谓"口语诗"。选择以浅白的日常化语言进行诗歌表达，无疑要承担某种艺术上的风险，因为这种语言的特质，很难承载、涵纳深邃的思想和幽远的诗境，而且，一种语言材料的拣选，势必牵动诗歌运作过程中修辞、表现方式、结构方式等一系列问题的改变。所以，李小洛以这样的语言方式进行自我言说和诗意表达，不仅需要勇气，更是个人才能和艺术功力的充分体现。

诗集《偏爱》里的大部分诗章，所呈现的正是这样的语言特色，也符合这个时代简约型的审美意趣。平易、亲切、晓畅的日常化语汇，在涵盖力、感染力方面或许有所欠缺，但它天然地具有一种轻盈的品质，透明的语境，在不事雕琢中轻易抵达内心和事物的本质。李小洛的诗切近日常，但并不是处处写实，作物象与事件的简单陈列，其中的意象化改造是明显的。这样的写作方式和姿态，容易给人造成错觉，而这恰恰是李小洛的高明之处，她不动声色地以语言及题材的"日常化"，完成了诗歌的意象化运作，形而上的表达。

说诗是抒情艺术，不见得一语中的，但若说诗是叙事艺术，则明显不得要领。李小洛的诗总体上呈叙事性特征，但她并不排斥抒情，往往在叙事中糅合抒情进行表达。当然，她的抒情是节制、克制的，呈现冷色调及独白或诉说场境。抒情主体也以虚化或抽空状态，更多地让位给叙述主体，诗人作为冷静的旁观者，目睹自己笔下的事物和事件呈现、纷涌。

因拒绝了这个时代普遍流行的浮华和夸饰，轻率和造作，李小洛的诗有了让人信赖的素朴和真实。她的才华毋庸置疑，难能可贵的是，她有极强的控制力，不但没有滥用这种才华，而且以机敏和独到的领悟进行了恰如其分的表达。她以安静、沉潜的姿态悉心感受，以清风白雪般的口吻、语调娓娓讲述，忠实于自己的内心，尊重语言的自主性。这样一种求真的诗学，唤起了我们的信任，赢得了我们由衷的赞赏。诗人执着地写信，写绿色的邮局、路上的信使，或者经常离开、"出一趟远门"，去寻找一个没有地址的人，甚至预想到"那个前来找我的人"，等等。这些信息无不透露着深藏诗人内心的秘密：孤独。这显然不是那种粘稠的、黑色的、绝境般的孤独，而是一种玻璃般光滑、透明抑或锋利的孤独，无处不在，无以慰藉。"所有火柴中最孤独的一根"，竟源自"骨管里刮着听不见的萧杀之秋"。诗人很早发表过的一个组诗叫《孤独书》，最近编就的一本诗集也沿用了这个名字，可见，她对孤独的体认。在她的很多诗篇中，叙述的展开往往是以臆想和虚构的方式进行的，这似乎也可以作为主体性孤独的一个例证。

孤独是悲剧性的，陷入孤独的人，自我言说和自我表达成为必要，甚至迫切。同时，孤独也催生爱愿，走向他者的勇气，并使我们有能力担负爱的责任和自由。

我们不难理解李小洛那些张扬个性、凸显主体精神的作品，《我喜欢这样扬着头走路》《我要做一个享乐主义的人》《我要把世界上的围墙都拆掉》《我要去一次当铺》《像一条蛀虫那样》《植物人》等，其中既有诗人的率性而为，也不乏任性和对自我的残忍。当然，"自我"并非一个单薄、扁平的存在，它丰富而立体，有无限的纵深可供挖掘。在这里，李小洛的展示也是个性化、多样化的，像《我只是偏爱左边一点》《我捏造的》《上帝也恨我》等。自我的强化和自我意识的凸显，并不必然导致所谓的"自恋"、自我中心主义，很多时候，这个"我"仅是观察、言说的一个角度或出发点。强烈的主观意识会令事物扭曲、变形，而李小洛的诗呈现的，是个体生命面对世俗生活和时代所表现出的态度或精神立场。自我言说，也并非自说自话，呈现绝对的私密性，它有边界但不十分清晰。我们每个人都处在与他人、社会、时代以及世界的关联、互动中，加之人性所具有的同一性，也就不存在一个完全封闭、私密，与他人没有通约性的自我。因此可以说，自我言说是真切的、可信的，也是可靠而有效的表现方式。它以"我"的在场为前提，亲历和见证，以鲜明的个性化特色传达，并能在个性与共性之间找到融通点，或在自我之中容纳更多他者及社会性因素，以便得到更广泛的认同。由此我们看到，"我背对着火车行走的方向坐下来"，"我停不下来"，对应的是时间的急遽和时代的喧嚣浮躁；"我要赤裸着穿过这个城市"，是对强加在个人身上的社会性因素的剥离，对纯粹与自由的渴望；"逃犯"是对压抑和禁锢以及某种极端状态的指认和疏离；如此等等。

自我与世界的关系，经常会处于一种"拉锯战"的胶着状态，有时是调和，有时是对立、冲突。这也自然影响到自我表达的情形和状态。我们也看到诗人的决绝，极端化心理诉求，与世俗的对抗，对某些价值观的难以苟同。

孤独，会使人沦陷，成为社会网络中的一个个孤岛，悬崖。而在此时，爱的意愿便成为联接的浮桥或软梯。当然，这爱是广泛意义上的，包括爱情、友情、亲情，也包括对自然万物的感情投射。李小洛对爱的表达是极具特色也极为成功的，这表现在她对情感的有效节制，轻化、淡化处理，以及构思的精巧和写法的推陈出新上。李小洛的玫瑰，并非消费时代的欲望玫瑰，而且仍是十八世纪贵族庄园的花圃里，被园丁呵护和培植的作为爱情见证的古老的玫瑰。真正的爱，意味着绝对和唯一，《都是我的》《找到那个要送你玫瑰的人》所表现的，正是这样一种偏执的态度和深度。情思的绵密、温婉和深挚，在《从你那里过来的这些雨》《等一个人》《五十年后的旅行》《最后一吻》中凸显出来；深入生命和意识深层的《我们交换雨伞》，散发着工业气息的《再一次经过加油站》，令人过目难忘；介乎友情和爱情之间的《见字如面》等，也耐人寻味。同时，女性意识也抒写着独特的情感体验，"为了让你涂抹森林、原野/晚霞和山坡/我还留下了一瓶处女的鲜血"，"——田野里到处都是油菜花/我只能隔着一座孤傲的荒岛/去吻你"。

父亲，作为李小洛诗歌中一个令人揪心的形象，其抒写也成为一个挥之不去的主题。上帝让我找的那个爱人，竟也是父亲"临走时送给他钥匙和奶瓶"。"父亲去了外地/被暮年石头押去了坟场/在那里拐着弯遥望故乡"。在《父亲的魔术》《背影》《我想念着那些亲人》中，看似轻松的语调和漫不经心的讲述，传递出的却是一个沉痛的话题。《外婆》是一首叙事性的抒情诗，节奏音韵非常优美，时代风云和个人命运在蒙太奇的剪接中，勾勒出外婆的一生，家族史的一个片断。自然，李小洛并不是一个只关心个人悲欢和家族命运的诗人，当那种经由孤独而萌生的爱，从里及外地蔓延，便呈现一种体恤和悲悯的情怀。于是，她看到一片树叶、花瓣，一只蚂蚁，一粒发霉的种子，也会把头低下，让大地看见在她一低头的瞬间，"一直含在眼里的这颗泪滴"。

诗集《偏爱》里面，已经产生了一大批质量优异的作品。无论是语言，构思和切入的角度，个性化的表现和传达，都体现了创新的意识及创造性成果。我们知道，诗不仅存在于语义层面，言及的事物本身的意义，隐喻和象征性所指，还在于语言本身的质感、色泽，语音、语调所构成的形式的意味深长。在李小洛的部分诗作中，这两方面的比例甚至达到了对半的程度，形式上的新颖别致弥补了意蕴的清淡。诗集中，还存在一些另类的表达，《一只乌鸦在窗户上敲》有一种对她而言罕见的神秘性，《他说起一头狮子》的奇幻和理想化，《在这个秋天，一头熊失踪了》的奇异组合和书写。就是一些比喻，提炼的意象、句子，也可堪惊叹，像那只"爆炸的暖瓶"，"一条左撇子的河流"，"我像一丛披头散发的芦蒿/潦草地涂在床单上"，等等。

很多人将《省下我》作为李小洛在过去某个时段的代表作，当然这首诗从形式到内容都无可挑剔。语言的干净利落，句式的整饬以及重复、叠加和自如变换，尤其值得称道，而且如此构成的内在旋律感和诗歌的音乐性，在李小洛诗歌中是普遍存在的。相对于理念先行，带有策略性书写的《省下我》《让我来安排这个世界》《我背对着火车行走的方向坐下来》《我要把世界上的围墙都拆掉》等，我更倾向于《墓志铭》《到医院的病房去》《病历书》以及那些温婉、深挚的爱情和亲情的表达。"到医院的病房去"，不是祈求，不是号召，而是一声平静的叙说，甚至自言自语。我们跟随诗人的视角，看到病房里的一切，看到外面，看到暗下去的"人类的光线"。诗在这里不再是情感的抒发，体验或经验的传达，它仅仅成为一种观照，一种指认，一道注视的目光。我甚至认为，这是一首经由纤细笔触和日常事物写就的"大诗"。《病历书》是一首结构独特的长诗。片章式的连结，碎片化的表达，在一个缩略化、碎片化的时代，是值得信赖的形式，但也并非是说宏大与完整就是可疑的。该诗的主旨由于删减了许多语言及内在联接，从而造成阅读和把握上的难度，而且许多片章之间也现庞杂和内在抵牾。我也认同一些说法，即该诗反映了人类的疾病、救治和死亡这些触目惊心的现实，甚至连上帝也参与进来，生命的悲剧性发人深省。我相信，生命的疗治与精神的救赎存在某种对应关系，而且，躯体化的修辞更能极端地表达人的精神状态。医院何尝不是教堂在俗世中的称谓，医师和上帝在某种语境中也可以互换身份。在阅读此诗的过程中，我随手记下一些话，不可信，似可作为一种误读或错读存在：

　　　这姑娘把事搞大了，一场天上地下、出生入死的恶作剧，把什么都弄碎了，把上帝也弄碎了。轰轰烈烈的背后，也许只是一场爱情的游戏。这时，你不得不佩服她的精灵古怪，对爱情的偏执和绝对，她几乎就是女巫姐姐或魔鬼妹妹的化身。她的深刻之处也正在于，爱不仅是人类身上古老的顽疾，也是疗治的药剂。因爱生恨，生嫉妒和怨毒，导致罪恶；但同时，爱也抚慰生命，拯救存在的虚无。在她看来，"爱，或是不爱"与莎士比亚的"活着或死去"是同等重要的人生命题。她在认真严肃的语调中，忽现诡谲的一笑："因为爱你/我必须撒娇"。

读完《偏爱》，欣喜赞叹之余，又陡生困惑和疑虑。在李小洛的诗中，纵深的历史感、地缘文化上的传承、现实生存的体验和痕迹，并不明显，即就是写到庄稼、草木，也难觅乡土的根性，俗世生活的烟火味也相当淡薄（《炊烟》《给小月的诗》等是少数例外）。但毫无疑问，她确凿地营造了一种"有意味的形式"，而且是植入当下语境的，极其个人化的生命呼吸和经验传达。这样一种难以在传统的框架和序列里找到的所谓没有"根性"的写作，也没有自觉融入当下生存的炙热现场，它何以存在，何以为自己的存在正名，并寻找可靠依据？经过一番思考和辨析，我深信这是一种"本我"性质的写作。这里的"本我"，不是作为人的原始欲望和生物性指称的弗洛伊德式的"本我"，而是卸下社会的、人格的重重面具和个人虚荣配饰的"本真之我"，呈现为一种绝少烟火气息的纯净。但它也绝非与社会、宗教神性绝缘，而是更多地指向自我和自然，这自然也是充分内化的。可见，贯穿这种"本我"式写作的，乃是一种剥离的美学，因其自身特性，也就优先拥有了抵达生命本质和事物核心的权利。

从《偏爱》到最新出版的《七天》，诗人似乎变得愈加沉静、内敛，这反映在诗句的收缩，诗体的瘦小，意象化和隐喻性的加强等方面，诗歌的内部也更加细密紧致，难以揣测和未知部分的容量加大。诗人仿佛捂住了生命那通透的酒瓶，投下些许隐秘和幽暗。诗的言说，也就在这犹疑不决、吞吞吐吐，甚至深深的缄默之中。"一旦开口，就什么也没有了"，这显然是一种更为成熟的写作状态。无法言说的诗性因子，为文本增添了魅力和深度。

《七天》里，醒目的是《沉默者》《低语者》《旁观者》带"者"字的那几首，显然这些诗也可以作为组诗存在。就是一些短诗，也让人眼前一亮。除了从《偏爱》中经过修改而收录的部分作品，我个人觉得，《乞求》比《省下我》更精巧、凝练，也更成熟，更具感染力。那被死亡之光照亮的爱情和生命，美好、温暖又令人心碎。《安康居》与此前的《在这个好的春天里》《这个冬天》《幸福村》等诗一脉相承，旨在构建一种诗意的生活和存在。放松舒展的体态，言说的诗意和幸福，也正是诗人海子在《面朝大海春暖花开》中所呈现和期许的那种。日常生活不是诗歌的形式，只有精神生活才配得上诗意言说，融合日常生活和精神生活的栖居，方称得上"诗意的栖居"。李小洛深谙此道，"安康居"就是对这种存在状态的一个响亮命名。《沉默者》《低语者》《旁观者》等诗中的李小洛，已近乎一个知者，所谓"知者不言"。语言的削减，带来语义的增殖，不说或少说，某种意义上反而说出了更多。就像一条积雪的小径，将我们引向白茫茫的荒原，那荒原是我们需要穿越和丈量的，存在和诗意弥漫的更大空间。这些诗，词与词、句子与句子往往在精确与朦胧、明澈与幽暗之间自由滑动，呈现出虚实相生、如真似幻的美学效应。

对于生命和存在有了清醒认知和深刻把握之后，李小洛也开始了一种"神圣言说"，或曰终极探索。尽管，她之前怨恨过也"嘲弄"过上帝。说实话，上帝的出现，在以人为中心的时代和中国当下语境中，绝非神性的莅临。他或许是一个在者，但也是抽空了神性、慈爱、赎救意味的仅作为一个言说对象的他者，被嘲弄和亵渎在所难免。可以理解的是，在一个非基督教文化传统、神性缺失的炎黄后裔的血脉中，上帝或某种终极存在只能是一种虚设。在《偏爱》里，上帝已频频出现，那时的他不关心人间疾苦，是一个愚蠢的、懒惰的人。在《上帝也恨我》这首诗中，诗人也提到"常常挨饿，常常孤独"的原因，是没有认识那条"向北的路"，也没有要"他的浆果"。在《沉默者》中，诗人尽管列举了上帝的种种不力，但最后也称他"并无过错"。而在《终结者》中，诗人已宣称要"由衷赞美具备关怀之情的神"。这种转变，显然是有迹可循的。至于这样的句子："还需要一间教室/引我走出这迷途"，"再过七天/请来将我唤醒/并使我有皈依之心"，还有很多。而"两个地址"的表述，我解读成身体和灵魂的归宿问题，身体的损坏和死亡无可避免，灵魂的归宿涉及终极的存在，只能与上帝有关。另外，这些诗里，与"圣经文本"相关的词汇密度很大，比如：教堂，至高无上的神，七天，创世纪，第七日，洪水，路基，帐幕，出安康记，面朝北方的人……等等。

　　或许，我们也可以认为此类表述并非那种"神圣言说"，而是诗人对人的精神存在和灵魂归宿所作的深度探索。的确，李小洛的诗也没有呈现出那种献祭性、超越性、贬抑俗世的精神倾向。然而，诸如《傍晚的时候》一诗：我"学着松树的样子/对着天空三击掌"，也没有"听到那个返回的声音"，诗人显然期待更高存在的回应，只是没有得到。这是否也在预示着：众神的隐退，上帝的缺席？"神圣言说"应该是一个深广、宽泛的主题，事关人的灵魂和存在的终极，必然会涉及上帝。当然，这个上帝还可以有别的称谓，或者仅是文化意义上的。纠结这个问题，或许没有必要。我们可以放心地说，不管李小洛的诗学有没有去作神学上的对接，但她此后作品的清明与旷远、深湛与幽微，却是有目共睹的事实。

待出诗集《孤独书》，其中既有《钉子不死》《天黑以前》等精警、意象鲜明的短制，也有像《完美的囚徒》《瓷房子》《我们》这样愈加成熟的雍容、深湛的作品，无一例外，都达到了明净中的深远，清逸中的淳厚和丰盈。同时我也发现，她把《病历书》中的部分片断拆解出来，经过必要的修整，以短诗的面目单独呈现。想想也是，在长诗的结构中，如若不能做到联接的紧密和必要的均衡，这仍不失为一种理想选择。对比三本诗集，同样一首，标题和内容往往出现多次变动、修改的痕迹，似乎仍有可能和未知性在其中。由此想起诗人骆一禾的写作，他习惯将自己的短诗纳入长诗构架，且不断修改，使作品处于"永远未完成"的状态。这未尝不是一件好事，更好、更完美的作品就在这"永远未完成"当中孕育着，随时会带着令人讶异的神采飞跃而出。我们借此也期盼诗人李小洛，在醉心绘画、皮雕等艺术形式，安心作一个时代手艺人的同时，面对诗歌这门古老的手艺，能始终保持热情，不断精进，有更多更好的作品问世。

王琪：守成出新

诗集《远去的罗敷河》出版以前，王琪在我的心目中，一直葆有城市歌者的形象。那时，他在西安这座城市已居住多年，逝去的青春和梦想，当下生存的艰辛，无处安放的爱与忧伤，无不倾注笔端。他以一个现代青年的身份，介入城市生活，发现和审视，并悉心收集内心的感触和灵魂的颤动。然而，2007年的秋天，一场生活事件导致诗人的精神发生转向。至此，王琪的书写，由城市生活现场回归他的生养地，秦地之东、罗敷河畔，一个叫敷南的村子。及至《远去的罗敷河》，以至《落在低处》和眼下这本《秦地之东》，早期诗歌的城市意识、城市意象，已被自然和乡土意象替代。这种替代，几乎可以说是覆盖式的。

一种诗歌面向的彻底转身，自有其深刻的心理动因。我们能否因此而断定，王琪已从城市歌者转变为自然诗人和乡土诗人？

书写对象的改变和诗歌场景的转换，并不能从根本上定位一个诗人。通过阅读，我们会发现，王琪这么多年始终保持着抒情诗人的状态，其言说方式和诗歌样式，在不同阶段尽管有局部、细微的调整，但大体维持着一种稳定的形态。诗歌形态的稳定，是一种自足，也意味着持守的精神姿态——于外在事物的迅速更迭、冲刷中，保持自己不变的本色。如果说，当下一些诗人致力于新诗的"创变"，王琪就是在"守成"。守的，不仅是一种写作范式和美学特征，更有心灵的执念：对于本真自我的护持，对于亲人、乡土以及美好事物的热爱和颂扬。由此，我们看到一种内心品质，自然也参与到诗歌品质的创建之中。

这当然是诗歌的正道和大道。守成需要定力，形式上或许保守，但在精神层面也可能先锋。

经过多年的诗艺探索和精神磨砺，王琪形成自己较为鲜明的诗歌辨识度。他总是在一种散淡的独白语境或诉说场景中，展开淡淡的心绪和愁怀，稀薄、疏朗的意象贯穿其中。不同于完全写实的物象，也很少有隐喻式、象征式的呈现，他的诗意象是写实和写意的兼有，物象与心象的结合，与中国古典诗词里的意象极为相似。由主体精神的突变，导致的意象变形，或是对其抽空而进行的冷冰冰的物象陈列，在王琪这里都是不存在的。因此，我们很难发现，意象转换中有断裂、脱节现象，也没有格言、警句跳出来破坏整首诗的均衡。这说明，王琪的诗有较强的整体感和融合度。

　　同时也表明，他多年的诗歌实践卓有成效，艺术的功力和水准是令人信服的。

　　王琪诗歌的美学特征，可以以"平淡"概括之。"平"，就诗势而言，"淡"，就诗味而言。在这些极似个人内心独白和心迹的片段中，无奇崛凌厉之势，亦无浓烈之情，绚烂之色彩，因而显得平朴浅近、清新淡雅。这"平淡"余味悠长，滋润心灵，带给人特别的审美感受。阅读者也由此领略到，诗人对生活情感的提纯，以及以富有创造性的艺术情感，感染和打动人心的涵养和气韵。在这一过程中，诗人的书写是节制的，优雅的，保持了一种古典主义的审慎和风度。

　　闻一多在《唐诗杂论·孟浩然》中，有这样一段话："真孟浩然不是将诗紧紧的筑在一联或一句里，而是将它冲淡了，平均的分散在全篇中……淡到看不见诗了，才是真正孟浩然的诗，不，说是孟浩然的诗，倒不如说是诗的孟浩然，更为准确。在许多旁人，诗是人的精华，在孟浩然，诗纵非人的糟粕，也是人的剩余。"阅读王琪，我总会想起如此的论述。这样说，仅仅传达我在阅读过程中的真实感受，并非有意要将身边的王琪和历史上的孟浩然相提并论。的确，王琪的诗也不以才学、思想取胜，而是以性情、气韵见长。在他身上，难免让人以"诗如其人""人就是诗"来对应和取证。

　　具体到王琪诗歌的语言构成，无论诗题还是文本的编织，意境的营构，都呈现出浅易的"诗词化"风格。这于他，或许是有意识的追求。一种古典主义的审美意趣，是其"守成"的表现，也规避了艺术探索中所要承担的某些风险。回到王琪的身份转变，我们可否这样说：他是一个移居城市的乡村诗人，或者说是一个有着古典情结的现代诗人？

　　王琪诗歌中的尘世：老宅院，旧时光，消逝的事物。流淌的罗敷河，时间的象征。风，这一流动的自然物象，也是时间的隐喻。"我"在时间中，故乡、亲人，世间万物，统统在时间的流变之中，变换着容颜。王琪缘于"精神的转向"，而导致诗歌面向的彻底转身，他所面对的也正是生命在亡逝过程中的切肤之痛。所以，《远去的罗敷河》《落在低处》以及《秦地之东》，凝聚笔端的，并非故乡的自然风情或历史文化，而是展现一颗善感之心的相遇和触发。在这里，"我"始终是主体，地域环境仅作为背景而存在。这就不难理解，王琪诗歌为什么总是以独语和诉说的方式设置情境。

结合早期的城市诗歌，我们也不难发现，他所进行的仍然是一种自我表达，以个体身份介入和体悟的生命书写。

因此，王琪的写作受外在事物的触发，但更多地倾向自身。他似乎有一种强烈的愿望，要将远去的或美好的事物，拉近或纳入自己的心怀，据为己有。当然，这种努力往往落空。他诗歌的忧伤调子，或许正来源于此。明知不可为而为之，这同时也是诗的期求。由此构成的诗歌现实中，事物以离场的方式获得在场，获得文本中的永久居留。王琪将自己放置在特定环境里，一遍遍地审视和辨析，从根本上说，也就是在努力维护内心的洁净，对纯然、本真的自我进行不懈地追寻。

在我看来，王琪对故乡的回望和诗意书写，过于漫长了，容易让人对他产生乡土诗人的错觉。当然，这也是他用情之深之重导致的结果。我能想象，在时代生活和诗歌艺术的潮流剧变中，王琪的自持、惶惑以及被动。然而，他所经历和面临的，何尝不是我们共有的遭遇和处境？可以说，经历现代文明的洗刷，隔着断裂的时间之维，任何人的故乡都不可能真正抵达。仍可慰藉的是，汉语成为我们在这个时代唯一可靠的家园。我们的存在被语言之光照亮。

对于王琪，任世事白云苍狗般地变幻，而"我心永恒"。在诗歌这条路上，相伴这么多年，我还是盼望，他从长久的精神溯源和漫游之后，能够回归当下的城市，他所置身的盘根错节、光怪陆离的现代生活。在写作上，不妨再大胆一些，"出格"一些，融入异质的血液，使自己稳定已久的诗歌表达涌现更多惊喜。

张怀帆：诗歌小镇的温情筑造

当我们称誉一个地方文学的鼎盛或繁荣时，会说那是一个文学重镇，并极尽溢美之词。与此显赫张扬的气势相反，我在这里所要介绍的也是一个"镇子"，而它却"心朝下，脊背朝下，及物、带泥、充血"，真诚而谦逊，恬淡而自足。

这就是张怀帆的"诗歌小镇"，是他用语言为自己砌筑的一片精神领地。毫无疑问，那语言携带着他灵魂的密码，透露着他生命的信息。对于张怀帆生活的小镇，我所知甚少。只知他以小镇居民的身份为荣，安于朴实恬淡的生活。翻开他的诗集，以小镇命名或是反映小镇生活的篇章比比皆是；就是书名，也有《一个人的小镇》《小镇萤灯》两部；在随笔或访谈中，小镇被他屡屡提及。这种居下守雌的写作姿态不但没有被人轻视或忽略，反而赢得了更多诗友的认同与尊重。

张怀帆为何如此钟情于小镇？唯一可靠的解释就是，经过二十多年的持续写作，他在自己的诗歌表达和小镇生活之间找到了一种契合与融通，形成了独具心性的诗歌追求。小镇，不单是十几年生活地的所指，更成为他精神世界的譬喻和对自己写作理念的命名。

1.小镇语言

诗人对诗歌的信赖，首先体现为对语言的信赖。一个有追求的诗人，他的创造性总会从语言上得到体现。语言是文本结构中最外在的质料，通过有机组合和排列最终完成一首诗的筑造。张怀帆的《小米粒》，一种接近日常的透明的语言，素朴浅近，富有乐感。然而透过语言表象，我们发现其中诗意的浓郁，意蕴的深厚。这种贴近生活、贴近心灵的语言的提取，没有相当深厚的艺术功力是办不到的。

小米粒大的小镇，小米粒大的梦想，小米粒大的情爱，小米粒大的疼痛……一切都小得不能再小。且不说这首诗都运用了哪些艺术手法，表现了怎样的思想情怀，就在这无限的小中我们分明看到了大，在低微的闪光中看到一轮璀璨的太阳。这就是语言的魅力，铅华洗尽后一种直抵人心的温情和启悟。

如果说语言仍是最基本最外在的诗歌构件，那么它的集合便会展现一首诗的形体特征。犹如每个人都有区别于他者的身体和相貌，诗歌也有表情、体态和内在神韵。诗歌的表情和体态，会给人留下直观的第一印象，这是语言形式所展现的外在形态。当然，这种外在形态也并不是徒具形式，必然或隐或现地蕴含着诗人为之倾注的精神气血和能量。

以这首诗为例，我们不难看出张怀帆的诗歌表情是平易亲切的，犹如聊天、拉家常一般。就在这自然朴素的叙说中，一股暖暖的情意流入心田。也正因为这种亲切和平易，语言在叙述中得以流动，诗行得以自然地排列，呈现出一种舒展自如的体貌特征。而所有这些外在形态都指向了一个明朗通达的内心现实。

张怀帆的诗没有凌厉的气势，没有紧张突兀的诗歌表情，其言说是轻声细语式的，谦让的。正是这种质朴透明的语言风格和节制谦弱的言说方式，构成了别具一格的"小镇语言"，成为砌筑"诗歌小镇"的一块块石料。

2.小镇意象

意象是诗歌最小也最内在的意义单元，就像人体细胞，携带着一整套遗传密码。而对诗歌的解读需要穿过意象的丛林，抵达其精神内核。在这众多纷繁的意象中，通过寻找、归类和对比，会得出一个诗人隐藏在文本中的核心意象，其他意象不过是核心意象繁衍、异化的结果。毫不夸张地说，很多具有独创性的诗人，毕生不过是写出了一两个专属自己的意象而已。以此反观张怀帆的诗，便落在两个核心意象上面：小镇和萤灯。

"小镇"，首先是作为一个核心意象而存在，其次成为一个具有包容性的精神境域的指称。作为现实存在的小镇，它的位置是低的，处于基层。也是嘈杂的，喧嚣的，在现代文明无孔不入的今天，也不会是一处避世桃源。然而它的相对偏远和安静，以及淳朴气质，正好用于体现诗人"心系底层"这一写作理念，并为符合自己心性的写作确定了位置。

"萤灯"，这一经过加工的自然物象，在诗人笔下焕发出精神的华彩。首先，它是小的，微弱的，飞的很低，正好与小镇的气质相匹配；其次，它的光明属性意味着持守和给予。诗人将爱、梦想、信仰、希望和感恩等精神因子灌注于"萤灯"这一意象，于是微小变成宏大，微弱变成炽烈。这一意象的选取，一方面出于自谦，另一方面也道出了个体生命的存在真相。因为只有看到苍穹的浩瀚和深邃的人，方知自身的卑微渺小。对这种卑微渺小的领悟和接纳也从另一角度反映出诗人的自信和强大。

如果说诗歌是一种筑造，精神的筑造，那么在这个由诗人创造的文本世界里，同样也存在能够依托的坚实的"大地"，显示高度的"天空"，以及带来温暖和光明的"太阳"。可以说，张怀帆正是通过"小镇"和"萤灯"两个核心意象为基石，支撑并照亮了诗歌小镇的天空。一盏萤灯在小镇亮起，小镇铺展成大地，萤灯绽放为太阳。这种"低"与"小"在自身形态的超越中获得了广袤的诗性空间。

3.小镇的血统

任何一件事物都有它的渊源，张怀帆的诗歌小镇也有它并不隐秘的血统。如果逆时间之流上溯，寻找张怀帆诗歌小镇的地理坐标和精神源头，那么，一个叫曹塔村的地方便会浮出水面。那是张怀帆的出生地，隐藏在陕北山原沟壑的皱褶里一个不起眼的村子，但那里却有"透明的空气/独版的星空/和一双双善良得不会怀疑的眼睛"。我尚不清楚那个小山村给张怀帆都留下了怎样的记忆，但类似的经历让我很容易理解一个人对于故土的深情，故土会给一个人的生命打上怎样的印记。

为确认小镇，我们找到曹塔村这一根源性的存在，或者说曹塔村是小镇的前身，尚未成形的小镇。诗人的精神血脉来自那个地方，一种深刻而持久的影响将伴随一生。在多年以后写母亲的《黑水汗脸的人》中，张怀帆加强了对亲情和乡土的追认。深深的痛悔和自责爆发出情感的巨流，令人心悸，令人怦然心动。一个辛苦劳作的女人，成为所有人心头蛰伏的母亲形象的写真。

当我再读到一首《红纽扣》时，我确信张怀帆的诗歌触角已由出生地扩展到脚下的陕北大地，在更深的精神渊源上找到归宿和认同。红纽扣是多情的，妩媚的，民歌式的吟唱，让他从对生命源头的寻找，继而发展为一种根子上的呼唤。《信天游打湿的陕北》是一组深具民歌风味的作品，黄土地上的人文风情散发着特有的魅力。诗中的情爱男女，心思热烈而又矜持，甜蜜而又忧伤，在乡土背景下曲折动人地展开。其中，大量运用留白手法，含蓄蕴藉，给读者留下了丰富的想象和审美空间。

然而，有关乡土的记忆已不能真正进入当下乡村的生活现场，也就无法有效参与所谓诗歌的"乡土"化写作，这种记忆资源只有放置在对生命源头考察的背景上才会真正生效。幸好，张怀帆的写作现场设在"小镇"上，一个乡村和城市的过渡地带，一种对乡村和城市的生活及文化样态的兼有。

4.小镇的温度

诗不是冷冰冰的物件，而是一个活物，散发着生命的气息和温度。毫无疑问，诗歌的温度来自诗人生命的温度。这温度首先表现为一种关怀，一种爱，却不是那种居高临下的同情。诗歌最终将越过语言和修辞，以其真诚、善良、爱和悲悯散发光芒，并决定品质的高下。诗歌的温度，因其强度和烈度最终转化成亮度，发出持久的光芒。相同的人生经历和情感体验，让平凡卑微的事物融进张怀帆的血液，底层人物的命运走进他的心灵，种种世相和人生百态便有更多的美善和诗意。

诗集《一个人的小镇》里面的作品很集中，也有代表性。小镇底层人物的生活写真，被命名为"低处的灯盏"。"低处"不难理解，那是一种社会身份的卑微；"灯盏"所具有的光和热的属性，那正是对底层人物身上流露出来的美善的命名。是的，每一个生命都是发光体，尽管微弱，尽管卑微，无疑都有自己的尊严和美丽。

诗人首先应是一个爱者，缺乏普遍的同情和对他者之爱，不配承担一个言说者的使命。张怀帆写捡垃圾的人、残病孩子、战争的创痕，芸芸众生的疾苦，莫不牵动诗人敏感的神经，不忘为之祝福和祈祷。在当下这个时代，小人物身上或许更能体现人性的闪光，他们的痛苦和欢乐更值得关注。在读这些作品时，我反复思考一个问题：一个诗人的良知究竟如何体现？在传统价值观念分崩离析、金钱物欲主宰一切的今天，诗人何为？我想张怀帆之所以为普通人投注深切的关怀，反映了他的生活态度，更折射出一个真正的诗人的良知和道德操守。

小镇充满了人间烟火味，有艰辛也有酸楚。同时它也是慢节奏的，安静的，在水泥钢铁和现代性焦虑的夹缝，依然保持一份恬淡和从容。张怀帆描写底层社会，对于自然物象也倾尽诗情。这依然存留的农业文明的诗情画意，令人身心愉悦，与城市文明带来的病态体验形成强烈的反差。这是小镇独有的风情，在和城市文明的对峙中泰然处之。这种切近自然、自适自足的诗歌样态，也符合当下生活的部分现状，体现了传统与现代共生共融的时代风貌。

5.小镇的高度

如果将张怀帆的写作定位于对生活琐事和日常现象的描摹，那么就会遮蔽他"日常"的"亮度"，"低处"的"高度"。"小镇诗歌"正是以其低姿态和小视角的观照和仰望，获得了优先飞翔的资质，抵达了诗性的高度。在他众多的诗篇中不乏对生命终极价值的认知和揭示。恰恰是这一写作向度，显示了人从时光和肉体的枷锁之中开释的可能，让人抬起匍匐脚面的目光，瞩目浩瀚的苍穹。

对于生命问题的考量，张怀帆以死亡作为参照。观照死亡，目的在于确定生命存在，并为其寻找可靠的依据和理由。火葬场，是一个令人发怵的意象，生死的追问在这里盘结，展开。如果说死亡也是一种美学，"突然开得热烈的那朵花"一定是洞察真相的，面带狞厉的微笑。"整整一个下午/蹴在我家门前矮墙上/一言不发"的那只乌鸦，就像命运或死神的预言，神秘惊悚，但又无法回避。同样地，张怀帆把笔触伸向戒毒所、精神病院、监狱、墓地等常人极力回避的场所，这些残酷的事物与美好的春天并置，生命的本质以诗意的方式呈现，生存的困境或解脱之途豁然开朗。

如果说，这些仍是具体可感的事物，那么《风在夜晚搬运什么》则呈现了一种未知性的神秘。在我们的感官之外，理性认识之外，一定有一些事物居于高处，从不显露真容，亦不为人所知。这或许是一种先验的假设，但必然源于对人性限度的明察。若是没有这种开阔的视野，没有一颗谦卑敬畏之心，人就很难摆脱自身的盲目和浅陋。

仰望，是人的天性，源于自我超越的本能。热爱尘世与仰望苍穹，并不抵触，反而是完整的一体。在仰望中，人终于挣脱现实拘禁，完成对自身有限性的超越，实践了人的本质属性。地面，是我们存在的现场，也成为仰望的根基。张怀帆的诗不仅散发浓烈的人间烟火味，同时也表现出向超验世界的迈进。这样，形而上的冥想与思考使得诗歌空间进一步扩大，诗歌的精神高度进一步抬升。

6.小镇的裂变

由于工作关系，张怀帆曾有一年时间离开小镇驻留西安。这与其说是作为十三朝古都的西安，不如说是他心目中因为诗歌，因为诗歌的唐朝而无比辉煌的长安。借此，他得以审视和观照这座历史记忆层层堆叠的古代皇城，与现实缠绕纠结的种种幻境也纷至沓来。

在张怀帆的诗域中，现代文明要么是一个与他执着寻觅的古典诗意相抵牾的存在，要么隐匿，成为古典诗意生成的背景。这一时期的"长安诗歌"，就题材而论，不妨看做是"小镇诗歌"的扩展，或是"小镇诗歌"的变形。一种貌似向外的扩展，实则包含着向更深的内部挖掘和回归的冲动。因为，相对于乡土和地域文化的根性，民族文化传统的纵深与包容更具本源特征。

《在西安，寻找一匹马》表达了一种寻找的迷茫和忧伤。这自然不是一匹现实之马，而是诗人心头无法磨灭的古典精神之神骏。唐朝已成为永远的遗迹，梦回大唐只能是诗歌抵达的路径。置身现代语境，平和散淡的小镇顿时失去了平衡，面临严峻的考验。历史与现实，传统与现代，在这里对峙、交锋，于是也产生诗人内心持续的撕裂和痛楚。于是，小镇的裂变在所难免。

在这样一个古文明的遗址和现代文明的价值荒野交错横生的地方，已不能为张怀帆生机盎然的"诗歌小镇"提供有益的汲取和支撑。于是，回归就成为诗人内心的渴求。远足是必要的，回归也是必然。这是内心携带的小镇，言辞筑造的精神城邦。但这种内心裂变导致的回归，已经变得更加饱满、清晰而坚定，"诗歌小镇"强大的生命力势必在这无数次的出走和回归之间孕育并爆发。

7.小结

通过一首首深具小镇气质、小镇风情的诗作的勾勒和描画，一座诗歌的小镇也逐渐现形。于此相关，那位小镇主人的形象及脾性也浮现出来。

《圣经》上说"谦卑的人有福了"。谦卑是一种品质，灵魂的品质，然而天国的许诺似乎太过遥远和空幻。古老的东方智慧则确切地告诉我们"地低成海、人低成王"的道理，启示我们居下方能处上、守弱方能克刚的人生智慧。张怀帆的小镇诗歌取材于日常，在展示日常的驳杂和丰富的同时，又能深入生命的极地，人性之中、之外的广阔部分。或者说，正是他通过仰望和追问预先获得了一种开阔的视野，以及抵达事物本质的深度，然后又积极入世地进入日常生活，因而更加心怀悲悯，心向底层，在诗歌中呈现出人间的温度和生命的亮度。张怀帆有自己成熟的诗歌观念和文学理想，并能在写作中得到实践，逐渐达到或接近他所说的：人间的温度、生命的亮度、哲学的高度、诗性的纯度。

现时代，是一个物质主义时代，人的精神生活普遍荒漠化，信仰丧失，物质和肉体欲望制造出繁荣的假象。而在此时，艺术部分地替代了宗教的职能，成为堕落灵魂的一种救拔方式。张怀帆正是基于此，实践他救赎人心的目的，其中关乎诗歌的美学，也关乎诗歌的道德。与此同时，在诗坛恶俗趣味大行其道的乱象之下，这种直抵生命和人心，以灵魂的塑造和培育为主旨的写作方式，便显得珍贵和稀缺。当然，任何一种写作，都有它逐步深入、开阔和丰满的过程。我们有理由相信，随着艺术功力和思想境界的不断提升，张怀帆的诗歌小镇会更加坚实、浑厚和精微。那盏萤灯高高地升起，带来温暖人心的感动，照亮我们精神的黑夜。

宁颖芳：一面忧伤的镜子

与宁颖芳认识多年，交流不多，但她言谈举止的从容，待人的诚恳，自然显现的娴雅气质，给我留下了深刻印象。

一位诗人的内在心性和气质，总会在诗歌中得到呈现，甚至有着惊人的一致。宁颖芳就是这样一位人与诗的气质和状态极其吻合的诗人。

这其中，最明显也最根本的，可以说是她的女性气质。谈论一位女诗人的女性特征，显得多余，甚至会成为笑话，但这却符合我的观感。我甚至觉得，宁颖芳是陕西女诗人群体最自然也最具女性气质的一位。身为男性，我们或许都能察觉到，在汹涌的时代浪潮中，在女汉子的鼓噪及女权主义运动的喧嚣中，作为女性自身最鲜明的特征，最本质的东西，反而变得模糊难辨了，或是异化了。本来是人身固有的东西，却因仅存而变得珍贵，这或许也是这个时代的吊诡之处。

当然诗歌也是如此。当伪诗满天飞的时候，真诗却无人问津。

宁颖芳诗集《倒影》，其中的女性化特征，最鲜明地体现在诗集"花语"这部分。当然，这并不排除一位男性诗人也喜欢写花，而且写得柔美。宁颖芳喜欢写花，她所钟爱的却限于梅莲兰菊之类，而且写得素洁淡雅，未见丝毫的温软香艳，更没有脂粉气。与花久久地对视和交流，展开的却是诗人的情感与生命的对话。这种题材上的取舍和艺术上的处理，自然也是诗人心性和情怀的外显。

除了写花，宁颖芳还钟情于爱情的表达，这类作品贯穿在诗集的每一部分。一首诗里往往只出现一句，全部的铺垫仅为一个不明相貌、不明来由的"你"。宁颖芳对爱情的表达是执着的，这符合女性心理，但她的表达却是张弛有度的，于真挚中显现风雅，于迷恋中保持清醒，丝毫没有"自白派"女诗人的歇斯底里。像这样的句子："我还期待着用永恒的死亡来爱"，"感谢离别空出更宽阔的道路/可以用来眺望、思念和等待"。

安静和从容是一种人生状态，也会自然显现为诗歌的状态。宁颖芳的安静和从容，是用平静的语调娓娓叙述的，而且她懂得节制，从不激进和渲染。正是更多地剥离了那种夸饰性风格，从而获得了一种"铅华洗尽见真淳"的透明和诗意。她只言说能够言说的，对于不可言说的事物，保持着足够的清醒和谨慎，就像诗中所写："远方，我只用来眺望、遥想/只用来适度地热爱"。

我一直觉得，安静和从容应该是诗人最理想的状态。因为只有在这种状态下，诗人才能不被遮蔽地洞察外物和反观自身，才能在诗的境界中沉浸并有所发现。宁颖芳在彰显女性特有的敏感、细腻和纯情等特质外，对于生命及其存在也有自己独到的表达。"泪倒流回去，成为内心的果实"，"她以一颗逆流之心，和时光背道而驰/以后退，来拓展爱的疆域"，诗人对生命充满爱意，同时又是智慧的、谦逊的，她所领悟和践行的拒绝了来自理性的欺骗。

生命之谜，很大程度上体现为自我的幽深和难测："我有不同的面孔和面具/我有层层的油彩和粉饰"。"镜子沉默，从不说出真相和谜底"，只有在"无法忍受时光的虚无"时，才发出破碎的尖叫。不妨说，人所有的知识都可以归结为自身的知识，人所有的艺术表达最终仍是对自我的探测。"脱下华美的戏服，放下今生的羽翅/灵魂寻找另一个春天的入口"，这是宁颖芳在人的社会性和真我之间做出的抉择。

在宁颖芳众多的诗歌意象中，有两个给我留下深刻印象。一个是钥匙，一个是镜子。钥匙是开启之物，相信宁颖芳寻找并掌握那把开启时光和生命之秘的钥匙，让美好的愿望终有归宿。镜子，在生活层面归属女性，是女性的最爱，在诗意层面，因其映照特征具有了自明、智慧之意。诗集中有一首叫《我有一面忧伤的镜子》，我觉得"一面忧伤的镜子"，集女性和知性特征为一体，似乎可以用来指称宁颖芳的写作。

当然，她的诗写得并不忧伤，即便忧伤，那也是源于对生命的热爱和悲悯。说了这么多，如果简括宁颖芳诗歌写作的特征，那就是，在整体上呈现为安静、从容、知性的叙述性特征，在克制与留白之间葆有"素颜"之美，一如她诗句表明的："我写下这些静谧、清凉的词语"。

黄海：个人和时代

读过一些古诗，对于"余哀"一词便不觉得陌生。这种构词法，显然属于古汉语。这里的"余"，不是残留、残余，而是富余、剩出的意思。"余哀"，即是"不尽的悲哀"。读黄海长诗《余哀》，由标题引出此类赘语，我的意思很明显：口语或口语化的表达，并非就在传统之外。

长诗分上、中、下三篇，六十一节，一千余行，这在黄海的诗写作中属于大制作。大，不仅在其体量，更在于时空的绵亘，人物命运和时代风云的交织起伏。长诗以祖母"童"的一生贯穿，上篇童是主体，中篇间以父亲、母亲、村中人物和时代面目，下篇更多是社会现象的铺陈以及"我"的出场。若以时间来划分，上篇写解放前，中篇写解放后至改革开放前，下篇则写改革开放至今。

若是小说创作，这样的时间跨度，必定是一个恢宏的史诗性建构。而对于黄海的诗写作，《余哀》尽管涉及历史，涉及时代，却是以个人、个人性为前提的。因为，对诗歌而言，脱离个人和个人性而言说他者和时代，是不可靠的。"童"的个人命运开启长诗，最终也收束长诗。

"个人史也是断线的风筝"，黄海在诗中如是说。这让我考虑到这部作品的结构。对于历史片断或者某个具体的人物，可以说，即使最周全、最完整的讲述，也不可能连贯，不连贯性是真实的状态。因此上，对于童的一生和其他人物的命运以及各种社会现象的展示，以一种蒙太奇式的片章方式进行剪辑，是恰当和贴切的，也是这样一首长诗适宜的结构方式。

最令我的感动的是长诗的上篇，对童的命运书写。这是一种类似于经典的表达。叙事中糅合抒情，经过精心剪裁，一种符合世道人伦和历史真相的表述呈现出来，一个刺痛人心的人物形象，同时也是一个饱满的诗歌形象——站了起来。以个体性的人生遭际折射时代，或者说，在时代背景下展开个人命运，让我们想到艾青名作《大堰河——我的保姆》。有所不同的是，黄海的抒情是克制的，一种口语化的表达，剥离了繁复的诗歌修辞，以及宏大叙事所依赖的种种手段。"人如草木／却草木皆非"，"希望你成为你祖国的主人"，"活着，免于恐惧／死了，免于追思"……这样的诗句不仅让人感喟，更揭示了一种真实。在不加节制的抒情和虚浮的诗意中，容易扭曲和被遮掩的真实。

对那个时代以及时代乱象的描述，也给人极深的印象。"呻吟的中国"，"祖国已经气喘嘘嘘"，"荆棘花开，开着中国的悲伤"。在这里，黄海已经不再拘泥于"日常""当下""在场"等主张。他写个人的历史，写国家的历史，而且不再回避"祖国""时代""人民"这样的大词。事实上，此类大词在诗中出现是必要的，它们与稗子般的小民，如童，如千万万个童一般的卑微生命，彼此对立，又缠绕纠葛。大词的虚妄与血肉之躯的生死悲欢，两相对照。

如果说上篇中的童，处于苦难和颠沛流离之中，那么在中篇，童的苦难未减丝毫，还多出了一重荒谬——个人命运被荒谬现实所重构。"我饿——/故乡/我饿——/祖国/我饿——母亲"，"童在自己的祖国侨居/成为难民"。那是一个充斥着窥探者、告密者和说谎者的时代，偶像崇拜、权力倾轧以及颠覆和破坏，到了无以复加的地步。在宗教般的迷狂之中，人性扭曲、变异，以至全然缺失。当我们回过头来涉足那段历史，不仅是痛定思痛。事实上，那痛还在延续，后遗症远未革除。"大地幻象/欣欣向荣"，剥离这幻象，我们看到真实，如燃烧的荆棘。

对于童的命运书写，在中篇已有所减弱，让位给其他人物和荒谬现实。在下篇中，童的身影越来越淡，其时，她已白发苍苍，见证了很多事情，"混沌的眼神/对视垂暮的世界"。这样，更多人物、更纷杂的社会现象就涌现出来，包括诗人的出场。这是中国社会现代化转型和城市化浪潮冲击的年代，计划生育的底层悲剧，古老乡村的阵痛和眼泪，在黄海笔下由纷繁的人物和事件组成，这其中也包括"他自己"的家庭变故。他不隐瞒，不回避，描述锐利而真切。对于这个时代，诗人已是亲历者和见证者，他的悲哀和激愤也就有了更多让人信赖的理由。

在长诗结尾，童"终于睡去"，"车轮无数次辗过大地/你依旧是沉默的少数"，悲哀绵绵不绝。纵观全诗，对童的命运集中展示之后，主题出现分化，社会背景逐渐凸显，纷杂的人事成为叙述的主要对象。这对童这个诗歌形象的进一步饱满，无疑是种弱化，但关注焦点的移位，或许正是诗人有意的筹谋。这样，诗人的悲哀，就不仅限于童，还有稗子般小民，更有家国和时代。

通过阅读，我们可以感受到，黄海的余哀掺杂着太多的愤懑和不平，却不仅仅出于私人情感。诗歌需要发出个体的独特声音，却是以对现实真相的揭示为前提。越过意识形态的禁区，审视和反思时代，文学行使社会批判和人性拷问的职能。最终意义上，文学会替代宗教作出审判。阅读这部长诗，一种声音异常尖锐而诚恳：拒绝愚化和奴化，我们要做这个国家真正的主人。

"在我的故乡：/乡绅也好，/地主也好，/杀人犯也好/还是道德模范也罢，/官吏也罢/死去的人民的身上/隆起的墓穴都疯长杂草"。如果我说，黄海是一个爱者，他难免打趣和自嘲。但事实上，他质疑、控诉和对抗的心理根源正在于此。只是他表达体恤和关怀，换了一副表情，或伪装的姿态：轻狂和不羁。

初梅：俗世生活的爱和忧伤

一如大多数70后，置身严峻的生存现场仍怀揣着文学梦，初梅的写作也是在生活夹缝中循序展开的。身处当下这种写作环境，写作者的状态容易受生活因素干扰，甚至会因某种特别境遇而中断写作。但若能坚持不懈一路走下来，那就不仅是个人毅力，更是内心对诗歌的真爱在起作用。而且，诗歌为心灵提供的抚慰，为精神带来的有力支撑，是难以估量的，也非其他寻常事物可比拟。初梅早期写作并发表过部分散文、小说作品，而贴近心灵的诗歌是她延续至今，投入最多收获也最大的一种文体。

初梅的早期诗作，抒情意味浓，注重语言的典雅优美，短句多，诗行的排列也呈瘦长形状。她善于将内心情感与自然物象结合，营造出清丽、雅致的诗意氛围。就诗歌本身而言，那时她的很多作品与现实生活关联并不紧密，常常是某种情怀或意绪的展现。这样，追索语言背后的所指和意义便没有太多必要，但诗人以自足而丰富的内心营造出的唯美诗境，却足以令人流连忘返。

　　当我还停留在对初梅诗歌的早先印象时，她近期作品在题材、内容和形式上的改变，便让我格外关注，并试图寻找这一变化的内在根由。首先，她诗歌的关注面从内心世界，甚至某种乌托邦式的臆想，转移到外部世界，将自己重新安置在生活的现场，悉心收集现实中的心酸无奈抑或温暖舒畅。其次，她的诗歌话语方式发生了转变，以叙述替代抒情，大量的生活细节、生活场景入诗，语言的写实成分加大，诗行拉长加宽，呈发散、恣肆甚至某种杂芜状态。这种针对诗歌由内而外的转变，我相信不仅仅是带有差异性的诗歌观念所致，更是诗人基于自身的经历和体验所做出的必要调整。于是，在一种被称作"叙事诗学"的操纵下，还原生活真相、呈现生活真实的写作企图，便成为可能。

　　当然，这也绝非诗歌运作的唯一模式。初梅之所以这样选择，自有她的理由。事实上，她在此后的写作中不断调整，融合抒情与叙事、意象与事象，寻找自我表达和言说的可能性。这自然需要一个过程，在广泛吸纳和融会贯通中以期较大的提升。

　　在初梅的近期作品中，一个叫"榆山岕"的地方跳脱出来，引人注目，成为她写作的一个核心和关键词。那是处于胶东半岛，需要遥望的"三千里尽头"的地方，在她的怀抱里，"每一分，每一秒，都是奢侈的温暖"。对于故乡，初梅并没有将其铸造成生命和精神的幻象，一种"伊甸园"式的理想所在。她的故乡是真切的，有着鲜活的生活趣味和情节，散发浓浓的烟火味。"半锅柴鸡的香味，沿着腾腾水气弥漫"，"父母在灶间，不时小声说话/柴火，锅底的水，交谈得要热烈些"。至于那"从我的身体里挣出"的"多年不见的小二嫚"，则是诗人对自我的寻找，对童年、童真的缅怀。种种温暖、舒心的描述之后，一声"早安，榆山岕"，将诗人对故乡的依恋和热爱和盘托出。

　　在这个"连尘埃都自豪地接着地气，连着地心"的地方，无疑是诗人安妥灵魂，放牧心情、消歇尘世之累的理想选择。但它在一个孩子眼里，或许是另外的情形和面貌，而诗人的叮嘱语重心长："亲爱的儿子/这里不是三千里外，举目无亲的长安/这里是榆山峁，我们亲爱的故乡"。亲情和温暖环绕的榆山峁，透露出人情冷暖的异地生活，那里既有"我在乱世腐朽的部分"，隐忍的疼痛和忧伤，也有在年关的寒风中乞讨的老人，"他旁边的搪瓷缸里/除了零下四度的寒风，什么都没有"。这是诗人真正所处的空间，真实的生活情境，也是我们置身其中，每天面对的无法漠视的现实。"关于大寒/关于大寒之日，长安许下的第二场雪"，孩童的诘问更发人深省："妈妈，那个睡在天桥底下的人/他怎么办？"

三千里外的长安，是诗人生活的地方，生活现象与生命情境与别处也毫无二致。在书写自己"深陷囹圄的命运"，书写"刹那忧伤"的同时，她对"心内科的病人""山中寡居的婆""两个长安北街的按摩女""楼下更年期的邻居"等，也不吝笔墨。或许是缘于女性的细致入微，更富同情和体恤情怀，初梅的"底层叙述"真情流露，感染力强，未有丝毫的夸饰和矫情。

如果止于这样的描述，我们就会将初梅的写作定位于"乡土"和"底层"。事实上，她的表达要宽泛的多。其中，有对现实情境和自身命运的书写，也有对往昔之我、本真之我的寻求，"那么多年/她握着自己私改的名/秘密收藏羽毛/一心想去远方啊，倔强得忧伤"，"她一次又一次，做着无声的出逃……直到钟表停止了摆动，闪着悲怆的光芒"；有对生存现场的展示，也有《愿我找到这样的房子，愿你来做我的邻居》《或者》这样对理想生活状态的描摹；有《在春天发芽前涂鸦的人》《在一场秋雨中端坐》中的一己表达，也有《我们和草，注定无法逃脱昏睡的一生》这种整体性思悟……更不用说那些萦绕诗情的履迹游踪，就是在充满女性的轻柔和细密之外，也会出其不意地燃起

《独行侠》和《盖世的马背》这般豪壮的情怀。

初梅博客的名字有"乌托邦民妇"字样，似乎有意传达一种平民立场，一种虚幻却美好的精神诉求。前面也提到她的部分作品，那种深深驻扎在内心的理想化表述，如古典的浪漫情结："只调西风的弦，只点白雪的墨"，或是在宗教冥想中回归自我："在一袭亚麻布的长袍里，闭目合掌/成蕊，成我"。她所向往的南山，描述的理想生活，往往与田园和古典的幻境有关，这实际上反映的是她对都市生活的厌倦，甚至绝望和反叛。当然，无论哪种表达，内在视角或外在视角，关系到诗歌品质的只能是诗意生成、转化或提炼的程度。在初梅众多题材和表达方式的诗作中，像《小蓝角兽》的本真书写，《空巷子》的象征意味，《交谈》中佛光的照耀，《颂词：和你去蓬莱仙岛》中对圣洁和神性的体悟，等等，都是较为成功并有待进一步发挥的例证。

二十多年来，在不同文体之间和时断时续的写作中，初梅从未将自己设定为诗人身份。作为普通女性，她首先要做到的是对家庭的付出，对亲朋的关爱，在完成生活赋予的种种职责之后，她也听从内心的召唤，一直没有放弃对诗性生活的发现，对理想境界的寻觅。俗世生活中，她有无限的热爱和眷恋，也难掩由此而来的疼痛与忧伤；写作中，她持有一份难得的自知和沉静，除了一如既往地坚持，还清楚在怎样的时间节点、怎样的状态下，应该作出怎样的调整或是改变。目前，她的诗歌风景日趋丰富、庞杂，诗歌精神一步步走向深入，相信随着生命和艺术的不断磨砺与提升，她会有更加精纯的作品问世。

党剑：感情基调与精神走向

从《深渊里的歌声》《丛林里的微光》到《纸上的道路》，党剑一路走来，或扑跌，或泣血歌吟，在一条白纸的道路上艰难跋涉二十余年。尤其当身边众多的写作者因各种原因，流失或远离诗歌的时候，党剑依然矢志不渝，坚守阵地，这种执着令人钦敬。

党剑是一位以激情推导写作的诗人，这么多年依然保持着丰沛的激情和旺盛的创作力，也着实令人称羡。很多写作者，不是没有才华，不是没有思想深度，而是因为年岁渐长、激情减退，导致诗歌写作无以为继。当然，对于诗歌，激情只能保持进入和展开的状态，并不保证成就好诗，但缺乏激情诗歌便失去了有效的推动。在党剑新出版诗集《纸上的道路》中，这种激情更是汹涌澎湃，诗歌意象更加繁复缭乱，无论是情感的饱满度还是均衡感，以及诗歌结构的完整与扩容，较以往都有了大步提升。

党剑诗歌的抒情性令人印象深刻，情感浓烈以至达到激情的程度。但在以前的作品中，总是弥漫着一种虚弱无力的悲戚感，长久以来，我也一直不明这种悲戚感的来源。按说，以他的生活状态及家庭氛围，完全应该呈现出另一种精神面貌。是敏感脆弱的内心在生活中屡屡受挫？是刻骨铭心的爱情体验让他无法释怀？抑或是性格禀赋中固有的东西？我不好妄加猜测，但这种虚弱无力的悲戚到《纸上的道路》中，演变为一种沉着有力的悲怆。"梦想有多长，苦难就有多长""这纸上的道路总是让人热泪盈眶"……这种闪烁理想主义精神品质的吟唱，令人喟然动容。如果稍加辨析，我们就会发现这种转变缘于诗人在某种程度上的自信，从内心或从诗歌中找到的自信。一种自怨自艾的悲戚感因为自信的加入，或者说随着诗人对人生和生活认知的加深，呈现出更有穿透力、容纳更多情感因素的悲怆情怀。这种情怀若再进一步，加入更多理性认识，便会上升为一种悲剧意识。

无论悲戚抑或悲怆，总免不了带来人生空虚、情爱幻变的喟叹。事实上，理想主义者的高蹈一旦坠落现实，往往会走向它的反面——低迷和颓丧，空虚和黑暗。也正是在这种状态下，党剑更多地看到城市里的虚伪和狡诈，欲望和不洁，看到人生的无常与空幻，于是也振奋起他为生命寻找依靠的信心。正是以悲戚、悲怆为感情基调，党剑构筑了繁盛的诗歌风景，坚实的内心花园，尽管他的作品中也不乏喜悦、明朗的情感表达。

　　首先，是对爱情的书写。党剑对于爱情有着异于常人的痴迷，曾经一度把爱情作信仰，当作受伤心灵的救赎，灵魂停靠的港湾。这一方面显示出他的单纯和痴情，另一方面也足见他对理想爱情和生活情感的混淆。爱，是美好的，值得称颂的，也正是因为爱情，世界才变得美好，让人留恋。但有一句话也说得好："当你的眼中只有对方时，世界便小了。"这世界上，美好的事物不惟爱情，况且一旦它发生改变的时候，伤害也在所难免。在好几年的流连徘徊中，党剑写下了大量无以自持的伤怀的情诗，对于诗人因理想的求索而颠沛飘摇的命运，爱情并不能带来拯救。

　　于是，诗人便把目光倾注在诗歌，他笃信热爱的事物上。的确，相对于情爱的善变，诗歌永远是忠实的，恢弘而博爱的。新出版的诗集名为《纸上的道路》，其理想主义品格以及生命与艺术合一的冀望都是非常明显的："手捧鲜活的汉字，如手捧神龛/纸上的道路，心灵的故乡"。在这本诗集中，他以相当的篇幅书写对诗歌的虔诚和热爱，正是这样一份坚定的信心，让他摆脱了情感沼泽里的彷徨和哀叹，也让他变得自信而从容。坚守一份艺术的理想，在物质欲望无限膨胀、精神萎靡沦落的当下，恐怕要经受来自精神和肉体的双重磨砺。于是，党剑一方面倾情书写他的艺术理想，另一方面也忍不住深深地悲叹："失守的理想，伴随着噩梦飘荡/明明灭灭的火光照亮我的无眠"。诗歌说到底，就是一种精神幻象，对于我们也不是最终目的，它是我们寻找生命真相和人生意义的方式，获取灵魂的丰赡和启明的有效途径，无论它的现实境遇抑或本质属性，对于无处安放的灵魂也不能带来拯救。

爱情不是救命稻草，诗歌同样也不是，如此说来，生命和灵魂的依托究竟在哪里？我们很快发现，党剑在"弥漫欲望不洁之焰"的钢筋水泥的丛林，展开了又一重精神的追索——对于故乡的找寻，这集中展现在长诗《归途》中。据我所知，党剑是一个没有多少乡村记忆的人，他所书写的故乡当然也不是一般意义上的故乡，而是诗人心中的精神家园。党剑也多次写道"我们是无家可归的人"，既然无家可归，为灵魂寻找家园就变得尤为重要和迫切。长诗分九部分，场面够大，意象也足够纷繁，其中的坚持与破碎、虔诚与伤痛也足以触动人心。在这个漫长而艰险的求索过程中，生命的价值似乎也显现出来。尽管党剑强调"纸上的道路从不虚拟"，但在我看来，这仍是一次虚拟的旅程。这旅程看似向外的找寻，实则向内的挖掘。然而，这个世界上并没有一个一劳永逸的安栖之所，寻找的过程就是意义所在。

这么多年，党剑以悲戚、悲怆的感情基调，沿着爱情、诗歌、家园的精神走向，不断超越自己，蔚然的诗歌风景渐已成形。党剑目前写作的状态，可以说已经彻底放开了，这从他饱满的情感、丰赡的语言、铺排的诗句中都能得到证明。然而在加法做足的同时，也该到做减法的时候了。去掉过多的修饰词，删掉多余的诗行，增强语言的涵盖力，留下空白，让读者有效地参与进来。同时，作为一名抒情诗人，应该注意情感的积淀、发酵和提纯，这样的情感便排除了情绪化的非理性因素，从而呈现出经久的知性品质。另外，诗歌不仅是技艺层面的打磨和修饰，更取决于创作主体内心的涵养、境界和品质等诸多因素，所以内心的功课一定要做足。不过，从党剑一直保有的苦行僧式的诗人形象中，我们已看到他内心的坚韧。

相信"经过一番深思"，经过沉潜时光里精神和诗艺的锤炼、打磨，党剑的诗歌会有质的飞跃。

秦舟：生活之诗的热忱书写

宝鸡70后诗人杨小军，笔名"秦舟"，我寻思着，秦地自古缺水，可称为黄土的瀚海。土里行舟，的确意味深长。结识秦舟后，我感觉毫不费力就能接近和把握这个人，因为秦人敦厚和质朴的精神特质，就像烙在他身上一样。秦舟的写作亦不张扬，厚积薄发，二三十年下来，已成为陕西70后诗人群体中不可或缺的一员。辛劳的工厂生活之余，勤勉写作，勤恳办报，坚守在诗歌的《阵地》，是一位可亲可敬的朋友。

秦舟的诗紧贴现实，还原生活本身的诗意，无论畅达、爽利甚至直白，总是自然而然。有论者将他誉为"草根诗人""左派诗人""剑客诗人"，我似有同感，但对"左派"这个遥远而又陌生的政治名词难免茫然。这或许就是我尚不了解秦舟复杂个性的另一面。还好，诗歌是架通人心的桥梁，借助待出诗集《霜月亮》，我集中阅读了他近年来的大部分诗作，感受到他内心自由的律动、炙热的渴望与呼声。

秦舟善于提炼诗意，往往把提炼出来的东西用作醒目的标题，例如《我的身体里有只怪兽》《生活是个导管》《黑暗是一群狼》等等。诗歌本身则用于展开和铺叙，这样就能以标题统领全诗，给人留下鲜明的印象。秦舟有自己的人生理想和社会理想，从诗行里经意或不经意地流露出来："上帝是我心中的共产主义、理想国或者乌托邦""拂去历史的尘埃/我看见四个鲜红的字——人民公社"。长期在工厂工作，而他却说自己没写过几首像样的工厂诗，"工厂之诗就是锉刀，把你锉了又锉/像钻头，让你千疮百孔/像磨床，铣床/让你光溜溜，亮堂堂，冷冰冰"，这其中有他的无奈，也有激愤。我猜想秦舟还有他的政治理想，他用整整一个小辑书写政治人物和政治事件，这的确出乎我的意料。因为在我的心目中，70后诗人没有经历过去年代的社会动荡和政治运动，应该很少有那种政治热情。但我也似乎明白了别人称他"左派诗人"的原因。当然，无论表现什么题材，都不能以削减诗意为代价，诗歌还应该守住它的本体地位。

这本诗集叫《霜月亮》，诗集里面也有一首同名诗，副题为"写在3月1日昆明恐袭案之后"。这首诗写的是曾经震惊全国的一起暴力事件，诗歌本身也是怵目惊心："我看到霜月亮照下来/就是一滩滩鲜血"。秦舟非常关注国计民生和社会热点，并投注自己的热情以诗歌进行表达，他也将这看作诗人社会良知和责任心的体现。在一首名为《芦山的月亮》的作品中，他写道："芦山的月亮/这么快就落下去了/树荫遮住的地方/很快露了出来//垮塌的房屋/被堵的公路/倾斜的电杆//一个四五岁的女孩/在满是狼藉的院落/嘶声力竭地喊妈妈"。剥去事件本身的惨烈，艺术的表达具有了持续的触动人心的力量。

秦舟是真诚的，但有时也是偏执的，他有自己的价值判断或道德评估。比如面对这些诗句："面对野兽，必须拿起大刀或猎枪""在原始森林，面对豺狼虎豹/做只绵羊是可耻的"，你不一定认同他的观点，但他较真的态度又让你不忍反驳。他写过去生活经历的《那一年》感人至深："那一年，我们这两个没有娘的孩子/像一对可怜的小狗……那一年，我们的天塌了地裂了/我们的庄稼自个生长/麦子自个成熟/风雨雷电，我们无处躲藏"。他的情诗集中在卷七"我把她们轻轻藏起"这部分，我们得以窥见这个些许木讷的人，内心泛起的柔情与波澜。说是情诗，其中也混杂着某种难言的情绪："这些似水流年/谁将那些记忆想起/他一天天痛着，一天天伤着/一天天走向遥远"，这或许就是一个中年男人的心声。

相对于秦舟着力抒写的那些重大题材的诗作，我更欣赏《一只小狐狸》这类清新、隽永的小品："我在山上割草/小狐狸从我身旁跑过/我误以为它是一只狼//等我回过神来/它又从远处跑了回来/在距离我不远的地方/静静地卧着，两眼炯炯有神/小尾巴翘翘的//不远处，我看到芦苇长得正旺/芦荻花开得正欢"。这不仅是审美趣味的差异，更是诗歌观念的不同，我想，在这一点上我无法说服秦舟，也不求他的认同，差异性写作才是个体价值的保证。

总的来说，诗集《霜月亮》对社会人生的展现有诗意的一面，也有异常惨烈的一面，朴实无华的表达方式引人注目。这是一位积极投身生活的诗人对"生活之诗"的热忱书写，欣赏之余，也让人生出几分敬意。按说，保持这样的写作方式和状态也并无不妥，但诗人庞德的一个观点提出了更高的要求，他说："技艺考验真诚"。这的确引人深思，或许对于我们每一位写作者，只有经过技艺的严格审查和考验，艺术的品质才有保障，真切而持久的艺术感染力才会产生。

张翼：独创性写作的新实践

最近几年，我一直关注浙江卫视的《中国好声音》这档选秀节目，他们寻找完美和动人的歌声，更期待独特嗓音的出现。结果，他们找到了帕尔哈提，这位新疆维吾尔族的灵魂歌者。对我们来说，诗与歌难分难舍，写作者和阅读者也往往是同一个人。记得在几年前的某次会议上，柞水县作协主席贺晓祥送我一套柞水五年文丛，第一次读到张翼的诗歌，我就感觉这是一种具有独创性质的写作。随着对他更多作品的阅读，并同他本人多次交流，我更加确信了这一点。他的诗歌就是诗坛所要寻找的"独特声音"和"好声音"，较少为人所知，也较少得到理解和认同。

因此，关于张翼的文本，我们放到最后来解读。

张翼的文本从外部形态看，综合了诗歌、散文、小说、戏剧等诸多文体元素，他所进行的是一种混合文体或者说跨文体的写作。但这并非简单的文体实验，而是为了完成整体性、结构性书写对文本形式进行的有效选择。张翼并没有沿袭这个时代主流的大众化的写作方略，甚至对于诗歌的社会性主题也绝少触及，他关注的是生命、灵魂以及世界的本质性命题，他所营造的是一部融合诗学、哲学与宗教精神的恢弘雄阔的精神史诗。其中的丰富以至庞杂，陌生及新异，以我现在持有的诗歌观念来把握和考察，显然有些力不从心。

然而，有限的解读也并非不可能。陌生化的语言、陌生化的表述方式，对潜意识的深度挖掘，宏大的诗学体系，这些都足以显示张翼的卓越。他在自己确立的诗歌框架内写作，糅合多种诗歌元素，甚至以非诗的方式进行书写，其独特性显而易见。因其独特而显稀缺，因稀缺而显珍贵。他的短诗《秋之恶》《雪》《火葬场》等，明显异与同类题材的写作；《表现嚎哭》和《致一位女士的原始心灵》潜入意识的深层，带有浓烈的超现实主义色彩；"她已沦为物质并与万物共时"的《水中的生》，没有波德莱尔的《腐尸》触目惊心，却有异曲同工之妙；他的长诗《蓝色回忆录》《航海日志》《疯女人》，诗剧《悲观的享乐主义者》《父与子》，散文诗体的《恐惧与焦虑》，以及洋洋20万言的史诗《存在论》，更是他独特性与创造力的有力证明。

一位诗人的真正价值，以一个严苛的标准来衡量，就看他（她）能否为诗歌的发展做出贡献。这种贡献体现在，他（她）为这一时期的写作提供了多少异质性资源，多少新方法和新经验，以及开辟的新的诗歌领地。若以这个严苛的标准衡量张翼的诗歌，也完全经得起检验。也就是说，他的写作是一种具有独创性的写作，是真正有效的写作。当然，一个诗人的独创性究竟能够推进到什么程度，其决定性因素也是众多的、综合的，非个人意愿所能左右。但张翼在写作上近二十年的决绝投入和卓越表现，已经让我们对他充满期待。

三、结语

　　带着自身的使命和宿命、优越性和局限性，70后走上时代舞台。当他们在幼年被集体主义和理想主义激励之时，那个时代却倏然而逝；当他们满怀理想从大中专院校毕业，国家已不实行分配制度，自主择业成为大部分人面对的现实。"出生在一个讲理想的年代，却不得不生活在一个重现实的年代，是这一代人最大的尴尬。"然而，既注重理想又务实创新、难免保守又积极进取的精神特质，让他们在广阔的社会生活中开拓出一片自己的天地。

　　陕西70后诗人正是在这样的外部现实和内心忧虑中展开写作的。他们面对时代精神的陡转直下，精英意识和理想品格的失落在所难免，但对于消费主义和物质主义的大肆侵袭，却心生抗拒，不愿苟同。当他们中的大多数失去体制的依托和庇护，为了应对生存不得不暂时甚至长久放下最为钟爱的诗歌，或者在严酷的生存竞争下惨淡经营，生活的无着和精神的忧虑凸显无疑。同时，在他们起步和成长过程中，50、60后诗人的老而弥坚始终是难以逾越的艺术标杆；就在他们在诗坛刚刚站稳脚跟，80后诗人的生猛和来势汹汹又形成新的夹击。他们在自我身份的认同和定位上显现普遍的焦虑。他们既要面对外部环境的制约，又不得不正视自身的局限，处于一种内外交困的焦灼状态。可以说，陕西70后诗人是在生存和写作的夹缝里展开诗歌梦想的，一种备受压抑和挤迫状态，必将爆发巨大的精神能量。

　　然而难能可贵的是，他们并未将这种困境夸大，而是积极应对生存和写作上的挑战，在独立自主、不事张扬的状态下坚守梦想。相较于前代诗人，他们有自己的优势；相较于市场经济环境下成长起来的80后，他们思想上略显保守，品格上却愈显坚韧。他们不善于自我标榜、自我宣传，不屑于种种营销、炒作手段，却专注于诗歌艺术本身。生活阅历和人生经验已成为财富，为他们提供了丰厚的写作资源。他们是"尴尬的一代"，也是传递诗歌梦想、承上启下的一代。他们有自身的使命和艺术承担，也有足够的耐心和时间，从生存和写作的夹缝成功突围，在沉潜中出落大气象、大格局，彰显诗歌强劲的生命力和恒久魅力。

　　在文学史和诗歌史上，很多天才人物在青年时期就完成了自己的文学使命；才华横溢者，青壮年阶段写出代表作是很普遍的现象；而更多的诗人，并不完全仰仗才华，而是通过扎实的写作、艺术的积累和素养的提升，一步步推进，同样抵达艺术创造的巅峰。陕西70后诗人更多属于后一种，眼下他们正值人生的盛年，思维敏捷，精力充沛，创作力旺盛，已经到了出作品、出大作品的时候。事实上，他们也并没有令人失望，不断生成的群体性影响和出示的富有说服力的文本，让我们相信：经过有力的书写，经过智慧和心血的不息镌刻，一座诗歌的纪念碑将在岁月的凝望中巍然耸立！

集结或风暴
——80后诗歌初探

一、诗人概说

　　新世纪初的中国诗坛，已传出陕西80后诗人隐隐的号角声。是学生时代的热情和活力，敏锐与才情，促成他们最早的诗歌练习，构成彼此唱和、呼应的集体发声。借助互联网平台，更是得以大范围的传播，及有效互动。打着时代烙印，携带异质血液的青春诗歌，因此而蓬勃生长，摇曳生姿。当他们走出校园，走上社会，也就意味着进入当下生活现场，进入商业化和激烈的生存竞争构成的现代语境。这给他们的写作带来考验，也预示着新的可能。

　　在汉唐故地，作为诗歌大省的陕西，80后诗人以群体面目出现，至今已有多次。像2006年诗人之道主编的《长安大歌》，2008年《延安文学》编辑的"陕西诗人诗专号"，2010年的《边缘诗刊》，以及近年来《延河》推出的"陕西中青年诗人专号"、《陕西青年诗选》等，都不同程度地展示了80后诗群的阵容及创作成果。诗歌网及《陕西诗歌》杂志，2016年推出"陕西

80后诗歌大展"，进一步呈现了这一诗群的庞大阵容，及其异质、多元的诗歌面相。

新世纪以降，在社会转型、城市化加剧的十余年时间里，作为最新集结的陕西80后诗群，其内部也出现了较为剧烈的变化：有的人改弦易辙，有的人随性写作，有的人销声匿迹。比如，当初有着良好发展势头的何超锋、黄兵、子村、娟子等人，诗歌发声日渐稀少；颇具实力的吕布布、杨康、哑者无言、歌斐、莞君等人，因个人发展而远走他乡。这些诗人的流失，在某种程度上削弱了陕西80后诗歌的整体力量，但分化和流失不断产生的同时，也有更多新鲜的面孔热切加盟。

优秀的诗歌作品，如若不是出自天才的创造，就一定有赖于诗人人生阅历的厚实，生命体验的深刻，艺术表达的娴熟和精湛。也就是说，创作者经年累月的投入和专注，对于诗歌品质的提升至关重要。我们可喜地看到，更多的80后诗人选择不改初衷，坚守阵地，进一步深化和拓展自己的写作。像年龄稍长些的杨麟、裴祯祥、肖志远、梁亚军、青柳等，通过多年的磨砺，写作上渐趋稳定，艺术品质和思想底蕴进一步提升；而生于80年代中后期的破破、疾风、马慧聪、草舟、李东、小指、沈奕君、王灏然、何双等，其才情和实力也不容小觑，他们不断突破自我，在写作上取得很大进展。

陕西80后诗人的写作，若从语言形态、表现方式等方面来看，我们会发现有部分诗人受"口语诗"及"叙述诗学"影响，习惯以口语或泛口语的形式，通过叙述、叙事方略，表现日常生活现象和人生百味。秦客、张大林、西毒河殇、东子、宋宁刚等人的"口语化"引人注目；子非、苏微凉、陈朴、陈广建诗歌的叙事性、日常化特征明显，人物、事件通过诗性言说，传递出社会底层的悲欢离合。与之相对应的，除了前面提到的裴祯祥、肖志远、梁亚军、青柳、破破等人，还有余刃、大鱼、木语、柳池等，他们是以经过拣选和锤炼的通常意义上的诗歌语言，糅合叙述和抒情进行表达，注重内心世界和客观现实的综合与统一。而且持有这种写作方式的，目前占据陕西80后诗歌创作的主流。

面对诸多不同的写作理念和方法，不同的诗歌形态和精神趋向，一些特别的诗人令人印象深刻。高兴涛的诗辨识度高，单纯明澈，却能传达出复杂的生命意绪和体验；丁小龙的诗有着对艺术的本质性理解和形而上的深度思索，诗歌空间大，幻象丛生，极具创造性；高权诗歌营造的诗境，意蕴、哲思以及优雅的抒情气质，富有感染力；忍凡写得抽象、极端，非诗因素显出驳杂，而诗歌某种程度上也有赖于对非诗性因素的有效转化；王志杰的诗也比较极端，狂野、放肆的冲动在形而上思考的统摄中，发散暗黑之光。此外，焕的诗读来令人忧伤，左右的诚恳也颇为动人。

女诗人是一道亮丽的风景，李亮、木小叶、庞洁、贺林蝉、牛磊、杨菁、郑晓蒙、刘欢、惠诗钦、周子湘、张惠妹等，也组成了陕西80后女诗人不小的阵容。她们在写作理念和诗歌面貌上的差异性是明显的，成熟度也不尽相同，但都在各自的方向上努力完善。她们善于捕捉女性心理中微妙、清朗、唯美的部分，也会以沉痛体验和智性玄思进行深刻表达。

在以现代新诗为主体的当下诗歌格局中，部分80后诗人仍执着地以旧体诗词的形式进行诗意言说。这既让人感觉意外，也颇多欣慰。自新文化运动以来，诗歌的主流无疑是新诗，但以旧有的艺术形式进行当下生活的表达仍有一定空间，且承续传统诗歌文化、构建诗意生活，也有积极意义。陕西80后诗词作者为数不少，霜西草、张雪娟、陈斯亮、陈永峰等是其中的优异者，具有代表性。

二、文本解读

陕西80后诗人阵容强大，具备相当的创作实力和发展潜力的不少于四五十位。若对他们的写作进行整体性的考察和展示，将会是一个颇为艰巨的系统性工程。而且，大部分80后诗人的写作还未定型，处于急剧提升阶段，针对他们的论述或评价也仅具有即时性。因此，更精彩的展示和最终的完成，尚在我们的期待中。最近几年，笔者集中阅读了部分诗人的文本，撰写了以下几篇短评。这几位诗人在80后诗群中也颇为突出，是有代表性的。但很显然，这项工作才刚刚展开，很多诗人及其作品还有待添加，详尽的梳理和分析也必不可少。

高兴涛：自我与世界

去年这个时候，我集中领略了一位诗人用谦抑、悲恤以及体温和内心的光芒，构筑的小镇世界。今天，我又看到一位更年轻的诗人高兴涛的小镇。这是一个剥离了地理和方位属性，剥离了现实关联的小镇，只剩一个物质的外壳，用于盛放他的自我世界。这个小镇是空寂的，孤独的，这种孤独又是充分现代性的，且具有某种形而上的意味。

读高兴涛的诗，我仿佛看到一个男孩，安静而孤独地坐在旷野石头上的情景。他所展现的内部景致，如一粒粒剔透的珠子，隐含着冷冽的锋芒。他用洗练而冷隽的词，对应着抽去物质性实体的物象，来构筑他的诗歌小镇。情感的汹涌与铺排在这里是多余的，语言的华赡以及文本的装饰性风格是多余的，一种铅华洗尽的清澈语句更能逼近心灵的本质。他的诗，形制一律短小，有些篇章我甚至以为不够完整，但无一例外地自成世界，成为诗人内心的多面镜像。

对于自我和世界的关系，高兴涛似乎是用抗拒现实的方式，来极力维护内心世界的独立、完整和纯粹。我猜想，一个具有本真倾向的诗人，不大允许外部世界对自我的入侵和践踏。于是，他会自觉地在自我与世界之间筑起一道围墙，这围墙带来护持的同时，也带来隔绝，主体性孤独由此生成。

然而，一个诗人不可能永远在内心世界里安驻。事实上，他无时无刻不处于同现实的对峙与交锋、拒绝与接纳的撕扯状态中，忍受着碎裂的痛楚。还好，诗人有更高的理想，一片要偷偷仰望、小心说出的"蓝"，带领他脱离尘世的忧伤。而在这持续的内心煎熬中，诗人的灵魂也会更加坚韧，对于自我的坚守，换来的是纯粹而壮观的诗歌风景。

高兴涛是一位尚在成长中的诗人，我想，写诗对于他不是问题，诗甚至就是他自身固有的东西。已经找到了自己独有的言说方式，只要继续深入下去即可。他所要面临而且始终要面临的问题，恐怕是如何在自我与现实的紧张关系中找到一种融通方式。因为这对于所有具有本真倾向的诗人来说，不仅迫切，简直就是宿命。

马慧聪：分化与整合

马慧聪的早期书写，青春气息浓郁，抒情性强，在不事雕琢中显出清新和俊朗。而且，他受海子影响颇深，写了很多献给海子的诗篇，村庄、土地、少女、太阳、麦地等意象，也进入到他的诗歌表达中。其实，这也是大多数人在写作初期都出现过的状况：被自己心仪的作家或诗人笼罩，很长一段时间都无法走出。这种寻找和辨识精神血脉的现象，在写作中有好的一面——可以汲取很多有益于自己的东西。同时，也是自我寻找和形塑过程中，一个必经的阶段。当经过一段时间的摸索，逐渐摆脱那种影响的占有，寻找或者拥有自己的独特发声之时，诗歌的面貌便会焕然一新。

马慧聪经历过这样一个阶段，但在他的最新诗集《人模树样》（第33届青春诗会诗丛）中，已经开始寻找并发出自己的声音了。早期诗歌的抒情性，在这本诗集中更多地被叙述所代替。语言依旧明晰、浅近和灵动，且呈现出某种分化特征：部分诗作的口语化。这显然是与网络诗歌和自由化写作的兴起有关。作为80后诗人的马慧聪，排除了海子的影响，又受时代风气感染，从而改变自己的语言样态和话语方式，也是在寻找自己独特发声的路上，又向前迈进了一步。

《浮生·地球篇》，是马慧聪近年来写作的一大收获，也是本诗集中的亮点。这首诗分为九节，显然是一部长诗的架构，而这里呈现的仅是其中完成的部分样貌。就这首诗而言，兼有意象写作的深度和口语的鲜活灵动，层次错落，表述轻巧自由。"树木缠绕泥土，飞鸟挂在天空/生命从不确定中繁衍而生/时光一粒一粒，逝于隧道之中"，"阴对着阳，黑对着白/短暂对永恒，死亡对新生"。诗人将对自我的认知，对生命存在的本质性探寻，置放在地球乃至宇宙空间进行解读。诗意空间的延展，蕴涵的丰富，以及诗人敞开胸怀接纳万物的气度，都让这首小长诗引人注目。某种意义上说，"大诗"的雏形已经显现。这不仅为马慧聪的写作指示了方向，也预示了前景。

"浮生"这辑诗的其余部分，也如浮生一词所指，是限于生活层面的表达。这些诗收集生活碎片，加以诗性的观照，或者说，是从凡俗生活中提炼出的诗意。无论是亲情部分，还是履迹游踪，时有动人之处。但相比《浮生•地球篇》，在思想深度和诗歌空间的拓展上还需加强。

"后花园"这辑里的作品，基本上都是以花卉、水果为题，可称为"植物诗"。但却不同于传统的咏物诗。对于物象，马慧聪并未进行人格化处理以及意义的升华，而是保持着一种观望的态度，走近并审视，为书写的自由展开留下空间。这辑诗精彩的篇章和诗句多了起来，写法不拘一格，翻出了新意。比如《红掌》一诗，从骆宾王所咏的鹅之红掌，到火鹤鱼，再到洞房的红烛，诗人最后写道："在婚姻比爱情牢固的年代/两个未曾谋面的人坐在床边//一个问：娘子/一个答：相公"。这一路下来，意象的跳跃，诗意的生发和变幻，是自由联想在其中贯穿并发生作用的结果。再比如，写仙人掌："我多想化作一颗火龙果/在鲜血淋漓面前/与她十指连心"，这样的诗句确实也直指人心。此外，诗人还擅长将神话故事、历史掌故以简隽的语言带出，甚至暗示出来，留下空间让人回味。比如精警的《荔枝》，性感而优雅的《苹果》。《人模树样》一诗，初读有些诡异，再读，便发现诗人想象力的丰富和神奇："葫芦是吊死鬼转的/猪笼草是饿死鬼转的/菟丝子是吸血鬼转的……此刻我嘴里塞满蘑菇，反复咀嚼/我想知道自己的上辈子和下辈子/到底有毒没毒"。阅读这组"植物诗"，在人的"植物化"过程中，我们获取了奇妙的诗意。可以说，植物是镜子，映照人心及人性；人也有植物性，植物的生长，就是人的肢体和精神的延伸。

在《我是小我》一辑中，诗人调节视野和视距，从具体的日常化事件中发现诗意。尽管琐碎，却时有亮光从眼前掠过："白鹿飞走了/村庄仿佛汉字/一个一个消失"，"我的缺点太多了/仿佛一窝快乐的蚂蚁"。《夜晚窄窄的》这首诗，呈现出鲜明的意象和某种难以言明的意味，这表明马慧聪对诗歌直觉和灵性的占有与把握。当然，这种属于诗的直觉和灵性，还需要更深和更大面积的开掘。马慧聪天性中的单纯，从语词的择选、言说的语气和语调中，不假掩饰地流露出来，在《女儿说话》和《我是骗子》等诗中，有了更集中的体现。在烂漫童心的映衬下，我们发现，诗原来可以这么简单，又这么本真。

更口语化的表述，也出现在《我是小我》中。这种言说方式及诗歌样态，在展示鲜活、具体的生活情境，据有现场感的同时，没有继续深入下去。这也就是前面提到的马慧聪目前写作所呈现出的分化特征。这种分化，不仅体现为语言材料的选取，还有生活现象与诗的直觉和灵性，以及深度思考之间的不同程度的分离。成熟的写作，意味着找到自己独有的言说方式和话语体系，在更深层面，则要求语言和自我以及世界的深度契合。也可以说，是一种有效的整合。但对于写作，我们不必急于求成，因为这需要沉潜历练和缓慢抵达，有赖于时间耐心的手艺。《浮生•地球篇》的出现，是证明，也是激励。

马慧聪执着于诗，一路走来，已有不错的表现。他还很年轻，我们期待他更为成熟和深入的诗歌呈现。

高权：幸福的孩子要去拥抱荒凉

高权有自己的诗歌理想和抱负，"一个人雄踞北方"，却"并不称王"。在写作上，他是沉稳的，不盲目跟风，不以形式上的新奇夺人眼球，他更注重诗歌内质的提炼，诗意空间的开掘，以不事张扬的姿态秘密练就诗歌的手艺。这样一种写作的态度和方向，注定要依赖苦修内功、经受岁月的锤炼和打磨，方显开阔包容的气象，精纯恒久的品质。

整体上看，高权的诗歌属于抒情性的意象写作。情感的真纯或炽烈，富有音乐性的语句带来的美感，以及意象的鲜亮和意义的涵盖力，都达到了相当的层次。说到抒情和意象，肯定会有人不以为然，甚至嗤之以鼻。这是因为自上世纪九十年代以来，伴随叙述诗学和口语化浪潮的兴起，很多人排斥甚至反对抒情，视抒情为矫情和滥情，认为背离了生活和艺术的真实。注重诗歌品质和创造性的意象写作，也受到普遍的怀疑。这看似诗学观念上的更替，实则与九十年代以后中国社会精英文化和理想主义精神的式微密切相关。物质化的社会氛围、娱乐化的时代精神，使流行化、大众化的写作大行其道，"写实"之风蔓延，诗人已经懒惰了，媚俗了，他们照搬或摹写现实，以物象替换意象，乐此不疲地营造他们单薄而平面的诗歌空间。

抒情和意象从未过时，以此方式进行写作乃是诗歌的正途。诗是情感的载体已历千年，心与物交融的意象，诗歌中最小的意义单元，具有隐喻和象征特性，发散和涵纳功能，其推进与编织构成了诗歌立体、多维的内部空间。当然了，情感也有品质之优劣、深度广度之分，意象有选择的准确与否、散乱与浑整之别。

高权诗歌的抒情性是萦耳的，意象化是醒目的。他所抒之情显然经过了沉淀和提纯，并非浅薄、浮泛的个人情感。他在《一个人雄踞北方》这首诗中，为自己划定了一块精神版图，英雄豪迈之气尽显，而他仍是低调谦和的。英雄梦想在《火车驶过荒原》中再次出现，尽管诗人一再强调"不会成为英雄"，其潜隐之意仍显露无疑。"火车"这一意象多次出现，其铿锵的节奏，鲜丽的形象，穿过纷繁的意象群，留下无法磨灭的印迹。

如果说"一个人的北方"展现的精神版图具有地理和物理

属性，是横向的，那么《兄长！我的兄长》则是在时间的纵向角度，对精神血亲的找寻和体认。我猜想，《寻人启事》一诗也与此相关。可以说，每一位诗人，哪怕是有独创性、开一代风气的大诗人，在他们的精神血脉中，都有或远或近的父亲或兄长。他们共同的使命就是传递诗歌之火、彰显诗歌精神，本质上说他们就是同一个人。在对精神父兄的理解和靠近中，诗人看到自己的命运，那就是与兄长合一的命运："我的兄长，与我的生命一分为二/又合二为一的兄长"。

对诗人内在精神及其状态的展示，是诗一格，而对外在事物的认识，也考验着诗人的洞察力及深入程度。在《虚构》这首诗中，理性的认知化为优美、感性的诗歌意象，"没有什么不同"的反复，让人似有所悟。在此基础上，高权进一步延伸他的诗歌坐标，将历史意识与生命意识融合，营造出纵深开阔的诗意空间。这集中体现在《祖先》这首诗中，精巧的构思，别致的结构，犹如两条各自独立又纠缠不清的支流，经过跌宕起伏的奔涌，最终交融于同一条大河。

抒情诗歌必然具有咏唱性，咏唱性是情感之流的音乐化呈现。在高权的这组诗作中，对诗歌的音乐性实践完成最好的是《一个人雄踞北方》《八月未央大地微凉》《你不来，我不敢老去》等诗。当然，诗歌的音乐性并不是独立于诗歌之外，它与诗歌的内在意蕴是浑然一体的。

一个人在写作上是否成熟，仅凭语言的定力便可知晓。这种定力，来自语言天赋，来自对书写对象的准确把握，更来自主客体之间在某种程度上的契合。高权诗歌的语言定力是不错的，较少有飘移或模糊的现象，这与他长期的诗歌训练有关，也与他的把握、认知能力有关。同时，我还注意到高权在语言修辞上做出的诸多努力。他喜欢在整首作品中嵌入对偶句，像"今年的春，你站在碧绿的草尖上/今年的夏，你站在晶莹的麦芒上"，"我掌中所盛的泉水来自地下/你掌心所藏的雪花来自天堂"，"所有已经结果的我们都称之为母亲/所有无法成熟的我们礼赞它们的夭亡"，等等。这种句式显然是经过精心打磨和锤炼的，一如古人诗歌中的名句、警句，难能可贵的是，高权诗歌的这种修辞策略，并没有导致从整体语境中跳脱而出或"有句无篇"现象，总体上是统一的，浑整的。此外，他还善于使用矛盾修辞，营造出其不意的表达效果，丰富诗歌的内涵。

在诗歌的外形结构上，高权也是有意识的。他会为每一首诗选择不同的形体，富于变化，避免了自我重复，这实属难得。整组诗歌中结构最为独特的要数《寻人启事》一诗。这种颠倒、翻转的写法，戴望舒在《烦忧》中运用过，以后的诗人也屡有尝试。而高权没有简单地照搬这种形式，他进行了微调和改造。第一诗节中的主人公"你"，在第二诗节替换为"我"，那走失之人与"我"同一，是本质上的同一个人，其中深意耐人寻味。诗歌结构往往依照表达对象的特征，在更深层面遵循的则是诗人内在的精神结构。

阅读高权发来的这组作品，并在他博客上翻寻，我所能见到的他的诗作并不很多，这或许是他精益求精、分外珍惜诗意表达的缘故。总体来看，经过为时不短的诗歌训练，高权已经取得了令人侧目的进展，并展现出广阔的诗歌前景。我沉醉于他在《八月未央大地微凉》中的表达，那种诗境、语言、意蕴、哲思以及优雅的抒情气质。我由此想到，在诗歌和时间面前，在现实和历史面前，诗人永远都是孩子，是勤于观察、思考和汲取，期待精神茁壮成长的孩子。他们敏感多思，热忱坦荡。尽管欢欣的歌声，往往来自绝望的心灵，但写诗的人都是幸福的，是幸福的孩子。他们义无反顾地挺进人类精神的暗夜，无畏地拥抱世界的荒凉。

李东：渐变和加深的生命底色

《时间迷津》，是陕西80后诗人李东出版的第一本诗集。对于他，热爱和研习诗歌十余年，作品的结集和出版就是一个阶段性成果，其意义和价值可想而知。事实上，李东的实际年龄接近90后，他目前的状态也远远超出了青春写作的范畴。

就诗集的命名来看，李东似乎迷恋上了深邃和开阔的事物，这显然是一种与生命历程和人生经验协调共振的状态。当诗与生命本体契合，铸就深邃、开阔的诗歌场境，只是时间问题。

《时间迷津》若以题材、内容论，可划分为自然、爱情、乡村和城市生活几大块。当然，彼此也有叠合的部分。第一辑《时间不说话》，就是从大自然中撷取，或者说是大自然馈赠的诗章。花草、树木、蜂蝶、山水、雪雾等自然意象，和春天、秋天、黄昏等时间意象，交织在一起，形成了物候现象的诗意转化和生命提升。这也是中国古代诗人的强项。李东这部分作品的排序，由春而至秋冬，由明丽高亢渐变为冷落深沉，最后，沉着思考代替了感性冲动。这符合自然规律，也遵循生命内部的节奏。

李东的爱情诗，集中在第二辑《剪辑时光》里。这些诗写得纯挚而忧伤，一张旧照片，一个人的名字，就可能点燃"思念的导火索"。"一场顽疾"，"温柔的刀子"，形象地传达出刻骨铭心的情感体验。《坏天气》这首诗，在对"坏天气"的实写和对"失恋后的心情"的虚写中，颇具匠心。在这里，萦绕的青春情绪、依恋和不舍，具有鲜明的学生时代的特征。或许，这也正是李东性格中的特质或天性使然。剪辑时光，就是珍存生命，而文字具有这样的功能：留住一些人、一些事，锁定内心的波澜。经过剪辑的时光，会成为纪念册，成为诗意标本，流逝的生命得以重构。

故乡，不是一个空洞的地理名词，它有丰富的物质构成：山川、草木、村庄、亲人等等。故乡也不仅是一个空间概念，在它之上还叠加着时间概念：童年。当一个人说起故乡，就是特指他童年的故乡。李东的故乡在秦岭南麓，而今，他生活在秦岭北麓。在诗中，他这样写道："秦岭南北，隔着一个童年/隔着时针的一圈/和一场亘古的震撼"。他写父亲母亲、邻家兄弟，写大山里熟悉的场景，也写故乡在时代冲击下的萧条现实。很多时候，他的书写是回望式的，"从洁白的稿纸靠近故乡"。当他与具有类似经历的人一样，走出童年和大山，就再也回不去了。而在这时，纸和笔便成为另一种方式的抵达。

对于当下的城市生活，作为一个在场者，李东有着更为切身的感触和体验。这里的城市，时常被他称作异乡："在异乡，我们习惯了隐藏/把辛酸藏进夜色，把苦涩/藏进笑容背后"。当诗人在老城遇到一场雨，便想到年久失修的老屋，于是，"我在雨中遭遇另一场雨"。李东的很多诗歌，都呈现出乡村记忆和城市经验的交叉、融合现象，这一点也不意外。正如他在《根》这首诗中所言："诗歌是有根的，我的诗歌/和我的成长同根相连/和我的喜怒哀乐结伴而行"。就这样，作为异乡的城市，为李东拉开了远眺和审视故乡的距离。

当然，城市生活的庞杂和光怪陆离，也为李东提供了开阔的表达空间。比如这样的诗句："独坐深夜的人，在巨大的黑洞里/寻找命运的出口"，"城里的树，必须遵守规则/收敛自由，在剪刀下安分守己"。还有，《角色》对网络世界的精彩呈现，《异响》对内心和意识的深层掘进，《悬崖》对一个女人跳楼事件的节制书写，《倒着写下时光》中的精巧构思。如今，城市化已成为时代主旋律，我想，随着李东年龄的增长，乡村记忆的逐渐衰减，更多具有城市意识和现代品质的作品，将在他的写作中涌现。

以题材界定诗，往往难以抵达诗歌本质，领会深处的奥妙。像李东对时间的思考，在这本诗集里是有分量，也有深度的。"时间的皱纹"，"时光只是一个转身"，通过这些精心提炼的诗句，我们可以看到智性思维的有效结晶。还有对自我的认知。诗人坦承："在异乡，我是心事重重的人/喜欢在夜里与自己谈判/但我始终无法敞开内心/方言是一枚胎记/藏与虚荣的背后"。类似的表达还有："舌根下沉睡的方言/在向南的电话里脱口而出"，"但我不比一只蜗牛勇敢/始终亮不出自己隐形的壳"。李东的自我体认与"方言"和"异乡"有关，"隐形的壳"，成为自我状态的形象而绝妙的写照。

作为李东的首部诗歌结集，《时间迷津》会为他今后的写作划定取材范围，也会为一些基本主题奠基。同时，这本诗集也呈现出某种错落和驳杂，也可以说是写作方向上的多种可能性。这值得诗人珍视。比如《演变》一诗，与其他具象书写不同，较为抽象，但也催人联想。"火车"意象的反复出现，表明诗人对人生经验和生命历程的体悟。《尝试》，是针对现代人的特有体验和言说，也是对诗歌新方法、新经验的有益尝试。在这些方向，或其他更多的方向上，李东还可以进行更为大胆的尝试。

通读《时间迷津》，李东的诗给我留下深刻印象。他的语言干净、明澈，没有多余修饰，且富有弹性，不存在词不达意或者语言不堪重负的现象。他对书写对象的理解和把握，对叙述节奏的控制，对诗歌意象的虚实处理，让人产生一种阅读上的信任。有了这些，再伴随人生阅历的积淀，"枕边书"的滋养，我相信，李东的诗歌花期定会提前抵达！

三、现状与展望

作为在改革开放和市场经济环境下出生并成长的一代人，他们的个性特征、精神结构和行为模式，难免打上鲜明的时代印记（当然，意识的决定性因素还有很多）。社会变革加剧，代际差异凸现（不排除同代之间的差异）。曾经备受争议的80后，如今已成为社会生活现场最有活力和创新性的群体。新世纪初登上诗坛的陕西80后诗人，适逢一个物质条件充裕、商业氛围浓厚、资讯发达的时代，这些环境因素为他们的写作提供了广泛涉猎和学习借鉴的机会，加之普遍受过高等教育，他们在写作之初就站在一个较高的起点上。同时，由于成长环境的特殊性，他们具备了一些优于前代人的特质，比如早熟、独立、个性张扬、较少传统观念的束缚等。这些特质，在他们身上表现为较强的文体革新意识，以及独立探索不避艺术风险的勇气。而且，进一步影响到他们的诗歌观念和美学追求。这么多年过去了，经过生活和艺术的双重磨砺，如今他们早已褪去青春写作的叛逆与浮躁，诗歌发声日渐强劲，诗歌景象愈见深沉和开阔。

以外在指标来看，陕西80后诗人在作品的发表、出版、获奖等方面均有突出表现，写作实力和群体影响力节节攀升。比如，左右、马慧聪先后参加诗刊社举办的"青春诗会"；左右曾获人民文学之星诗歌佳作奖、柳青文学奖、延安文学奖，马慧聪获中国青年诗人奖、徐志摩诗歌奖、入围海子诗歌奖，高兴涛获诗选刊年度诗人奖，子非获陕西青年文学奖诗歌奖等；他们的作品经常出现在

《人民文学》《诗刊》《中国作家》《星星》等国内重要刊物，并被各类诗歌年选收录；诗集的出版，数量众多，质量不断提升；参加青创会、加入中国作协、入选"百优计划"的诗人不在少数。当然，外在指标只是衡量和评判的尺度之一，最终还应落实在具体文本上，文本的艺术品质、思想意蕴和精神高度才是最具说服力的武器。相对于部分诗人的活跃，这一诗群中的另外一些却显得低调和沉稳，像秦客、杨麟、青柳、肖志远等。他们年龄较长，也积累下较为雄厚的实力，既要面对写作上的提升或转型，又处于家庭、事业的围困之中。他们的写作能否带来持续和更大的惊喜，取决于个人的坚持，以及排除写作阻力的状况。

总的来说，陕西80后诗人的崛起已是不争的事实，他们的写作在朝向一个深邃、开阔、丰赡的境地努力前行。当然，在这不可逆转的行进过程中，我们也看到部分诗人的写作存在这样那样的问题。比如，不同程度的网络化、流行化趋势，生活叙事的碎片化，文本空间的扁平化等。这些现象的存在，提醒我们的80后诗人，如何寻找自我和自我的独特发声，并穿凿生活现象、社会现实的壁垒，实现个人经验与历史记忆的调频共振。这显然需要时间，而趋向成熟的写作也具备反思和自我调整的能力。

陕西80后诗人正值青壮年时期，强烈的主体意识给他们带来创造的契机。他们的写作没有完全定型，这也预留下巨大的发展空间。可以说，诗与生命同形同构，诗歌艺术的成熟及创造性成果，需要在时间的沉淀中缓慢呈现。相信他们有充分的心理准备和足够的实力，完成诗歌理想及审美表达。眼下，他们通过自身的不断强化达成诗歌队列的集结，相互间的借鉴、学习和激发形成合力，营造出浓厚的诗歌氛围。而一场诗歌的风暴，就在其中酝酿和生成。

叙事文本的诗化及审美

——以刘全德、马召平、丁小龙作品为例

诗作为精神元素，语言的本源性特征，并不局限于诗歌文本。也就是说，在情调、氛围、意象、抒情等诸多诗歌构成要素之外，并不排除叙事性话语产生"有意味的形式"，传递出特有的诗意或诗性。一种被称作"诗性叙事"的方式，体现的正是诗与小说的联姻，叙事学和诗学的结盟。当然，叙事性文本是否呈现这种特征，关键在于创作者的设计、规划，以及对诗的认知程度和转化能力。

我们知道，很多作家甚至大作家，他们的写作生涯均由诗歌开启。是诗歌带给他们良好的语感，把控叙述节奏和结构文本的能力，并持续影响他们的小说创作。而在另一些作家那里，坚持多文体并举，诗歌融会其他文体的现象也就更为鲜明。在此，我们择选刘全德、马召平和丁小龙三位中青年作家的小说样本进行简析，正是出于这样的考虑：一方面为了扩大诗歌考察的范围，将观照对象由诗歌文本延伸至叙事文本；另一方面缘于三位作家都写诗，兼具诗人身份，他们小说的诗意成分或诗化程度相对较

179 ::::::: 附 录

高，甚至通过对诗意、诗性的强化，增添叙事文本的艺术表现力和审美价值。

在这里，有必要先对诗意和诗性这两个概念简要说明。诗意，无疑是诗歌最直观的标识，提供了一种可靠的辨识尺度；而诗性，则是诗歌在本质意义上的提取。事实上，诗意、诗性作为一种说法，经常出离诗歌范畴，被用来广泛指称文学艺术作品呈现的诗化特征。

魔法师的药水

刘全德的《人马座纪事》是部奇书，在我的阅读经验外天马行空地展开。起初，我将它当普通的长篇小说来看，几页下来，对故事情节和人物形象的期待，完全被神秘、奇幻的另类叙事所填充。通读过后，才确信这并非传统意义上的小说，而是一部面目奇异的创新性文本。多文体的跨界和联姻，童话与神话的交混，诗与史的融合，家族叙事、时空建构等等，为这本书赋予了新鲜而独特的魅力，也带来前所未有的阅读体验。

诗性语言的魔力让人沉迷。相对于熟悉的日常，奇幻、魔幻的场景和情节对人有新鲜刺激，却较难持久。好在本书的语言和段落非常简洁，叙述速度和场景转换也较为迅速。于是阅读慢下来，也得以梳理故事脉络、人物（动植物）关系和文本的深层寓意。

德国浪漫派诗人诺瓦利斯对艺术童话极为推崇，认为童话本质上是一种解放自然的最高综合，是诗的法则，也认为童话具有预言的表现。本书的《神话卷》在我看来，就是一部暗黑风格的童话，或童话诗。乌鸦、蛇、仙鹤、魔鬼、巫师、国王、王子，各种角色纷纷登场，展开错综复杂的关系。交叠的时间，移位的空间，充满灵性或魔法的人和动植物之间的纠葛、幻变，令人瞠目结舌。其中涉及语言乃至万物的创生，圣经文本与中国远古神话的创造性改写，历史、文明、权力、家族、复仇等主题，隐约可见《百年孤独》的影子。《传说卷》是写实与魔幻的杂糅，空间也从上界的天马座转移到下界的地球，地理上的中原特征、佛文化元素和依稀的民国风貌，承载着故事的延续。在这卷中，诗性和童话特征有所减弱，但诡异之风又有新的表现。

《人马座纪事》无疑是一部幻想型的叙事文本，以诗化和魔化的方式构筑了一个深邃、多维的灵异时空。透过文本，作者逼人的才气、奇诡的想象及创造力都显露无遗。他就像一个配置神秘药水的魔法师，掌握着令事物变形、幻化，并发生奇妙关联的剂量和浓度。他并不刻意摹写、构造现实，然而在童话思维的推动下，一个真正的艺术世界建立起来，人的精神在其中自由穿行，历史与现实得到映现和折射。

生活滋味和诗意的调配

马召平最早写诗，以诗人身份为圈内朋友所熟知。他的诗朴素真诚，致力于乡土经验和日常生活的诗意转化，其平民情怀和底层视角让人记忆犹新。就在诗歌蓬勃生长，有望更大提升的间隙，他却将写作的重心转移到散文上。他自觉的文体革新意识，将小说叙事中的"虚构"引入散文领域。当然，对于散文叙事的虚构化，会有不同的见解甚或意见，但毋庸讳言，是散文创作带给马召平更多的文学声誉。然而，正当众人对他的散文抱以持续高涨的热情和期待之际，他又不声不响地拿出一个个小说文本。作为诗人的马召平，他屡次实施的文体转换让人始料不及，但其中原委肯定来自他的内心。或者说，是表达欲求和不同文体之间对接、协调的结果。其实，这也无须大惊小怪，因为不同的文体在彰显不可替代性的同时，也会自行设定局限性。写作者往往根据自身喜好或表达对象的特点，进行适合自己的恰切的形式选择。

小说集《冷暖交织》，包含十个中短篇，呈现马召平写作的又一次华丽转身。文体样貌在改变，贯穿其中的却是不变的朴素和真诚。这显然是一种珍贵品质，有赖于创作者的身体在场和精神投入。如果说他的散文融入了部分小说元素，有虚构成分，那么他的小说则存在淡化情节、虚化人物、散化结构等特点，呈现出一定的散文化倾向。小说是叙事艺术，人物和故事是核心要素，戏剧性冲突强化了叙述的力度，凸显小说的文体特征。当然，这种模式并非一成不变，现代小说对传统叙事模式进行了全方位地革新，甚至颠覆，极大地拓展了叙事艺术的可能性。散文化的小说实践在中国也由来已久，文学史上有很多成功的例子。在弱化戏剧性之后，带来的是贴近生活原貌的真实感，以及融合主观意绪的诗意或诗性。

在小说中，马召平并不刻意进行诗意的嫁接或移植，他尊重生活的基本面貌和状态，以及人物内心的真切感受。借助主人公的内心独白，他说出自己的认知："热和冷是一种生命的感受……热是生命虚无奔放的气息，而狂热之后的冷是麻木的。"缘于触觉的热和冷，产生于味觉的苦辣酸甜，这些作用于身体的各种感触，以躯体化修辞的方式，传递出强烈的内心体验。同时，马召平在营造生存、爱情、理想、婚姻的冷热境遇和百般滋味的同时，作为诗人的他，诗意、诗性的带入显得自然而然。文本中具有诗意的部分，更多体现在比喻修辞和环境描写上。这样的例子非常多，可以说贯穿他所有的篇章和段落。比如，《喜欢冬天的贾三》："他们整个晚上都在亲密地私语，口含着花瓣和雨水"，"窗外那些落了叶子的树苗赤溜溜地摇摆着，像蚯蚓一样扭扭捏捏升上寂寥的天空"；《大风天》："他们像两条挣扎着回到水里的鱼儿一样，尽情地折腾着身体"；《想起老韩》："老韩的琴声像一块乌云，在细雨中左右缭绕起起伏伏"，等等。像以下这样的话语方式也传递着特别的诗意：

> 亲爱的贾三，睡在一场大雪中的贾三，他能听到的只有雪花的声音。整条街道的黑暗和寂静都被雪花吞没了。
>
> ——《喜欢冬天的贾三》

> 夏小辉的父母说完就走了，那是一个落叶缤纷的日子。夏小辉的父母帮着他买了灶具，清洗和整理了他所有的衣服。夏小辉的父母走了。那是一个落叶缤纷的日子。
>
> ——《艺术青年夏小辉》

这样的诗意来自特别的语感，语气和语调，以及循环往复的诗歌调式。关切的话语犹如温存的雪花，轻轻覆盖因醉酒死在夜晚街道上的贾三；夏小辉、夏小辉的父母、落叶缤纷，这些词句的重复，带来绵延的惆怅情绪。尤为特别的是，《明亮的夏天》中："太阳明晃晃地挂在天上，有点像深冬时节的形状，模糊浑圆。我这么说是因为这样的太阳不是大家想象的红彤彤的太阳"，这段话在稍作调整后（将天上改为殡仪馆上空），重复了三次，每次都处于人物命运转折的不同情境。这种对自然物象的描写，很好地衬托或暗示出主人公的心境。大段、长篇幅文字传递诗意的情况也有不少，像《明亮的夏天》和《冷暖交织》这两篇开头的数段文字。《艺术青年夏小辉》和《想起老韩》写作时间较早，算是马召平最初的小说实践。正是得益于诗歌、散文提供的艺术滋养，他一开始就站在较高的起点上。小说中富有韵味的叙述节奏、人物命运的跌宕、淡淡的抒情气息，整体上呈现了散文化叙事的诗性特征。总体来说，在诗意、诗情的渲染上，马召平是节制的，有很好的控制力。作为服务于叙事的辅助手段，不宜发生喧宾夺主的现象。

针对马召平的小说，还有很多东西可供讨论，像语言特征、结构方式、穿插技巧、叙述视角（包括动物视角）等。但限于本篇文章的诗化选题，不便在此展开。其实，他小说最可贵的品质，就是前面提到的朴素和真诚。最打动人心的地方，在于真实展现了社会牢笼中小人物的内心挣扎，以及人生的冷热际遇、生活的百般滋味。小说集首篇为《饥饿的厨子》，这里的饥饿既是身体的，也有心理的，让人想起卡夫卡的《饥饿艺术家》。当然，这是两种完全不同的表达。在写作上，我们不妨这样说：马召平也是一个厨子，他精心调配着诗意、诗性和生活的滋味。

存在的揭示与剖析

丁小龙小说集《世界之夜》，有三个中篇，《空心人》《世界之夜》和《押沙龙之歌》。单从题目看，就不乏隐喻性和宗教意味。同时，这些文本还呈现出与其他文本的互文性关系。《空心人》的题记，援引自艾略特的同名诗作：在死亡的梦幻国土，让我也穿上如此审慎精心的伪装。显然，丁小龙的引用和呈现之间是有密切关联的。他展现的是二十世纪的中国社会，确切地说，是二十世纪中国社会底层人和边缘人的生存状态。这样一种题材，在很多小说家那里，难免成为"烦恼人生"式的温情书写，甚至励志型小说样本。然而时代在变，西方社会早就面临的现代性困境，也在当下中国的现代化进程中凸显出来。

《空心人》的主人公叫吴明，在缺乏爱的家庭成长，自卑而倔强。他本有一个光明前景，却因强奸罪入狱。由于酷爱文学和哲学，即使在监禁状态也能找到精神自由。出狱后，他沦入底层社会，荒唐不羁的生活将他更深地掏空。但他从未停止思考，在罪与罚、肉体之欢和精神之爱、理想和现实、存在与虚无之间辗转，无所适从。在接管了浮士德书店之后，身心才稍有安顿。"空心人"，来自他的自我认定，更是对社会大众存在状态的判断。这个人物，内心阴郁冷漠，自我鞭挞和强烈的反省意识并存。这是一个在现代社会苦苦寻找自我和灵魂的地下室人、局外人、畸零人，行走边缘的刀锋，淌下斑斑血迹。这篇小说的诗性，很大程度来自主人公意识中涌现的哲学式思悟，这些思悟经由阅读和人生经验不断沉淀，占据很大篇幅，也构成文本的深层意蕴。正是在这个层面上，诗的求真本能和哲学的透彻通达结为一体，为日常叙事的实现提供了必要的景深。

小说《世界之夜》，以海德格尔的名言作引子。"世界之夜"这个论断，来自海氏所阐述的荷尔德林的诗歌，中国当代诗人海子、骆一禾显然从中受到启示。"世界之夜"，是对诸神隐退后荒芜图景的喻称，其中还有更多"暗物质"漂浮。当人的趋暗本性遭逢时代的贫困，这夜便成一道深渊。小说的主人公曾是诗人，对文学、艺术、哲学以及生存和生命本身都有深刻见解，他不缺少洞察力，也不乏生存技能和爱欲，但仍无以避免地沦为"失败者"。尤其面对死亡威胁之时。小说呈现主人公的人生历程，同时也进行家族叙事，但家庭成员无一例外地趋向毁灭。这时，迈入老境的主人公早已丧失爱的能力，等待黑夜的召唤，"成为黑夜本身"。

在此，我们有所知悉，丁小龙的"世界之夜"，很大程度上是贫乏时代下的"死亡之夜"，生和死都不能消除的虚无之境。然而，绝望的主题并未消弭希望。"我"的身上有舅舅和哥哥的影子，"我"是他们生命的另一种延续；外婆钟爱的《圣经·启示录》，也有新天新地的承诺。尤其小说的整体性倒叙，最终开启了"午夜之子"的诞生。于是，漫无涯际的死亡暗夜，被一束光照亮。这种倒叙模式制造的"重生"，当然是一种假象。这假象却寄托了人类的永恒欲求：挣脱时间锁链，让消逝的事物复活，生命永驻。而这只在文本空间中得以实现，倒叙也就不限于技法，更带着作者内心的驱动：逆时间而行，向回忆讨要存在。这篇小说的结构颇见匠心，意识流手法带来时空的交错绵延，哲思和宗教元素大量涌入，体现出典型的诗性叙事倾向。此外，主人公对诗歌的大量言说和论断，也增添了文本的魅力。

《押沙龙之歌》充满童真、童趣，而童真童趣天然地与诗结缘。当然，小说也不乏辛酸乃至残忍的叙述，但都出自儿童眼中的成人世界。其中具有童话意味的，像《风与独角兽》《蓝风筝》《树之梦》等片段；沉痛的部分，如《没有名字的人》《遥远的星辰》《死》等。开篇的《创世纪》，缘于"外婆"的讲述，神话的庄重宏大，在这里被儿童的漫不经心回应。而这符合小主人公的心理，以及儿童视角叙事的真实性。"亚当"，是他为自己领养的小狗取的名字，他和玩伴采薇吃苹果，吃剩下的就喂给亚当。"送采薇回家的路上，趁着没人注意，我偷偷地拉了一下她的手。她转过头，笑了。"完全儿童化的叙事，与《圣经》故事产生了奇妙的关联。《押沙龙》这部分也是如此。这个典故出自《圣经·旧约》，与亲情的爱恨有关，与勇敢、正义以及悖逆有关。这同样来自"外婆"的讲述。"我最喜欢这段故事了"，"我喜欢押沙龙"，"以后，叫我押沙龙，不要叫我孟晨龙了"，小主人公的天真跃然纸上。当他为自己重新命名之后，才觉得镜子中的人是自己。

因此，这篇《押沙龙之歌》，也就是自我之歌，对自我身份的发现和确认。另外，像《上学记》《受难记》《出孟庄记》，都以变构的形式与《圣经》产生某种关联。可以说，这篇小说是神话、童话以及成人现实的叠合，只不过神话故事出于借用目的，不具有真正的宗教意味。这也反映了丁小龙小说创作的一种倾向：在貌似的神话模式下，讲述中国当下的故事，自我的成长及内心诉求。

通过赏析，我们从以上三位作家的小说中，捕捉到不同程度的诗化特征，并领略了其中的诗意之美、诗性之美。此外，像刘全德的跨文体实验，马召平的日常叙事，丁小龙对哲学、宗教的融合等，也给人极为鲜明的印象。正是缘于他们包括诗歌在内的多文体实践，才赋予叙事文本特别的魅力。的确，抒情与叙事并不冲突，诗和小说之间也不存在必然的鸿沟。进一步说，诗与哲学和宗教具有天生的血缘关系，当彼此融通，则会构造出开阔纵深的文本空间。三位作家的叙事，兼容诗歌、哲学和宗教的情况各不相同，但都在各自认定的层面和方向上努力进取，并拿出了富有说服力的文本。当然，就叙事文本而言，诗歌、哲学和宗教元素仅是附加成分，或其中的有机组成，并不能作为主体。

铜川诗歌六十年

　　中国新诗在新文化运动的催生下，历经波折，不断发展壮大，于今已有百年。这场诗界革命，表面上看似乎是语言形式的转变，实质上却是中国人在思想观念上的一次重大、彻底的变革。这也意味着中国社会从延续几千年的农耕文明向现代文明的急剧而艰难的转型。时代变了，作为时代生活"晴雨表"的文学艺术，必然做出自身的调整，以便适应新的时代，并对各种社会现象和根源做出深刻反映，嬗变出新的面貌和审美风尚。中国新诗就是顺应时代潮流，引领时代精神的一种诗体上的全面革新。百年来，它广泛吸收东西方文化精髓，在质疑和责难中茁壮成长，为中国诗歌发展开辟了广阔的道路，形成了独具特色、可供借鉴和汲取的新的传统。

　　中国新诗百年诞辰，是一个值得纪念、追溯、反思和瞻望的事件，也是一个大的背景。陕西作为一个内陆省份，经济文化落后于东南沿海地区，诗歌发展也相对滞后，但上世纪三四十年代，延安时期的诗歌创作就在我国新诗史上留下了光辉的一页。铜川，作为陕北和关中的过渡地带，1958年建市，受限于地域、人口、文化等客观因素，诗歌发展空间相对狭小，但也形成了鲜明的地域特征，是陕西诗歌乃至中国新诗的有机组成。在中国新诗百年诞辰这个大的背景下，梳理、探讨铜川诗歌的发展和流变也是一件颇有意义的事情。

一、拓荒和孕育

铜川旧称"同官"，地处关中平原和陕北高原交接地带，建置区划及其沿革错综复杂，文化底蕴深厚。在这块土地上诞生了许多历史文化名人，如医药学家孙思邈、哲学家傅玄、画家范宽等。这块土地也有诗歌的传统，如唐代的令狐楚，他既是政治家、著名的骈文家，也是诗人，《全唐诗》收其诗作50余首；大书法家柳公权亦工诗，《全唐诗》存其诗五首。在历史上，许多文化名人也在此留下足迹。"安史之乱"期间，杜甫曾两次路过同官，写下"县古槐根出，官清马骨高"的诗句和五言古诗《玉华宫》。民国时期，于右任、董必武曾有诗作遗留；解放后，诗人冯至、田间、贺敬之和剧作家田汉等也在铜川留下诗篇。

铜川最早见诸报刊并产生广泛影响的新诗文本，当推姚筱舟的《唱支山歌给党听》。这首诗创作于1958年，最初发表在《陕西文艺》"诗传单"专栏，后经雷锋摘抄，作曲家朱践耳谱曲，才旦卓玛演唱，而广为流传。在铜川最早起步的诗人当中，姚筱舟扎根煤矿生活，紧扣时代脉搏，创作了大量的诗歌、歌词及散文、小说作品，产生了全国性影响。另一位具有代表性的诗人是田一珠，他是铜川第一位省作协会员，在省级刊物发表过作品并赢得诗名，得到著名诗人、散文家，时任《延河》副主编的魏钢焰的赞赏。五六十年代的铜川诗歌，有着那个时代普遍的格式化倾向，直白的抒情，毫无保留地颂扬等等。但这些早先起步的身

影，是铜川诗歌的拓荒者，他们为铜川这座因煤炭而建、而兴的
"移民城市"播下了诗歌的种子。

七十年代初，铜川本土有一份文学刊物悄悄创办，这就是《铜
川文艺》的前身《文艺新作》杂志。尽管出刊四期后就停办了，却
保存了部分铜川诗歌的珍贵样本。里面就有朱文杰的早期诗作，他
的《选煤工》今天看来依然形象饱满，富有激情和诗意。在特定的
文化政治背景下，七十年代的文艺界仍是一片万马齐喑、百花凋零
的景象。然而严峻的政治气候和萧杀的精神氛围，未能扼制铜川诗
歌的自主萌发，出生在四五十年代的青年诗人，像朱文杰、黄须
进、芦苇、李祥云、豆冷伯、高兴谦、和谷、刘新中、黄卫平等，
已开始了最初的诗歌实践，有的形成了自己的写作雏形，并产生了
一定影响。及至七十年代末，这些诗人经过对时代和自身命运的反
思及诗艺的磨砺，为日后成熟的艺术表达做好了准备。

在时代的变迁和诗歌的发展流变历程中，五十至七十年代的铜
川诗歌，出现了一些让人记住的诗人及文本，但不可避免地打上了鲜
明的意识形态烙印，政治化、工具化倾向严重，不同程度地偏离了诗
歌本位和美学自觉。政治理想和集体主义淹没了个体生存真相，"民
间加古典"的指示规囿了诗歌创作的自主性原则。当然，这一现象到
八十年代有了根本性的改观，到九十年代更是呈现出多样化发展态
势。这种诗学观念和诗歌样态的嬗递、更新，伴随改革开放、社会转
型及新诗潮运动，同时也是铜川几代诗人共同努力的结果。

二、发轫和繁荣

七十年代末，伴随改革开放的号角，神州大地上精神气候回

暖，思想逐渐解冻，振奋、迷茫、焦虑和阵痛，一时间成为社会的主导情绪和精神症候。料峭寒意中悄悄孕育的铜川诗歌，由此也迎来了百花竞放的春天。

1979年《铜川文艺》复刊，聚拢了一大批享誉陕西乃至全国的诗歌作者，形成了以朱文杰、刘新中、李祥云、芦苇、豆冷伯、高兴谦等为代表的创作群体。这些诗人大都经历过"三年自然灾害""文革"及"上山下乡运动"，可谓人生阅历丰富，生活底子厚实，加上自觉的诗歌美学实践，也就有了可观的文本品质和思想底蕴。1982年前后，他们凭借自身积累，顺应文学复苏的风势，作品连续发表于《诗刊》《延河》《长安》《陕西日报》等，掀起了铜川诗歌的第一次高潮。铜川籍著名作家和谷以诗歌走上文坛，也在《诗刊》《延河》等报刊发表了大量作品。这一时期有一定实力的诗人还有高少平、惠永德、梁志民、段新民等。

铜川因煤炭设市，作为最早的省辖地市，数十年来，以矿山、工厂为主体的"前工业"时代的城市文明和地域文化，构成了铜川独特的精神气质。"当代铜川的独特气质和禀赋传导我们心灵里，一方面是天轮、风钻、井架等奋发向上的豪壮，一方面是没有留下任何大起大落、大悲大喜、大抑大扬事迹的沟沟峁峁，即就是耀州窑、玉华宫，也仅仅残垣废墟，只作为一种象征性存在。这一切当然很适宜抒情，情感的产物诗歌应运而生，自是情理之中的事。"诗人刘新中在《呼唤春天》序言里的这段话，阐述了诗歌创作和地域文化之间的密切关系，归纳出铜川诗歌三种主要类型，即煤矿、乡土及历史文化题材的书写。

七十年代末至八十年代初，铜川诗人李祥云以煤炭题材的诗作在省内产生一定影响，他的诗秉承现实主义创作原则，对煤炭题材进行了有益的尝试和探索，《煤海里的浪花》系列及诗集

《太阳城之恋》成为那个时代的代表作。这一题材在朱文杰和刘新中的艺术视野和艺术表现里，出现了颠覆性的变化。朱文杰和刘新中的煤炭题材诗作，在传统现实主义基础上融和西方现代派诗歌的理念和技巧，注重对人与自然关系的叩问，底蕴深厚、面貌一新。这个时期，铜川诗坛百花齐放，朱文杰、刘新中、李祥云、芦苇、豆冷伯、高兴谦、郭志昌等人的诗歌，题材各异，审美风格迥然有别。如朱文杰的凝重隽永，刘新中的豪放沉郁，李祥云的朴素深沉，芦苇的清新俊逸，豆冷伯的冷峻老辣，高兴谦的玄想哲思等等。当然，诗歌的面貌和形态非题材、风格所能尽述，在更深层面是创作主体思想意识的变化和更新。难能可贵的是，当"朦胧诗人"引领的新诗潮运动刚刚兴起之时，铜川的本土诗人就已经产生了现代意识和生命意识的觉醒："一个崭新的我从山原上站起时/我会恢复自信/我应是一颗重新组装的/还挂着血丝和粘液的太阳"（刘新中《新生》）。

在这一批诗人中，朱文杰是《铜川文艺》在1985年以前的编辑，在铜川工作期间，已创作了不少的小说、诗歌作品，并在省内外发表，而他真正辉煌的文学生涯却是在西安展开的。在铜期间，他把大量的精力和时间用于编辑刊物和扶持新人，调离铜川后依然利用《长安》文学月刊，培养了许多铜川诗歌作者，为铜川诗歌和铜川文学的繁荣立下汗马功劳。

八十年代中后期，刘新中义不容辞地挑起培育诗歌队伍、繁荣诗歌创作的大梁，利用《铜川文艺》这个平台，组织诗歌大赛、诗歌活动，推出了一大批新人新作。他是第一位在《诗刊》《星星》《绿风》等全国有影响的诗歌刊物发表作品的铜川本土诗人，开启了铜川诗歌走向全国的新局面，公开出版了铜川第一本诗集《山风流•水风流》，第一本诗歌理论集《朦胧诗赏析》和以后的《当代诗歌艺术谈》。他的诗以历史文化、矿山、陶瓷为主要题材，注重锤炼诗意和诗境，风格粗犷沉郁。九十年代以后诗歌语言的节奏感、语调以及语义的呈现，更加轻松自如，达到了举重若轻、删繁就简的更为娴熟的状态。

这一代诗人的创作贯穿上世纪八十和九十年代，他们以深厚的生活、艺术积累完成了自身的诗歌表达和审美理想，确立了艺术高度，创造了铜川诗歌的历史。尤其朱文杰、刘新中离开铜川后，仍有大量诗作出现，突破自己的同时完成了艺术生命的提升。当然，实事求是讲，这一时期铜川占主导地位的仍是现实主义的创作理念和方法，注重从现实生活的土壤汲取营养、提炼诗意，或是在现实主义文学观的基础上融合西方现代派写作技法，呈现新颖别致的诗歌形态。生活之诗、现实之诗仍是创作的重心，部分诗人受残余的政治意识形态的影响，未能在又一次的"思想启蒙"和理想主义盛行的八十年代，发出响亮的个体的声音。然而一代诗人有一代诗人的使命和贡献，道路已经开辟出来，浓郁的诗歌氛围营造出来，反映城市化进程和城市文明的现代主义诗歌，已初露端倪。时代呼唤新一代的诗人续写辉煌，进行丰富、多元的艺术探索和实践。

三、60后诗群的崛起和流失

铜川60后诗人大多成长于八十年代中后期，在前辈诗人的影响或扶持下走上文学道路。他们没有经历人生的大起大落，唯一刻骨铭心的，或许就是青少年时期生活的艰苦和饥饿记忆。他们的青年时代恰逢改革开放，中国大地上工业化、城市化进程加剧，各种社会思潮和文艺思潮带来观念上的冲击或转变。八十年代也是中国"文学热"和"全民皆诗"的年代，除了理想的追寻和狂热激情，文学普遍的社会影响力和现实功用性也激励他们拿起笔，执着地进行自我表达，拓展出现实生存的另一方天地。

铜川60后诗人是一个充满活力和创造力的群体，王维亚、刘平安、李建荣、吴川淮等是这一批诗人中起步较早的。1988年《铜川文艺》举办的"铜川新诗创作大展"，让很多有才华有思想深度的青年诗人脱颖而出：刘平安"黄土风情"挚朴中见奇谲，第五建平的"矿山硬汉"狂放中见机警，张锦国"生活组合"粗莽中见细致，江波的"灵魂咏叹"表面中见精神，胡松秦的"宇宙意识"苍茫里见组合，贺云的"生活依恋"灵秀中见沉郁，李延军"在这里哼不全信天游的曲子"……另外，还有几位虽发表不多但质量不错的诗作者，如宋义军、钱晓强等（摘自吴川淮《铜川文学五十年》一文）。另一次集结始于1991年刘新中主编的诗歌合集《呼唤春天》，24位作者，60后是主体，年龄在21岁到30岁不等。这些诗人中，刘平安对乡土题材的挖掘和江波强烈的城市意识引人注目，皇甫江、边疆的朴实真切，王宏哲、陈平的生命意识和才情，贺玫的凝重与历史感，侯超的清新、飞阳的真挚，马腾驰的舒展和厚实以及此期比较活跃的杨占和、杨松建、李雅娥等等，也都令人印象深刻。另外，当时还在耀县某企业工作的王维亚已发表不少作品，进入九十年代连续出版了数本诗集，工厂题材的诗作颇受关注和好评。胡香（当下陕西代表性女诗人）本是宜君县人，八十年代中期多次在《铜川文艺》上发诗，铜川诗歌的阵地上也留下她的足迹。

崛起于九十年代初期的铜川60后诗群，是铜川历史上阵容最为庞大，创作理念最为驳杂，诗歌形态最为多样化的一个群体。他

们对厂矿、历史、文化、乡土、城市等题材的开掘，对日常经验及
生命意识的传达等等，多向度展开，一时蔚为壮观。他们在各种诗
赛和诗歌活动中积蕴创作热情，面对时代生活抒写独特的感受和思
考，迅速成为铜川诗坛的中坚力量。就在他们的写作继续深化，并
有望取得更大提升的关口，却遭受席卷全国的经济大潮和商业文
化、大众文化的冲击，文学逐渐边缘化，社会影响力和现实功用性
降到最低点。诗人内部的分化、流失出现了，有的下海经商，有的
从政，有的为寻求更大的发展空间调离铜川，有的转入其他文体的
创作，甚至书画领域。短短数年，繁茂璀璨的诗歌风景萧条了，最
有发展潜力的铜川60后诗歌留下无尽的遗憾。

　　当然，调离铜川的王维亚到西安后，诗歌写作取得更大进展，
在《诗刊》等国内各大文学期刊发表作品。作家安黎同样到西安后
出版了诗集，发表了不少高质量的诗作。王宏哲从部队复员后回
到故乡长安，诗歌增添了理性思考，在小说、散文方面有了突破
性的提升。铜川本土只有少数60后诗人在坚持，像延续煤矿题材、
保持旺盛创作热情和活力的李建荣，此后倾向于农民诗歌写作的
何文朝，时隐时现的侯超、吴铜运、钱晓强、张旭东、郭宗社、刘
晓景等，女作家刘爱玲的诗也有自己的特点。皇甫江此后新诗逐渐
稀少，旧体诗词多了起来，他于2009年在铜川作家协会原下属诗词
学会的基础上发起成立了独立的铜川市诗词学会，团聚众多诗词作
者，推动了铜川诗歌在新世纪的延续和发展。

　　就在时代的浮华逐渐褪去，社会上各类诗歌现象和事件尘埃
落定，水落石出之际，一位持续写作、极具实力的铜川60后诗人
宋义军显露真容。其实他一直存在，默默书写，只是少有人知。
他在上世纪70年代末即开始自己的诗歌练习，八十年代末至九十
年代已有大批成熟的诗歌文本，他的诗技艺娴熟，感受和思考深

刻精微。很早就脱离体制庇护的他，远离各种诗歌圈子，是一个"梭罗式"的现代社会的隐者。他的诗或将成为铜川60后诗歌仅存的硕果和铜川诗歌精华的一部分。

纵观铜川60后诗人及其写作，我们不难发现他们在意识形态上摒弃了旧有的思想桎梏，由英雄主义和集体主义的弘扬回归人的基本的生存现实，在写作上延续和拓展了铜川诗歌的题材领域，多元化地丰富了铜川诗歌的表现手法。尤其在新的时代背景下，对于相对传统和封闭的铜川诗歌所进行的现代性改造，做了多方位的实践和努力，取得了可喜的成果。然而他们所面对的已是一个物质主义肆虐，大众文化、娱乐文化兴起，而诗歌精神日渐式微的年代，诗歌之花的大面积凋零似乎也在情理之中。

四、农民诗歌的坚守

80年代中后期，在社会身份庞杂的铜川诗歌队伍中出现了一个"农民诗人"的身影，他叫郭建民，是耀县下高埝乡文化站站长，年近50才转干，但诗情喷薄，连续出版了数本诗集，从而引人注目。其实早在60年代，郭建民的诗歌创作就已经起步，他的诗深受王老九等老一代农民诗人的影响，又广泛吸收民歌民谣、古典诗歌、现代新诗营养，形成自己的创作风格。此后又执掌陕西农民诗歌学会，通过诗歌活动和诗赛，联动汉中、临潼、户县等地的农民诗人以及铜川本土诗人何文朝、程亚平等，不断扩大农民诗歌的影响力。在铜川诗歌版图中，农民诗歌的创作和发展自成风景。

在绵延几千年的中国农耕文明社会结构中，农民一直是身处底层从事生产经营的主体。新时期以来，随着中国社会的现代化转型，无以计数的农民进入城市，曾经作为社会主体的乡村和繁盛的乡村文化，无可挽回地衰败了，成为回忆和思念萦绕的精神家园。

"农民诗人"的角色定位，源自特定年代和特定的时代文化氛围，有局限性也有更新和发展空间；"农民诗歌"很大程度上与中国大陆九十年代兴起的乡土诗歌有叠合的部分，也有强化或凸显的部分。面对这样一个急遽突变的社会，当下农民的生存境遇、农村生活的种种现象和矛盾，不容回避，这也就对当代"农民诗歌"的创作提出了挑战，也给予了新的可能。

五、70后诗人的困境和前景

铜川70后诗人在90年代初已陆续在省市报刊发表诗作，以群体形式登台亮相则以《走近世纪》（1995年刘新中编）的出版为标志。这本书推出了10位铜川70后诗人，也有60后的李建荣、飞阳、侯超、侯亚萍，还有年龄更长些的王赵民、巴戈等人的诗作。以此为契机，铜川70后诗人开始了相互之间的寻找、体认和交流，营造了一定的文学氛围，形成了以李双霖、杨朝祥、田峻岭、月亮河、党剑、井丽君、王可田、章凡、李志文、冯东红等为骨干的九十年代新的诗人群体。但这一群体的组织结构是松散的，相互独立的，没有形成强劲的合力。

2000年以后，铜川70后诗人的分化、流失也开始了，这对于尚未抵达成熟之境、优秀文本匮乏的铜川70后诗歌，更是雪上加霜。这时候有的人热情不减，有的人苦苦支撑，有的人则惨淡经营。经过八十年代的活跃繁盛，九十年代的持续增温，新千年的沉静冷寂，铜川诗歌无可挽回地呈衰落迹象。这其中有社会环境、文学环境的原因，也有诗人、诗歌内部的原因，整体性的颓势也是铜川70后诗人无力扭转的。

至今依然坚持写作的铜川70后诗人只剩下寥寥数人，在陕西70后诗歌群体中显得势单力薄。李双霖在九十年代中期已经写下了他最好的诗篇，像《山歌》《农民宣言》《桥或者沟通》等，质朴真诚，情感饱满浓烈，富有表现力。他的写作始终在乡村和城市、传统和现代之间游移，并寻求突破。他多次获得省市诗歌大赛等级奖，2014年出版了首部个人诗集《追梦照金》。

王可田经历多次的生活波折，促使他对人生命运、生命意义等问题做深入思考，由以前清浅的抒情转入冷峻深沉的生存体验和灵魂拷问。尤其他有相当一段时间在西安工作，在此期间接触了大量铜川以外的诗人和诗歌作品，这对于他在更广阔层面更高视野深化对诗歌的体味认知，至关重要。近10年来，他的写作取得很大进展，诗歌逐渐稳定开阔，但部分诗作的阴郁和黑暗让评论家们毁誉参半。他通过在《诗刊》《北京文学》《芙蓉》《文艺报》等报刊发表作品以及全国鲁藜诗歌奖一等奖等多个奖项的取得，在省内形成了较大影响，确定了他在陕西诗坛的位置。

党剑的诗歌之路颇多曲折，但他始终保持着创作热情和活力，尝试探索各种写法、各种主义，有时也难免陷入迷途。党剑是以激情推导写作的诗人，颇多悲戚情怀，也很有感染力。20多年的痴情追索让他收获了不菲的精神酬劳，诗歌在《诗歌月刊》《星星》《诗选刊》等很多刊物发表，出了三本诗集，获得陕西年度文学奖。

这里不能不提到另一位70后诗人田峻岭，他的诗很少发表，九十年代以后逐渐中断了写作。最近他整理以前的旧作并贴在博客上，才让人一窥他当年诗歌的面貌。可以肯定地说，他的诗是当年铜川70后诗歌的上乘之作，即使放在当下也不失光彩和价值。教师出身的程亚平，近些年也活跃起来。

　　70后这一代人初涉文坛已是"文学热"退潮之时，在社会上尚未站稳脚跟，又遭逢市场经济的冲击。一个全新的商业化、信息化、娱乐化时代的来临，让他们措手不及。理想的失落，现实生存的艰难，个人命运的莫测难辨，让他们困顿和迷惘。时代大潮蛮横地卷裹着，迫使他们携带自身的尴尬进入全球化的现代语境，个体生命之痛和时代之痛在他们的写作中有了集中体现。当诗歌不再具有干预现实的能力，日渐退回小圈子和个人化，回归本体，铜川70后诗人也经受着来自生活和艺术的严峻考验与磨砺，但我们仍寄望于他们以成熟的文本深化和拓展铜川诗歌的领地，完成诗歌观念和形式的全面更新。

六、旧体诗词方兴未艾

　　在以现代新诗为主体的铜川诗歌格局中，旧体诗词仍是很多人喜闻乐见的形式，群众基础深厚。早在铜川新诗尚在萌芽孕育时期，贴近群众和生活的有诗词风味的快板、打油诗之类已在民间流行。任何一个有古文基础的人，似乎都能口占或填写所谓的诗或词。当然，站在艺术性的高度来看，旧体诗词的创作并不是一件容易的事。首先要有古文基础，要懂得平仄、对仗、韵律等，要研习大量的古诗词作品，还要讲究语言的锤炼、意境的营造，以及旧的艺术形式如何表现新的时代内容等诸多问题。

　　在历史上，铜川有价值或者说艺术性高的旧体诗词文本，已很难追溯。据有限资料和当下诗词的创作现状，只能有一个粗略的罗列和梳理。诗人芦苇和刘新中各出版过《秋水集》《偶拾集》等诗词专集，他们诗词不仅符合平仄对仗韵律等必要的形式要求，而且语言、意境都十分讲究，有很高的艺术性。从诗风上讲，芦苇婉约，刘新中豪放，分别传递出清新明澈和深沉激烈的情感，是铜川这一领域的佼佼者。此外，还有宋治清的《漆水浪花》、女词人耿超的《一弦散月》等。很多作家、新诗作者也都写过旧体诗词，像和谷、黄卫平、郭建民、郭平安、靳贤孝、皇甫江、李延军、赵建铜、邵桂香、陈友仓等。60后诗人宋义军、吴铜运的旧体诗不多，但语言的锤炼和意境的营造都颇为考究。

　　铜川旧体诗词创作作为铜川诗歌的一个支流或组成部分，我们不容否认。当中国新诗在对传统诗歌的反叛和决裂取得成功之后，优先取得了进入文学史的权利。而在此之后，旧体诗词并未销声匿迹，而是在各个阶层的人群中默默延续、发展，也曾达到思想和艺术的高度。现在看来，旧体诗词不仅能满足现代人抒情达意的需求，构建诗意生活，而且也是对传统诗歌文化的传承，甚至可以说是中国当代诗歌文化的有效衍生。

七、理论的援建或支撑

　　铜川的诗歌理论和批评文本，较诗歌文本出现得要晚很多，也逊色很多。到目前为止，铜川还没有出现一个自成体系的专职诗歌评论家。大多数诗歌评论文章都是诗人或作家所写，或是一些文艺评论者偶尔为之，未能构成一个健全的诗歌评价系统和理论格局。

　　1988年，刘新中和吴川淮合著的《朦胧诗赏析》成为铜川第一部诗歌评论专著，第一版就发行了4.5万册，在诗坛产生较大影响，该书以散文笔调进行点评和赏析，令人耳目一新。1993年，刘新中出版了铜川第一本诗歌理论著作《当代诗歌艺术谈》，这既是他数十年诗歌实践的理论总结，也是以创作为出发点所进行的理论阐发。此后，还有王可田的《诗访谈》，他为部分陕西诗人做了诗学访谈和评论，还对陕西女诗人和陕西70后诗人的写作进行了梳理和探讨。80后评论家朱元奇的《仰望星空》中也有部分诗评，他的理论素养和专业精神值得称道。另外，铜川本土评论家郑智云、范载阳、吕宏伟、董立新等，以及皇甫江、陈文合、党剑、李婷、赵惠莉等对此多有涉猎，也不乏真知灼见。

诗歌理论既可以用来高屋建瓴地指导写作，也能从写作实践中总结出来，加以提炼概括，形成诗人的个体诗学。诗歌写作与诗学的关系犹如一母同胞的姊妹，一个崇尚感性一个崇尚理性，二者相互关联，相互提携。铜川的诗歌理论和诗歌批评不见得就有多少学术价值，但对铜川诗歌直接或间接的影响、提供的理论支持，积极参与诗歌文本的创建，却是值得肯定的。

自建市以来，铜川诗歌已走过风风雨雨的六十年。六十年间，从无到有，从寥落单调到繁花似锦，这是老中青几代诗人辛勤耕耘，以生命的热情、智慧和心血浇灌的结果。如今，当我们以理性的眼光回望和反思铜川诗歌六十年的发展，不仅自信和自豪，也多了一份审慎的思考。可以这么说，铜川诗歌是陕西诗歌版图的一部分，也是中国诗歌发展、流变的一个缩影，数十年的积累和完善，形成了一个以现代新诗为主体、农民诗歌和旧体诗词补充和丰富、诗歌理论及批评为支撑的健全的诗歌体系和生态环境。铜川诗歌从最初对政治化、工具化枷锁的挣脱，到直面现实人生、历史和社会，再回归自我和生命本体，以及自觉承担现代人所普遍面临的生存和精神困境，经过了一个漫长而曲折、痛苦而艰辛的演变历程。当然，在此期间，优秀的诗人及其文本少了些，影响力也有一定限度，尤其在新世纪以来呈现整体下滑的趋势。这其中有严酷的外部原因，也存在诗歌内部及诗人自身的问题。但无论如何，我们都不至于悲观，因为不管时代如何发展、变迁，艺术的生存多么窘迫，人类梦想始终燃烧，诗歌精神也会薪火相传。因此，我们完全可以寄望于时代浮尘下少数"以梦为马"的诗人，他们的持守和创造。铜川诗歌也将不再是一个单纯的地域性命名，而成为诗歌本体精神的延续和彰显。我们看到，更为年轻的一代已在成长，像80后的朱元奇、陈广建、张惠妹、郑晓蒙，90后的孙阳、田凌云等，他们是新的书写者，也是希望所在。

《延安文学》诗歌作品年度综述

2016：诗歌精神的传递和彰显

数年前，《延安文学》杂志社曾编辑出版过一套大型文学丛书：《延安文学200期作品选》，其中"诗歌卷"更是名家荟萃，收录了国内现代派诗人各个时期的力作，且不乏代表性作品。这是《延安文学》经过三十三年的积累和沉淀，呈现出的精华部分，为中国当代诗歌史提供了一份珍贵、翔实的资料。而具体到年度作品，虽然时间跨度小，数量抑或质量存在一定局限，却鲜活而真实地记录下一段时间内的诗歌样貌及其精神走向。实际上，正是随着杂志一期期的编辑出版，对于诗歌现场的持续介入，对于创作观念和方法的引领、提升，一份文学期刊也就有效参与到当下诗歌潮流以及诗歌史的建构之中。

"诗读本"栏目为《延安文学》的刊中刊，开设至今已逾75期，历时十余年。十余年间，每期均以二十多个页码的容量刊发诗歌作品，甚至出版诗歌专号，不厚名家，不薄新人，推出精品力作，在国内期刊界赢得口碑。2016年的《延安文学》杂志，

"诗读本"栏目共上5期,刊发了省内外57位诗人的281首作品。这其中既有闻名已久的诗坛老将、中青年实力诗人,也有刚刚走上诗坛、崭露头角的80后、90后诗人。他们的人生经历、生活观念以及所处地域的文化各不相同,诗写路径和艺术呈现也存在明显差异,但他们以自身特有的方式传达生存感受、生命体验,执着地传递和彰显诗歌精神,却趋向一致。在阅读这些风格迥异,成熟度和艺术成色不尽相同的作品时,如欣赏一张张脸谱,游历一个个相异的精神空间,由此也感受到诗歌愉悦心灵、启迪心智的魅力。

如果说诗歌是一种发声,每个成熟的诗人都会有专属的口型和腔调,音色、音质以及音量,当然也会适时调整,以些许变化丰富自己的表达。陕西诗人耿翔,上世纪八九十年代已活跃在诗坛上,创作力至今依然丰沛,他的组诗和长诗写作构思深,规模宏大,颇引人注目。《回望月山》是他写给韩国著名诗人月山的作品,有20首之多。这组诗延续了他驾驭庞大题材、精心契入、徐舒展开的精湛手艺,略有不同的是,这次的写作对象同样是一位诗人,经历坎坷,成就卓著。这种心与心的靠近和灵魂对话,在主体投入的同时,也有了惺惺相惜、感同身受的味道。"而对于你,月山/就像我的马坊,就像放下/一切事物,与之签过/生死,之约的地方"。安徽诗人木叶,七十年代生人,而他的写作显然臻达成熟状态。《比诗歌更重要的是……》这组诗,立足我们生活、存在的现场,从鲜明具体的事物中提炼"诗歌的微粒"和"颜料",构筑了一个比我们的生活和存在更为阔大和高远的智性空间。一如《我身边的人们》这首诗,一面是玩手机的人们、微信、地铁、人造光,一面是哲学、神迹、柏拉图的洞穴。即就是涂抹在宣纸上的颜料,在诗人眼里也呈现为"三种纯洁的，追慕真理和美德的颜料"。因此可以说，诗歌的现实关联及表达之真，不在现象描述，而在艺术创造。

诗歌的内涵和深度无疑来自语义层面，而诗歌的魅力则更多来自相应的形式感和音乐性。这两方面，在成熟诗人及写作上渐趋稳定的诗人那里，会有一种相恰的融合。六十年代出生的宋义军，蜗居陕西铜川，是一位现代社会的隐者，"梭罗式的"诗人。很早就脱离体制庇护的他，远离各种诗歌圈子，也很少发表作品，然而他上世纪七十年代末即开始自己的诗歌练习，八九十年代已有大批成熟的文本。他技艺娴熟，感受和思考深刻精微，诗歌的形态、样式具有后期浪漫派和早期象征派特征，兼容叙述和抒情，在当下诗歌潮流中显现出难得的原创性和独特性。组诗《也许……》，取自不同阶段的创作，能够体现他的诗歌面貌和风格特征。洪烛是一位出道很早，颇负盛名的诗人和作家，面对黄河，这个无数人挖掘、塑造抑或颠覆的题材，他以"冷暖黄河"为题，写出自己的感受和认知。《燕山：石头的教堂》，是河北诗人北野创作的一首长诗，意象纷繁，情感炽烈浓郁，诗人融合地域、文化因子，竭力彰显主体精神的冲撞、决裂抑或归宿和认同。甘肃诗人水尘浸淫于西夏王朝的历史烟云，努力追索和辨拨，出版了多部学术著作，他的《亚洲上空的经声之旅》充满异域风情和对历史文化的追怀与思虑。陕西诗人牟小兵的诗，语言的简隽，意蕴的丰厚，一种激昂的内在精神带来诗句的饱满和力度。诗人除了竭力提炼诗意，锤炼语言，营造意象和诗境，还企望以有限的词句统摄更多意指，更深广的内涵。

如此说来，写作就是冶炼词语的黄金。当然，我们如此道说时，词语已不局限于词语本身，它在最终意义上，乃是精神的"道成肉身"。陕北诗人罗至的书写，没有渲染地域风情，而是直指当下人的生存和精神现实。他的《灵魂书写录》是系列组诗，以大致相似的形制大面积书写，这样容易形成规模，引人注目，但一定程度上也会拘囿思维，给写作设置难度，提出挑战。《灵魂书写录》里的每一首，行数不多，因长句的运用和频繁的转折、转换，而显得密实甚至庞杂。其中的《梦幻录》《铁道录》从日常生活感受中有所抽离，进行了艺术的提炼和创造，《试衣录》则有些奇幻，耐人寻味。重庆诗人张远伦是苗族人，或许是地域文化的奇瑰和民族血脉中流淌的异质性，使他的《那卡》系列，颇显独特和神秘。他所塑造的少女那卡，远离现代文明，有着原始的质朴和天然的诗意，这让人联想到沈从文小说《边城》里翠翠的形象。诗人在抒情语体中，融和叙事元素，设置人物命运，使得这种连贯性、整体性的书写具有了"民族精神秘史"的品质。当然，在全球化语境中，诗人吟唱的注定是一曲挽歌，而诗歌的再造就是一种挽留和珍存。内蒙古诗人马端刚的《阴山笔记》，是一个系列，其中的"春之声"，苍凉与柔情并置，有浓厚的地域特色。另一位陕北诗人李全文，他的《永恒》简洁明晰，语言的控制力极好，明澈中透出幽深的诗意。陕南诗人郭涛的《一只鸽子在阳光中静立》，朴素隽永，很有个人特色："钉子明亮木板厚实"，"脚下的大地/其实大不过/一只鞋底"。此外，像鲁侠客的《春风酿酒的秘密》并不强调诗歌的现实关联，在自我世界的沉溺和渲染中创造出纷繁的诗歌幻象。

作为女性，自然有区别于男性的生理和心理结构、思维及意识，在写作上，则意味着以一种独特的视角和表现方式进行诗意言说的可能。2016年"诗读本"栏目中的几位女诗人，也给我的阅读留下深刻印象。云南女诗人唐果出名甚早，十多年前她和陕西的李小洛、辽宁的苏浅出版过一本诗歌合集《我的三姐妹》，她们当时已是中国70后诗群的代表性女诗人。唐果的诗剥离了传统抒情诗、意象诗沿袭的技艺和手段，以接近口语的日常化语汇，从寻常事物中发掘和提炼诗意。由于抛弃了大量的熟词、滥词，规避了毫无新意的书写套路，使得她的表达呈现出一种真实和别致。当然，她也会写出具有超现实意味的诗，如那把"夜深人静时"，在家里走动的椅子。张晓润是陕西本土的一位女诗人，身处边地，她的写作稳定沉着，对于诗歌她有足够的耐心，正如诗中的句子："慢慢靠近，但不急于求成"。组诗《海水也是有火焰的》，以独白或诉说的话语方式呈现心底的隐忧和思悟，读来亲切，又一次次令人掩卷沉思。另一位广东女诗人昊昊，语言干净利落，语境明澈，却包含了很多感悟和思考。

　　就在50、60、70年代的诗人继续深化和完善自己的写作的同时，80后诗人不知不觉已经成长起来，发出越来越洪亮的声音。事实上，他们中的不少人在2000年初已登上诗坛，展露锋芒。如今十年时间过去了，80后诗人已成为诗歌阵营最具创造活力的群体。2016年的"诗读本"推出的80后诗人接近半数，有的还被置于头题位置，可见刊物对他们的创作实力给予的重视和肯定。李王强是近年在国内诗坛活跃的青年诗人，他身处甘肃，粗粝开阔的大西北，诗歌却充满柔情，灌注婉约之风。他的《鸟雀惊起云朵》，抒情浓郁，比喻精巧灵动，而《牧羊人》却用纤细的笔触写出孤苦的人生。同样活跃的还有深圳的蒋志武，他的《风水谣》在抒情性的表达中，融入对时间、命运、人生的领悟和思考。另一位甘肃诗人苏明发表的《请允许我误入歧途》，生存体验的深刻给他带来启悟："痛苦是一个黑洞，却一直/盛满光明"。山东的刘星元，组诗《江山醉》写得洒脱，富有想象力，在《致聂赫留朵夫》中又显出深刻。

在陕西，80后诗人的写作急遽提升，日见开阔和厚重，像破破、高兴涛、马慧聪、高权、梁亚军、子非、左右等已成为颇具实力甚至代表性的诗人。陕北的破破，大学时代即展诗才，此后多年愈加沉稳，诗风多变，《怎么活都是一部电影》中的直接乃至极端化表达，"少年"的老辣，给人很深的印象。陕南诗人子非，以整整一本书来写他的麻池河，他的诗歌叙事性明显，似要记录下故乡在社会急遽转型过程中，令人触目惊心、扼腕叹息的种种境况和现实。在陕北一个小镇，安静工作、生活和写作的高兴涛，他的诗取材日常，辨识度高，洗练的日常化语言传递出生活的美好抑或悲伤。拥有编者和写作者双重身份的高权，对于诗歌有了一份审慎的思考，他不盲目跟风，注重诗歌品质和诗境的纵深开掘，在抒情中融入哲思，彰显精神性。马慧聪的写作，这几年进展颇大，他的《怀念江山》率真新奇，在对精神兄弟的追慕中加深了对诗歌本质化的理解。梁亚军的诗，笔法娴熟，真挚感人，《长安夜》无论是在题材的拓展还是深度的表达上，都显示出他的最新追求。左右勤奋，近几年声名渐起，他的诗有两种类型，一种是"口语诗"，一种是抒情诗，他执拗拙朴的表达时有动人之处。这里要特别提到疾风和宋宁刚两位。在陕西80后诗群中，疾风还是一个尚显陌生的名字，但他的诗歌才华令人侧目，他写作有很大的潜力和可塑性，组诗《很少告诉你》就是明显的例证，置于头题，亦见编者的推崇。宋宁刚在大学任教，是一位年轻的诗歌评论家，而他的诗却写得鲜活生动，甚至"口语化"，丝毫没有"学院派"的艰深抑或高蹈。

在推出众多80后诗人的同时，也有不少90后诗人在《延安文学》亮相。像马映、顾彼曦、尚子熠等，他们从校园诗人评奖活动中脱颖而出，随着走上社会以及人生境遇的转变，写作上有了更大进展，预示着无限可能。同时我也注意到，《延安文学》在"诗读本"栏目下还开设了一个"陕北青年诗人诗选"的小栏目，不定期推出。目前，这些陕北本土的青年诗人，如张和、惠诗钦、贺林蝉、柳池、王磊等，不一定是最有实力和代表性的，但一定是有潜力的，他们的作品都有可圈可点之处。这个小栏目为他们的成长和成熟提供了一个展示平台，这也反映了《延安文学》杂志立足本土、面向全国的办刊理念。

在对2016年《延安文学》"诗读本"栏目作品进行了多次的集中阅读之后，作了以上不成系统的大致梳理和归拢，也算是我按照自己对诗歌的理解和审美取向所做的甄别和选择。我看到的是，不同地域、不同年龄段、不同写作层次的诗人们，在各自的写作理念和实践下所呈现的种种表达，以及推进的程度和抵达的层阶。同为诗歌写作者，我无意将他们进行题材、风格或流派意义上的划分、归类，对比、归纳以至总结，而是简单梳理，保持相对的独立性。因为，每个人在写作上的出发点和方向不尽相同，创作理念、方法和风格也没有可比性，他们最大的区别可以说仅是成熟度和所能抵达的层次上的异同。因此，面对诸多同行，面对不同诗学框架下艰苦卓绝的艺术实践，我所能期待和瞻望的，也就是他们在保持独立性和不可替代性的同时，能够进一步走向极致和愈加开阔的境地，传递和彰显人类那永不磨灭的精神圣火。

2017：生活场与制幻地

2017年的《延安文学》杂志，延续以往的办刊风格和栏目设

置，"诗读本"仍以每期20多个页码的容量发表诗作，县区作品
小辑不定期地推送诗歌新人。粗略统计下来，过去的一年，《延
安文学》杂志总共刊发了省内外70余位诗人的300多首新作，容
量可观。不同的题材内容，不同的风格表现，大有"乱花渐欲迷
人眼"的感觉。若以年度为单位，对一个地区的文学创作、发展
状况进行评估，难免粗疏和表面。但具体到写作者个人及作品本
身，情况也许大为不同。2017年荣登《延安文学》的诗歌作品，
不一定就是诗人们最高创作水准或风格的体现，但将它们聚拢在
一起，进行某种书写范式或精神指向的言说，却是可能的。

一、诗与经验自我和现实

人是自然性、社会性、精神性的统一体。而人的社会性所表
明的，乃是个人与他者、个人与社会的关系网络系统。日常生活和
社会现实，是每个人所要面对的"第一现实"；内心生活、精神理
想以及文学艺术所营造的文本世界，可称为"第二现实"。不可否
认的是，第一现实在很大程度上规囿第二现实，但也是第二现实生
发的土壤。文学与现实的关系，可以从个人与现实的关系中得以确
认。这其中，有认同，有悖逆，也有逃离。以现实为基底的诗歌创
作及其评判，目前仍占据主流，这由人的社会性决定，也由俗世生
活的物质性基础决定。在这样一种面对和指向现实的写作中，诗歌
主体和诗人的经验自我便成了对等物或统一体。

孙晓杰的《恩赐》，立足现实进行诗意的创变和传递，表
现方式多样化，有艺术高度也有思想深度。刷牙，本是平淡无奇
的日常琐事，但在诗人笔下，"一截牙膏"成为"白色而芬芳的
火焰"，继而又如"一炬火把"，"探入潮湿的夜：黑暗、沉闷

的洞穴"。一连串的精彩比喻，将刷牙这个简单动作转化为幽深的诗境。依附现实的另一个空间，诗意的空间在此形成。"为了照亮一个黑夜/时间给了我一万根白发"，仅有两行的《恩赐》一诗，却浓缩了诗人对生命和时间的很多思考。《路上》近乎白描的叙述，发现和审视生活事件，"脱落的磁粉"，让人生出无限感慨。《一个诗人在大足县放歌》，诗意唯美，情怀炽然，对"大足"二字的诗意联想成就放歌的豪迈。李全文的《在人间》，语言朴素洗练，从生活现象中截取片断进行表达。他在《过客》中写道："黄土千层/一千座墓碑，安静下来/他们曾经踟蹰，如今/逆来顺受"；他这样写野草："它们卑微/没有名字/但，你只要喊/就会有一面坡过来/呼应"；他对生命和时间这样呈现："在人间，没有永恒的花朵/结在执意的枝条上"。通过对日常生活的感悟，精巧的构思和特有的言说语调生成诗意，紧密的现实关联促成文本的现场感和生活气息。牛怀斌的《站在北方的树》极为简朴，简朴之极的表达却产生了触动人心的力量："你成了一个病句/成年累月躺在病床上"。在《石碑》一诗中，他如此表达心声："我只希望在/时间的隧道/它能代一辈子/都没有站起来的我/撑起一片蓝天"。

2017年《延安文学》诗歌作品，最具现实感或者说与现实关联最为紧密的，当属谭滢的《扶贫手记》了。这样的题材很容易变成"颂歌体"，给人假大空的感觉。但谭滢的诗歌姿态并不高昂，也没有一厢情愿地施舍同情。她保持着一个与生活平行的视角，观察和体认，抵达真相又引人深思。她这样写贫困户："穷乡僻壤上的一藤苦瓜/人，可以选择自己的死/却无法选择生/植身于贫瘠的土壤/需要有连根拔起的勇气/和背井离乡的胆识"。杨康的《我还在爱着》，也是从生活中发现和提炼诗意。他散化的语言、日常化的细节描述，在经意或不经意之间，传递出内心的温情和疼痛："你走远了，我就爱上了路和暮光"，"在琐碎尘世的摩擦中，生活的美变得细密而柔软"。同样是在生活现场，秦舟在城市楼房的夹缝里发现了一棵麦苗。"农转非的麦苗"，"呼吸着城市的污染"，"任凭雨淋，它知道自己的命运"。在一种身份认同的尴尬中，诗人从麦苗身上看到了："一个个汗流浃背的农民工/热闹却孤独着"。

呈现客观事物、指认现实或揭示生活真相，倚靠对现实的简单模仿是达不到的。这需要写作者对经验材料的深刻领悟和精心提炼，以及生成文本的艺术功力。裴祯祥是80后诗人，其创作实力从《看不见的事物》中可见一斑。他有极好的语言控制能力，对叙述对象的把握精准有力，及物又及心。他呈现生活中看得见的事物，也发现："而这个与我们/无关的世界，正在通过空气、族群/与命运，将光明与阴影/叠加在我们疲惫的脸上"。对于无数人写过的乌鸦，也能拿出自己精彩的表达："你需要一张乌鸦嘴/去吃光那些陈年旧账，吐出/骨头和灰"。在对生活现象进行深入思考，并完成诗意转化这方面，路延军的《飞蛾》是一个不错的例子："在灯的内部生活/享受慢慢死亡的快乐和幸福/像那些内涂的荧光粉/反射虚假的信息/引诱黑暗中的一批批来客"。吴小虫的《适得其所》，叙述性话语娴熟精到，诗体诗风结实稳健。他的诗让我们领悟到：诗意不仅来自抒情，也来自精心裁剪、娓娓道来的日常叙事。左右随着生活和艺术的双重磨砺，文本的艺术性和深度都在加强，比如他在《翠华山抒情》中就提炼出这样的诗句："时间嫁给了水泥，蚂蚁和时光嫁给了我"。程贺是90后诗人，但她的语言风格渐趋稳定和成熟，不依赖意象的隐喻和象征功能，也能在日常化的叙述中营构出诗意诗境。比如这样的叙说："我的父亲和母亲/

背影那么瘦，那么小/像两粒最先成熟的瓜子/我嗑着嗑着/就嗑出一阵苦来/继而咬着了自己的舌头"。

　　诗歌的现实指向性，让很多诗人在生存的现场开疆拓土，并以洞察力和想象力的交互作用，扩充文本的厚度和空间。吴开展的《辞别诀》，以决绝的口吻、充满律动感的节奏、富有穿透力的语言，抒写人生中年的感悟和识见。"此去，我要用火车穿过针眼，缝补漂泊的一生"，"此去，我要修建内心教堂的塔尖，真理直指苍穹，把天机捅破"，"在理想与白发之间/不再奢望神来为我掌灯"。"辞别诀"中的远方和中年，充满内在的激情、睿智和谦逊的态度。方文竹短诗《当你拿大海比作生活的时候》，技艺精湛，认知深刻，并做出了令人信服的结论。当然，这结论是形象化、诗意化的，且没有半点说教成分："身体里的一粒盐探视着自己的/朴素的矿只需要一小点岛屿/……猛敲豪放的鼓不如做细小的米粒文章/一颗露珠上藏着渐渐喂养大的天使"。《羊的深刻》是朱胜国的一个组诗，这组诗在生活经验的传达和生活哲理的揭示上，的确达到了深刻。他将身体比作"徒剩钙质的生命之杯"，他这样认识重逢："无非是/一颗伤痕累累的石头/想从另一块伤痕累累的石头中/获取火星"。柏相写诗，也进行诗歌品评，这让他有了一个开阔的诗歌坐标，并进行自己的实践。他精心打磨语言，在想象力和词语的变构中熔铸诗意和空间。像他这样抒写寒蝉："喜欢它在幼年便笑饮孤独/喜欢它在暮年/才引吭高歌"，像《兄弟来信》这几句："谁还在丹青里泼梦，谁还在/放牧苍穹。谁让方块字/患上了癫痫病。谁让毒素注入鸟鸣"。此外，像肖许福、郝随穗、北岸、穹宇、吕政保等人，也在这个方向上努力，并取得了不同程度的进展。

　　在城市化进程加剧的今天，面对乡村严重的"空巢化"现象，故乡成为了诗歌的现实表达中一个"噬心"的主题。张怀帆组诗《乡关何处》，精心取材，将故乡土地上与自己的记忆联系最紧密的事物，作为书写对象，进行了时空交错的呈现和还原。同时，也勾画出故乡的面貌及其幻变场景。当回到故乡见到乡民，"我的手被一一攥住……/那一刻，电流接通/血液和血液相互认出/失忆被打通，恍然走散了多年"。然而对于故乡，我们的身体或可抵达，但心魂被挡在门外。那是时间之门，燃烧的火焰将一切焚为灰烬。"乡关何处"这一追问所揭示的，正是一种令人痛心、无处安放的空茫现实。"是不是，因为有了祖坟/一个地方才可以叫，故乡"，在至深的情感体验中，我们再一次辨识生命、时间、爱和苍茫。在这一主题的传达上，宁明以老家的水井作为载体。最普通的事物，在诗人眼里却装满生命信息。诗人与它"唠嗑"，曾经"责怪它眼界的狭窄"，如今"站在井台上，我已看不见/老井心中的涟漪/倒是在我脸上，忽然间/悄然涌出两眼泉水"。乡情的深度和强度具有普遍性，但诗人以物象的细节呈现为其赋予了形体："把这穗玉米，一粒一粒剥下来/每一粒，都是我与故乡的/一次忍痛分离"。

二、诗与智识、灵觉自我及非现实

对很多写作者来说，诗就是对现实的临摹，生活事件的逼真还原。这样做，或许并无不可，只是诗人的创造性难有极致的发挥。其实，诗在很大程度上来自对现实的重构，通过对现实材料的提炼加工，与主体精神充分融合，形成一个与现实相关而又迥异的文本空间。甚至，随着诗人创作性的工作不断走向深入，诗歌面目已经很难从与现实的相似性上进行甄别，并作出价值判断了。这时，诗歌的主体不再是经验自我的模样，智识和灵觉在其中发挥作用，而文本也摆脱了现实拘禁，呈现一种"非现实"的状态。这一现象，我们以如下几位诗人的作品进行观察。

丁小龙的《镜中之镜》，极具思辨性。文本中，诗与现实和经验自我绝缘，智识的洞察代替了对现实的临摹、情感的抒发。自我和世界，存在与虚无，生与死，诸多哲学论题，也成为他的诗歌主题。比如这样的表达："对着镜子时，我总能看到自我的乌托邦/肉身是需要泅渡的暗色海洋"，"我要用十二个故事来穷尽存在的可能/还未开始，便已失败/上帝是人类失败的明证"。诗向哲学靠近，让我们看到，在现实书写和生活表达之外，一种充满智性的非个人化书写的魅力。如果说，丁小龙的写作是诗与哲学相遇和触发，那么纳兰的《赞美诗》，则闪耀着来自宗教的启示之光。莲花、菩萨、玉如意、曼珠沙华等意象，传递着佛教文化信息；窄门、橄榄枝、洪水、硫磺火湖、十字架等意象，承载着基督教精神的奥义。这两条线索并行，贯穿纳兰的组诗。但他也会以诗人的身份将它们糅合并置，呈现一个理想国的信念。当然，这种诗歌类型并非"文化诗"，而是深入灵魂根柢的生命表达。当诗投奔宗教，从宗教文化中深度汲取，慈悲、信心、爱和智慧不仅滋养心魂，还深化和拓展诗歌的领地。在诗与哲学、诗与宗教这两个向度，丁小龙和纳兰两个80后诗人，以他们颇具辨识度的作品，营造出了"非现实"的诗境。在他们那里，智识之心判断、省察，灵觉自我幻视和倾听。

在这一诗学面向之下，北野、南南千雪、李亮、羊子、李云等诗人也做出了自己的表达。北野《一个人的阿含经》，并未因这部经书而有了宗教或文化意义。他诗歌的抒情性强，且激烈，诗歌意象的现实指向性并不十分明确，而是更多地倾向内心，个人的精神世界。他说："漫游者的眼底，云蒸霞蔚/漫游者撞见了他自己心中的景象"，"我喜欢仇恨时，偶尔/升起的凶恶之心，和我悄悄/爱上一个人所用的火焰/都是来自同一堆干柴"。正是诗歌的意象化运作，带来虚实相生的境界。南南千雪善于营造诗歌幻象，这与才华和想象力有关。她的《独角兽》深入自我心灵和女性意识的深处，既深情又孤绝。她写道："我内心升腾的火焰/把整个山洞都照亮了"，"无休无止的寂静啊/像潜伏着成千上万个缪斯不发出一点点声响"，"小心喂养你的独角兽/……我们为孤独、深情、苍老活着/也为阴影、分裂、救赎/持守忠诚"。李亮的《女僧传》就像一个传奇，神话、历史、梦境、现实，通过特有的言说语调糅合在一起，富有暗示性和创造力。读这样的作品，就像欣赏她颇具民间特色和超现实意味的绘画，会不自觉地进入一种灵幻状态，梦境和现实交混的境地。羊子《我的歌》彰显个体精神，同时又融入民族的地域的异质血液，因而显出几分独特。他这样歌唱："我的歌有宇宙的全部幻想"，"众山把亿万年的记忆赐给了我……/众山莲花一样一瓣一瓣地打开/一瓣一瓣山峰都生长在我的心上"。李云有一首诗叫《秘密》，相对于其他诗作，这首深入灵魂深处，将那种隐秘的激情，"黑暗河流"上的"涟漪"和"碎浪"坦呈出来。

此外，像孙晓杰既在现实和经验层面运作，又能深入精神创造的玄幻之境，给我们展现成熟诗人艺术表现的多样性、作品的层次感，以及所能抵达的深度。他的《巫师》以梦境展开叙说，以巫师、诗歌、上帝、白鹤几个主要意象串联，传达出尘世之上的精神理想。具有类似特征的还有《神鸟》《月光》等。王克金的《共在的欢欣》很特别。他以大量的议论性话语入诗，呈现某种思辨特征。虽未抵达哲学层面，但仍然哲学式地观人察物，打探存在。他独特的言语组织，无疑是对诗歌话语的丰富和补充。

三、中间状态

呈现外部现实，抑或精神世界的内部景观，仅是写作的一种倾向性，两者之间并无泾渭分明的界限。对大多数诗人来说，写作的自由以及整合事物的能力，往往会使他们选择一个临界状态进行洞察和思考，从而打破审美的主客体之分。通过对2017年《延安文学》诗歌作品的观察，有相当一批诗人处于上文所述的两种写作方式的中间状态，也可以说是内与外、写实与自我表现、现实与非现实等因素的兼有。

诗人远村，上世纪九十年代就活跃在诗坛上，他现代性的乡土书写给人留下深刻印象。实际上，他的题材领域和表现方式是多种多样的。多年来，他一直保持着成熟诗人的艺术水准和精神高度。《浮尘之上》是他近年来的作品，其主要特征表现为：铺排的长句，愈见舒展的语言节奏，诵读性、咏唱性的加强，抒情和叙事的交混，智性的融入等。比如《我要赞美胡杨》这首，凸显的生命意识，在当下语境中巧妙编织的历史和文化意象，为诗歌带来开阔的视野，深广的蕴涵。历史、现实、想象以及张扬的情感，为我们营造了一个具有包容性的精神空间。再比如，他这样传达自我认知："比一次意外的相遇还要意外，我在大白天梦见了自己/更像一次意外的投奔，无功而返"。对于诗人，他有这样的体认："多少守望的诗人，选择了薄情与沉默/同时也选择了飞翔的马车，梦想有一天能抵达雪国的车站"。宜涌浪的诗，以前读过，对他冷峻、知性的诗歌表情留有印象。他有效地克制情感的抒发，以颇具隐喻性的意象群持续推进，完成作品。他的诗遍布乡土或自然的意象，却并非常见的乡土表达，主导诗人的是一种现代性的意识和思维："我看见/饥饿的人们虚弱/倾斜地跪着钟声响起/传遍耕种过的土地"。同时，他还有虚空、宏大的呈现："一个黄昏重新开始/在巨大的根上升起"。

三色堇的组诗《美好遇到了隐喻》，基本上能够体现她的风格特征。她的语言干净明快，有质感，在叙述和抒情、实写和隐喻之间达到了一种平衡。当作为诗人的三色堇开始研习油画，色彩的运用便大面积出现在诗歌表达中："那些被标记的色彩有着锤炼的品质和绚烂的神话/这内心的花朵多么干净，真切，肌理鲜活/美得更加原始"。屈丽娜的诗一如她所写的"碎瓷"，小巧、莹润，却有着锋利的边缘。她的语言显然经过了必要的修剪和锤炼，简短收缩的状态包含着微妙的情思，丰富的意涵。她说："我精通幻术/学会用细草穿沙/在打结的发丝上缠绕斑驳陆离的光"，对于中年心境，"她说深埋得太久/除了骨头还是硬的/其余的都碎裂成一片一片"。初梅的诗，看似有着任意伸展的句子，漫不经心的叙述，但通过层层铺垫，饱含声势和气韵的话语出现了："我将在那里得到的，孤独不可匹敌/万物不可匹敌"。此外，像烟雨、袁东瑛、张明旭、苏龙、沐风、王永耀等人，也在一种叙事和抒情糅合的状态下进行写作。

水子的长诗《水之痕》，有一个副标题：乌裕尔河流域的爱情。显然，这是一首爱情诗，以乌裕尔河作为背景。开篇宏大，她对爱情的叙说要"借上帝之口"，"你让果子包着核/让我成为你的一根肋骨"，"循着你的声音，我来了/我最终叩响/——乌裕尔河倒映着的箴言"。在地域人文风情的映衬下，抒情主人公心思辗转，一次次地独语或倾诉。《水之痕》所展现的情境，让人想起《诗经》或《圣经·雅歌》中的爱情，纯朴而炽烈，又有着情感流转的迷离恍惚。李王强的诗，抒情性也很强，充满飞扬的才思和柔美的情韵。他的《芬芳的路途》，语言轻盈流转，节奏感强，灵动欢快的诗句随处可见："屋檐下的紫燕，门洞里的黄雀/都是会飞的亲人"，"在湛蓝湛蓝的天空的印花布上/写娟秀的字，押春风的韵，对花香的联"。而马端刚在《一棵守着晨钟，一棵守着暮鼓》中的抒情，则显出冷峻和忧伤。语言的铺展和情感的蔓延密度很大，绵里藏针，包裹刺痛人心的诗行："没有泪水，没有叹息，消磨着时间的暗器/死亡在鹰的翅膀上停止了想象/……窗台的心跳，守不住低低的哭泣/失控的风，掀开了尘世"。李炳智的抒情也很有特点，在古风犹存的节律和声韵中，传递着内心的浓情和对生活认知。情感是诗歌的特质，在叙事、反讽蔚然成风的当下，依然有很多诗人固守诗歌的抒情套路。当然，情感有各种状态，抒发也有多种方式。除过以上几位诗人，像李点儿、李筱、湮雨蒙蒙、李燕、倩儿宝贝、林小耳等，也都呈现了抒情的不同色调和层次。

诗歌写作，当然不止于提炼金句、警句，但透过骤然迸射的火花，我们还是能够捕捉到诗人的才情、言语构造能力或写作功底。有很多这样的例子，像赵帆的《情人》："她与黑夜一起/成了世间最美的隐衷"；王雅静的《致海子》："我不敢想你/我的心上没有铁轨/在梦里放牧/每匹马儿都有来生"；曹宏飞的："暗夜里的灯火温习着古老的手艺/一念浅喜，一念慈悲"；艾蔻的："抓住铁器，对面的碉堡说/地下埋着万千英雄/仿佛埋着一块铁/每时每刻都担负使命"；鲁蕙的："如果雨水是粘稠的，箫声也会呜咽"，"很多情节像石头一样，在天空下假寐"，"在房间里掘井"。在房间掘井的人，是多么孤独的人啊！精彩的段落、语句甚至词语，无不传递着丰富的情感内容或精神信息。

四、诗与诗

"带上所有节奏和韵脚启程"，这是李炳智《在一场春雪里存活》中的自述。这看似普通的诗句，却在很大程度上指向诗人创造性工作的特征，或本质：节奏和韵脚。当然，这可以是实指，也可以是虚指。"带上所有节奏和韵脚启程"，就是鼓舞诗人去进行关乎存在、关乎生命本质的艺术创造。在文学史上，"以诗论诗"可以说是一个传统。对诗人的创造性工作进行言说或命名，除过诗论，"以诗论诗"的方式也是有效的抵达途径。2017年《延安文学》诗歌作品中，就有大量对诗歌、诗写作的理解和认知。当然，有的是整首作品，有的是在文本中镶嵌一个段落或一个散句。孙晓杰的《华山论诗》，就是这样一首用意象阐述自己诗学观念的佳作。诗不长，抄录如下：

> 诗要有拔地而起的气势
> 突兀的感觉，奇谲的想象
> 有峭石的冷峻，蕴含莲荷的洁净与婉丽
> 有或徐或疾的天风
> 清澈或朦胧的月光
> 有一只草巢宿鸟，有一块悬崖飞鹰
> 有灵性之水：水里藏鱼
> 有智性之土：土里生松
> 有从不游离的爱坚守大地
> 有一朵梅花，磨十年剑
> 有一条狭路
> 成长自己的高度，拥有自己的日出

这首诗包含了诗人的美学观，对诗歌本体的认知，以及创作过程中的相关因素和环节。不用多加解释，相信大家通过阅读就能领悟。巧的是，这样一种理念的传达，是以华山的奇险特征为依傍，并由灵动纷繁的意象群来完成的。在另外一些诗人那里，虽不曾进行整体言说，但只言片语也能有效抵达诗的本质。像吴开展的"我要用千年的汉字戳破纸背，言辞中闪烁黄金"，南南千雪的"她带着修辞的巴别塔永无修复之日"，程贺的"我努力用内心的语言/去靠近美本身/语言也因此变得美丽"，郭瑞的"我满载语言丰富的行囊/穿着文字的衣裳"。即就是初梅这样的表述："我在头顶孕育过珍珠、旗帜、童贞、蓝、乌托邦之乡/它们都通向美——/人性之美，神灵之美"，也是在更广泛意义上阐述诗与理想、美、人性、神性的统一。

五、结语

如上所述，对于2017年《延安文学》诗歌作品，我将它们分别纳入"诗与经验自我和现实""诗与智识、灵觉自我及非现实""中间状态"三种关系中进行观照，并简要陈述了部分诗人对诗和诗写作的言说或体认。这样一种区别和划分，仅出于描述的方便，目的不是对他们的写作分门别类，更不涉及文本价值的判断。这或许不是合理、恰切的方式，但在这一过程中，我还是深切感受到诗人们在生存现场的灼热之地，进行书写和传达的各种努力。文章标题中的"制幻地"，来自玩偶一首诗的诗题。他的诗有现实因素，但更多地倾向内心，似乎可以划归"中间状态"。他的这个"制幻地"，我以为不仅涉及诗歌（艺术）的幻术性质，也是对"诗与智识、灵觉自我及非现实"状态的绝妙命名。不错，诗歌有效传达人在现实中的境遇，但也在智识、灵觉及非现实层面运作。而且，两者中间还有一片广阔的衔接之地，即所谓的"中间状态"。可以肯定地说，生活场与制幻地，就是诗歌（艺术）生发的现场和源泉。

这篇针对2017年《延安文学》诗歌作品的陈述，显然已经进入2018年了。时间流逝的本性，冲刷和带走很多东西，也改变着我们和世界。而诗歌是呈现和塑造，是对美好事物的挽留。一种本质上的对抗，和时间发生了小小的冲突。我们也因此祝愿，今后有更多的优秀作品亮相《延安文学》，在和时间的冲突中获胜！